10
18

12, AVENUE D'ITALIE. PARIS XIIIe

Sur l'auteur

Imre Kertész, écrivain juif hongrois, est né à Budapest en 1929. Déporté en 1944 à Auschwitz puis à Buchenwald, il en est libéré en 1945. Imre Kertész a d'abord gagné sa vie comme journaliste pour le quotidien *Vilagossag* de Budapest dont il est licencié en 1951 lorsque celui-ci est proclamé organe du Parti communiste. Après deux ans de service militaire, il se consacre à l'écriture, notamment des comédies musicales, et à la traduction d'auteurs allemands – Nietzsche, Hofmannsthal, Schnitzler ou encore Elias Canetti. En 1975, il publie son premier roman, *Être sans destin,* dans une indifférence générale, et il faudra attendre 1990 et la chute du mur de Berlin pour que Kertész soit lu et reconnu dans son pays. Hantée par le souvenir des camps, l'œuvre de Kertész est riche d'une dizaine d'ouvrages dont notamment *Le Refus* (1988), *Kaddish pour l'enfant qui ne naîtra pas* (1990) ou encore *Un autre*, journal intime tenu entre 1991 et 1995. En octobre 2002, Imre Kertész reçoit une double consécration : le prix Hans Sahl, du cercle des auteurs allemands, pour l'ensemble de son œuvre et surtout le prix Nobel de littérature, attribué pour la première fois à un auteur hongrois. Imre Kertész partage sa vie entre Budapest et Berlin, où il est devenu une figure importante du paysage intellectuel outre-Rhin, et collabore au journal *Die Zeit*.

IMRE KERTÉSZ

ÊTRE SANS DESTIN

Traduit du hongrois
par Natalia et Charles ZAREMBA

10
18

« Domaine étranger »

dirigé par Jean-Claude Zylberstein

ACTES SUD

Titre original :
Sorstalanság

ISBN 2-264-03381-9

I

Je ne suis pas allé au lycée ce matin. C'est-à-dire que j'y suis allé, mais seulement pour demander au professeur principal la permission de rentrer à la maison. Je lui ai donné la lettre par laquelle mon père sollicitait une autorisation d'absence “pour raisons familiales”. Il m'a demandé quelle sorte de raisons familiales ce pouvait être. Je lui ai dit que mon père avait été réquisitionné pour le service du travail obligatoire ; alors il n'a plus fait de difficultés.

Je me grouillais de rentrer, pas à la maison mais au magasin. Mon père m'avait dit qu'ils m'y attendraient. Il avait même précisé que je me dépêche parce qu'on pouvait avoir besoin de moi. C'est d'ailleurs pour ça qu'il m'a fait rentrer de l'école. Ou bien “pour me voir à ses côtés ce dernier jour, avant de quitter la maison” : il avait aussi dit ça, mais à un autre moment. Il l'avait dit à ma mère, me semble-t-il, quand il lui avait téléphoné le matin. Parce qu'on est jeudi et que tous les jeudis et dimanches après-midi, je vais impérativement chez ma mère. Mais mon père lui avait dit : "Je n'ai pas la possibilité de t'envoyer Gyurka", et c'était la raison qu'il avait donnée. Ou peut-être pas. J'avais un peu sommeil ce matin, à cause de l'alerte aérienne de la nuit, et je ne me souviens peut-être pas très bien. Par contre je suis sûr qu'il l'a dit. Si ce n'est pas à ma mère, c'est à quelqu'un d'autre.

J'ai échangé moi aussi quelques mots avec ma mère, mais je ne me souviens plus quoi. Je crois qu'elle m'en voulait un peu parce que je n'ai eu que peu de temps pour elle, à cause de la présence de mon père : finalement, aujourd'hui, c'est lui qui compte. J'étais déjà en train de sortir, quand même ma belle-mère m'a dit quelques mots confidentiels en tête à tête dans le vestibule. Elle m'a dit qu'elle espérait qu'en ce jour si triste pour nous, elle "pouvait compter sur un comportement convenable de ma part". Je ne savais pas quoi dire, alors je n'ai rien dit. Mais elle a dû mal interpréter mon silence parce qu'elle a poursuivi tout de suite en disant qu'elle ne voulait pas heurter ma sensibilité en me faisant des recommandations qui, elle le savait, étaient de toute façon superflues. Car elle ne doutait pas qu'en grand garçon de bientôt quinze ans, je pouvais mesurer par moi-même la gravité du malheur qui nous frappait, comme elle a dit. J'ai hoché la tête. J'ai vu que ça lui suffisait. Elle a ébauché un geste de la main vers moi et je craignais déjà qu'elle ne veuille m'embrasser. Mais elle n'en a rien fait, elle a seulement poussé un soupir, long et saccadé. J'ai remarqué que ses yeux s'embuaient. C'était désagréable. Puis elle m'a laissé partir.

J'ai fait à pied la route de l'école jusqu'au magasin. L'air était pur, il faisait doux, compte tenu du fait qu'on n'est qu'au début du printemps. Je me serais même déboutonné mais j'ai changé d'avis : comme je marchais contre la brise, un pan de mon manteau pouvait se rabattre sur mon étoile jaune, ce qui n'aurait pas été réglementaire. Il y a des choses auxquelles je dois désormais accorder plus d'attention. Notre cave à bois se trouve dans les parages, dans une rue adjacente. Un escalier raide descend dans le noir. J'ai trouvé mon père et ma belle-mère au bureau, une loge de verre étroite éclairée comme un aquarium, juste au pied de l'escalier. Il y avait aussi M. Sütö, je le connais parce que autrefois, il était employé chez nous comme comptable et gérant de l'entrepôt à ciel ouvert qu'il nous a racheté depuis. Du moins, c'est ce qu'on dit. Du point de vue racial, M. Sütö n'a pas de problèmes avec son charbon, alors il ne porte pas l'étoile jaune et tout ça n'est à mon avis qu'une ruse commerciale, pour qu'il puisse surveiller nos biens et aussi que nous ne soyons pas obligés de renoncer totalement à nos revenus.

C'est pourquoi je ne l'ai pas salué de la même façon qu'avant, parce qu'en un certain sens il avait pris le pas sur nous ; mon père et sa femme sont devenus plus attentionnés, eux aussi. Mais lui, il tient à continuer à appeler mon père "patron", et ma belle-mère "chère madame" comme si de rien n'était et il n'omet jamais de lui faire le baisemain. Quant à moi, il m'a accueilli comme toujours d'un ton enjoué. Il n'a même pas remarqué mon étoile jaune. Ensuite, je n'ai pas bougé, je suis resté près de la porte et, eux, ils ont continué ce qu'ils avaient interrompu à mon arrivée. Il me semblait que j'étais tombé au beau milieu d'une négociation. Dans un premier temps, je ne comprenais pas de quoi ils parlaient. J'ai fermé les yeux un instant parce que j'étais encore un peu ébloui par le soleil de la rue. Mon père disait quelque chose et quand je les ai rouverts, c'était M. Sütö qui parlait. Sur tout son visage rond au teint mat – avec sa fine moustache et le petit espace entre ses deux incisives larges et blanches – sautaient des ronds de soleil rouge et jaune, comme des abcès qui crèvent. La phrase suivante, c'est mon père qui l'a prononcée : il était question d'une “marchandise” qu'il “vaudrait mieux” que M. Sütö “emporte immédiatement”. M. Sütö n'avait pas d'objection ; alors mon père a sorti d'un tiroir du bureau un petit objet emballé dans du papier de soie entouré d'une ficelle. C'est seulement à ce moment-là que j'ai vu de quelle marchandise il s'agissait, parce que je l'ai tout de suite reconnue à sa forme aplatie : c'était la boîte. Et dans la boîte, il y a nos principaux bijoux et des choses de ce genre. Je crois que c'est à cause de moi qu'ils parlaient de “marchandise”, pour que je ne me doute de rien. M. Sütö l'a tout de suite fourrée dans sa serviette. Ensuite, ils ont eu une petite dispute : en effet, M. Sütö a sorti sa plume, il voulait à tout prix donner à mon père un “récépissé”. Il a longuement insisté, bien que mon père lui ait dit de ne pas “faire l'enfant”, et que “entre nous, on n'a pas besoin de ça”. J'ai remarqué que cela faisait grand plaisir à M. Sütö. Il a dit : “Je sais bien que vous me faites confiance, patron ; mais dans la pratique tout doit être fait en bonne et due forme.” Il a même appelé ma belle-mère à la rescousse : “N’est-ce pas, chère madame ?” Mais elle s’est contentée de dire avec un sourire las aux lèvres qu’elle faisait entièrement confiance aux hommes pour régler au mieux cette question.

Je commençais à m’ennuyer un peu quand il a enfin rangé sa plume ; puis ils ont réfléchi sur ce qu’ils allaient faire du grand nombre de planches qui restaient dans cet entrepôt-ci. J’ai entendu mon père dire qu’à son avis il fallait faire vite, avant que les autorités “ne mettent éventuellement la main sur le magasin”, et il a demandé à M. Sütö d’aider ma belle-mère dans cette affaire par son expérience et son savoir-faire. M. Sütö, se tournant vers ma belle-mère, a immédiatement déclaré : “Cela va de soi, chère madame. De toute façon, nous serons en contact permanent, à cause des comptes.” Je crois qu’il parlait de l’entrepôt dont il avait la garde. Beaucoup plus tard, il a pris congé. L’air sombre, il a serré longuement la main de mon père. En même temps, il considérait que, “à des moments pareils, il n’y a pas de place pour les longs discours” et qu’il voulait simplement dire un seul mot d’adieu à mon père, à savoir : “A bientôt, patron.” Mon père lui a répondu en esquissant un sourire : “Espérons qu'il en sera ainsi, monsieur Sütö.” Au même moment, ma belle-mère a ouvert son sac à main, elle en a sorti un mouchoir qu'elle a porté directement à ses yeux. Des bruits bizarres gargouillaient dans sa gorge. Tous se taisaient et la situation était très pénible, d'autant plus que j'avais l'impression que je devrais faire quelque chose, moi aussi. Mais tout s'était passé si vite, rien de sensé ne me venait à l'esprit. Je voyais que M. Sütö était gêné, lui aussi : “Mais madame, a-t-il dit, il ne faut pas, vraiment pas.” Il avait l'air un peu effrayé. Il s'est baissé, il s'est pratiquement jeté la bouche la première sur la main de ma belle-mère pour exécuter son habituel baisemain. Après, il s'est tout de suite dirigé vers la porte : j'ai à peine eu le temps de m'ôter de sa route. Il a même oublié de me dire au revoir. Après son départ, on a entendu ses pas lourds sur les marches de bois pendant un moment encore.

Mon père a gardé le silence un certain temps, puis il a dit : “Eh bien, nous voilà plus légers d'autant.” Ma belle-mère lui a demandé d'une voix encore larmoyante s'il n'aurait pas mieux valu accepter ce fameux reçu de M. Sütö. Mais mon père a répondu qu'un tel récépissé n'avait aucune "valeur pratique", sans compter que le cacher aurait été plus dangereux que la boîte elle-même. Et il lui a expliqué que dorénavant "nous devons tout miser sur le même cheval", c'est-à-dire faire entièrement confiance à M. Sütö, étant donné qu'à l'heure actuelle nous n'avons pas d'autre solution. Alors ma belle-mère s'est tue, mais ensuite elle a remarqué que, bien que mon père puisse avoir raison, elle se sentirait quand même plus tranquille avec "un récépissé dans les mains". En revanche, elle n'était pas capable d'expliquer clairement pourquoi. Alors mon père a dit qu'ils devraient plutôt se mettre dare-dare au travail qui les attendait parce que, comme il disait, le temps pressait. Il voulait lui transmettre les livres de compte pour qu'elle puisse les contrôler et que le magasin ne s'arrête pas parce que lui allait au camp de travail. En même temps, il m'adressait quelques mots en passant. Il m'a demandé si j'avais pu sortir du lycée sans problèmes, et ainsi de suite. Finalement, il m'a dit de m'asseoir et d'attendre en silence qu'ils aient terminé leur travail sur les registres.

Sauf que ça a pris du temps. D'abord, j'ai essayé de patienter, je m'efforçais de penser à mon père, précisément au fait qu'il allait partir demain et que je ne le reverrais vraisemblablement pas de sitôt ; mais, au bout d'un certain temps, j'en ai eu assez de penser à ça et comme je ne pouvais rien faire d'autre pour mon père, je me suis ennuyé. J'étais las de rester assis, alors je me suis levé pour aller boire au robinet, pour qu'il se passe quelque chose, c'est tout. Ils ne disaient rien. Ensuite, je suis allé derrière, entre les planches, faire un petit besoin. Quand je suis revenu, je me suis lavé les mains au lavabo ébréché et rouillé, puis j'ai sorti mon goûter du cartable et je l'ai mangé, et pour finir j'ai encore bu de l'eau du robinet. Ils ne disaient rien. Je me suis rassis à ma place. Ensuite, je me suis terriblement ennuyé, pendant très longtemps encore.

Il était déjà midi quand nous sommes remontés dans la rue. J'étais de nouveau ébloui, maintenant c'était la lumière qui me gênait. Mon père s'est longuement débattu avec les deux cadenas gris, j'avais presque l'impression qu'il le faisait exprès. Ensuite, il a donné les clés à ma bellemère, puisqu'il n'en aurait plus besoin. Je le sais parce qu'il l'a dit. Ma bellemère a ouvert son sac à main, j'ai craint que ce ne soit de nouveau pour prendre son mouchoir, mais elle y a seulement fourré les clés. On est partis au triple galop. J'ai cru qu'on rentrait à la maison ; mais non, nous sommes d'abord allés faire des achats. Ma belle-mère avait une longue liste de tout ce dont mon père aurait besoin au camp de travail. Elle s'en est déjà procuré une partie hier. Le reste, il fallait encore le trouver. C'était un peu désagréable de marcher avec eux, comme ça, tous les trois, et tous les trois avec une étoile jaune. Quand je suis tout seul, je trouve ça plutôt amusant. Pourtant avec eux, ça me gêne presque. Je ne saurais dire pourquoi. Mais je n'y ai plus pensé par la suite. Dans tous les magasins, il y avait du monde, sauf dans celui où on a acheté le sac à dos : on était les seuls clients. Une odeur de tissu enduit flottait dans l'air. Le marchand, un petit vieux jauni mais avec des fausses dents brillantes et un protège-coude sur un bras, ainsi que sa grosse femme étaient très aimables. Ils ont amoncelé toutes sortes de marchandises devant nous. J'ai remarqué que le commerçant disait "mon petit" à la vieille femme et qu'il la faisait courir pour chercher les articles. D'ailleurs, je connais ce magasin, il n'est pas loin de chez nous, mais je n'y étais encore jamais entré. C'est une espèce de magasin de sport, bien qu'on y vende aussi autre chose. Ces derniers temps, on peut y trouver des étoiles jaunes fabrication maison, parce que, bien sûr, il y a une grave pénurie d'étoffe jaune en ce moment. (En ce qui nous concerne, ma belle-mère s'en est occupée à temps.) Si je ne m'abuse, leur trouvaille consiste à tendre le tissu sur une feuille de carton, c'est plus joli comme ça, et puis les branches ne sont pas aussi ridiculement mal découpées que sur les étoiles que certaines personnes se sont faites elles-mêmes. J'ai remarqué qu'ils s'étaient décoré la poitrine avec leur propre article. Et c'était comme s'ils ne la portaient que pour en donner envie aux clients.

Mais la vieille femme revenait déjà avec la marchandise. Avant, le commerçant nous avait demandé, "avec notre permission", si nous faisions des préparatifs pour le travail obligatoire. C'est ma belle-mère qui a répondu "oui". Il a hoché la tête d'un air triste. Il a même levé ses mains décrépites, couvertes de taches brunes avant de les laisser retomber sur le comptoir d'un geste compatissant. Alors ma belle-mère lui a signalé que nous aurions besoin d'un sac à dos et lui a demandé s'il en avait. Il a hésité, puis il a dit : "Pour vous, ça se trouvera." Et il a dit à sa femme : "Mon petit, va en chercher un à la réserve pour le monsieur !" Le sac à dos convenait parfaitement. Mais il a encore envoyé sa femme chercher d'autres objets dont, selon lui, mon père "ne peut se passer là où il va". Dans l'ensemble, il nous parlait avec beaucoup de tact et de compassion, il évitait dans la mesure du possible d'employer l'expression "service du travail obligatoire". Il ne montrait que des choses qui pouvaient être utiles, une gamelle hermétique, un canif avec toutes sortes d'outils dans le manche, une sacoche, etc., que, a-t-il souligné, on venait toujours lui acheter dans des "circonstances analogues". Ma belle-mère a acheté le canif pour mon père. Moi aussi, il me plaisait bien. Quand on a eu trouvé toutes les fournitures, le marchand a dit à sa femme : "La caisse !" La vieille femme emmitouflée dans une robe noire a laborieusement enfoncé son corps flasque entre la caisse enregistreuse et un fauteuil capitonné. Le commerçant nous a raccompagnés jusqu'à la porte. Là, il a dit "au plaisir de vous revoir", puis il s'est penché vers mon père et a ajouté tout bas, sur le ton de la confidence : "Comme nous le pensons : vous et moi."

On a enfin repris le chemin de la maison. Nous habitons dans un grand immeuble de rapport, près de la place où se trouve l'arrêt de tramway. On était déjà à l'étage quand ma belle-mère s'est rappelé qu'elle avait oublié de réaliser les tickets de pain. J'ai dû retourner à la boulangerie. Après avoir fait un peu la queue, j'ai réussi à rentrer dans la boutique. D'abord, j'ai dû me présenter chez sa femme, une blonde avec des gros seins : c'est elle qui a découpé le bon carré, et seulement après chez le boulanger qui servait le pain. Il ne m'a même pas répondu quand je l'ai salué, parce que tout le monde sait dans le quartier qu'il n'aime pas les juifs. C'est pourquoi il manquait quelques dizaines de grammes au morceau de pain qu'il m'a jeté. En revanche, j'ai entendu dire que, de cette façon, il faisait plus de bénéfice par ration. Et d'une certaine manière, à son regard haineux et à ses gestes experts, à cet instant j'ai soudain compris le principe de sa pensée, la raison pour laquelle il ne lui était même pas possible d'aimer les juifs, parce que, alors, il pourrait avoir la désagréable impression de les rouler. Alors que là, il agit conformément à ses convictions, et une sorte de principe guide ses actes, ce qui – je l'admets – est tout à fait différent, bien sûr.

Je me dépêchais de rentrer parce que j'avais déjà très faim et c'est pourquoi j'ai tout juste accordé un mot à Annamária : elle dévalait l'escalier pendant que je montais. Elle habite sur notre palier, chez les Steiner que nous voyons dernièrement tous les soirs chez les vieux Fleischmann. Autrefois, on ne prêtait pas vraiment attention aux voisins : mais maintenant, il s'est avéré que nous sommes de la même race, et cela nécessite le soir un petit échange de vues à propos de nos perspectives communes. Pendant ce temps, nous deux, on parle toujours d'autre chose, et c'est ainsi que j'ai appris que les Steiner ne sont en réalité que son oncle et sa tante : ses parents divorcent et comme ils n'ont pas encore pu se mettre d'accord à son sujet, ils ont décidé que le mieux serait qu'aucun des deux ne la garde. Avant, elle était en pension, pour la même raison que moi autrefois. Elle doit avoir environ quatorze ans, comme moi. Elle a un long cou. Sa poitrine commence à s'arrondir sous son étoile jaune. On l'avait envoyée à la boulangerie elle aussi. Elle voulait savoir si je n'avais pas envie de faire un petit rami à quatre, l'après-midi, avec les deux sœurs. Celles-ci habitent à l'étage audessus du nôtre. Annamária les fréquente, mais moi je ne les connais que pour les voir dans le couloir ou dans l'abri antiaérien. La plus petite semble avoir onze ou douze ans. La plus grande a le même âge qu'Annamária, c'est elle qui me l'a dit. Parfois, quand je me trouve par hasard dans la pièce qui donne sur la cour, je la vois rentrer ou sortir, sur le palier d'en face. Je suis déjà tombé nez à nez avec elle sous le porche. J'ai pensé que ce serait l'occasion de faire plus ample connaissance : donc, ça m'aurait dit. Mais au même moment, j'ai pensé à mon père et j'ai dit à Annamária : “Pas aujourd'hui, parce qu'ils ont réquisitionné mon père.” Elle s'est immédiatement souvenue d'avoir entendu son oncle parler du problème de mon père. Elle a fait cette remarque : “Bien sûr.” On est restés un peu sans rien dire. Ensuite, elle m'a demandé : “Et demain ?” Mais je lui ai dit : “Plutôt après-demain.” Et j'ai tout de suite ajouté : “Peut-être.”

Quand je suis arrivé à la maison, mon père et ma belle-mère étaient déjà à table. Pendant qu'elle s'occupait de mon assiette, ma belle-mère m'a demandé si j'avais faim. J'ai dit : “Terriblement”, sur le coup, je ne pensais à rien d'autre, et puis c'était vrai. Elle a rempli mon assiette, mais s'est à peine servie elle-même. Ce n'est pas moi qui l'ai remarqué mais mon père, et il lui a demandé pourquoi. En guise de réponse, elle a dit en gros que dans les circonstances actuelles son estomac serait incapable d'accepter une quelconque nourriture, et j'ai vite compris ma gaffe. Il est vrai que mon père a désapprouvé son comportement. Il argumentait en disant qu'elle ne devait pas se laisser aller, juste au moment où elle devait être forte et persévérante. Elle ne répondit rien mais j'entendis un bruit et quand je levai les yeux, je vis qu'elle pleurait. C'était de nouveau très pénible, je m'efforçais de ne regarder que dans mon assiette. Je remarquai quand même le geste de mon père qui voulait lui prendre la main. Un instant plus tard, comme je les entendais garder le silence, prudemment, je les regardai de nouveau, ils étaient assis main dans la main et se regardaient intensément, comme un homme et une femme. Je n'ai jamais aimé ça, et là aussi, ça me gênait. Pourtant, c'est au fond une chose naturelle, je crois. N'empêche que je n'aime pas. Je ne sais pas pourquoi. Ce fut moins pesant dès qu'ils se sont remis à parler. Il était de nouveau question de M. Sütö, brièvement, et bien sûr de la boîte et de notre autre entrepôt : à ce que j'entendais, mon père était rassuré de les "savoir en de bonnes mains", comme il disait. Ma belle-mère partageait son apaisement, mais elle a quand même mentionné le problème des "assurances", en disant qu'elles n'étaient fondées que sur la parole donnée et que la question était de savoir si cela suffisait. Mon père haussa les épaules et a répondu que non seulement dans le commerce, mais aussi "dans les autres domaines de la vie", on n'était plus sûr de rien. Ma belle-mère lui a donné raison en poussant un soupir saccadé : elle regrettait déjà d'avoir mentionné cette histoire et priait mon père de ne pas dire cela, de ne pas penser ainsi. Mais alors il s'est demandé comment elle pourrait faire face aux énormes soucis qui l'attendaient dans des circonstances aussi difficiles, seule, sans lui : elle a répondu qu'elle ne serait pas seule puisque j'étais là. Nous deux, poursuivit-elle, nous veillerions l'un sur l'autre jusqu'à ce que mon père revienne parmi nous. Et elle se tourna vers moi, la tête légèrement inclinée sur le côté, et me demanda s'il en serait bien ainsi. Elle souriait, mais en même temps sa bouche tremblait. J'ai dit oui. Mon père me regardait, son regard était doux. D'une certaine manière, ça m'a surpris, et voulant moi aussi faire quelque chose pour lui, j'ai repoussé mon assiette. Il l'a remarqué et m'a demandé pourquoi j'avais fait ça. J'ai dit : "Je n'ai pas faim." J'ai vu que ça lui faisait plaisir : il m'a caressé la tête. Et à cause de cette caresse, j'ai senti pour la première fois de la journée quelque chose me serrer la gorge ; pas une envie de pleurer, plutôt une espèce de nausée. J'aurais voulu que mon père ne soit plus là. C'était vraiment très désagréable, mais je le ressentais si nettement que je ne pouvais pas penser à autre chose, et à cet instant, j'étais complètement troublé. Juste après, j'aurais pu pleurer, mais je n'en ai plus eu le temps, parce que les invités sont arrivés.

Ma belle-mère avait déjà parlé d'eux auparavant : "Il n'y aura que les plus proches parents", avait-elle dit. Et elle a ajouté, commentant un mouvement de mon père : "Mais puisqu'ils veulent te dire au revoir. Il n'y a rien de plus naturel !" La sonnette retentissait déjà : c'étaient la sœur et la mère de ma belle-mère. Bientôt sont arrivés les parents de mon père, grand-père et grand-mère. On a tout de suite installé la grand-mère sur le canapé, parce qu'il faut dire que même avec ses lunettes épaisses comme des loupes elle y voit à peine, et elle est au moins aussi sourde qu'elle est myope. Mais elle veut quand même participer aux événements qui se déroulent autour d'elle et se rendre utile. C'est dire s'il y a beaucoup de travail avec elle, d'une part parce qu'il faut tout le temps lui hurler à l'oreille où en sont les choses, et d'autre part pour l'empêcher astucieusement de s'en mêler, parce que ses interventions ne feraient que mettre la pagaille.

La mère de ma belle-mère est venue avec un chapeau fringant en forme de cône : sur le devant, il y avait une plume en travers. Elle l'a vite enlevé et alors sont apparus ses beaux cheveux clairsemés, blancs comme neige, et leur fine tresse enroulée en un chignon rachitique. Elle a un visage fin et jaune, de grands yeux bruns, deux replis de peau flétrie pendouillent à son cou : elle ressemble à un chien de chasse très intelligent, très raffiné. Elle branle toujours un peu du chef. Elle a été chargée de préparer le sac à dos de mon père, vu qu'elle sait très bien faire ce genre de chose. Elle s'est immédiatement mise au travail, selon la liste que ma belle-mère lui a passée.

Mais nous n'avons trouvé aucune tâche pour la sœur de ma belle-mère. Elle est beaucoup plus âgée que ma belle-mère et son apparence est différente, comme si elle n'était même pas sa sœur : petite, grassouillette, avec un visage de poupée émerveillée. Elle bavardait tout le temps, elle pleurait aussi et embrassait tout le monde. J'ai eu du mal à me dégager de sa poitrine molle qui sentait la poudre de riz. Quand elle s'asseyait, toute la chair de son corps s'affalait sur ses cuisses courtaudes. Et pour dire deux mots de mon grand-père : il est resté debout à côté du canapé de grand-mère et il écoutait ses jérémiades d'un air patient, imperturbable. D'abord, elle a pleuré à cause de mon père ; mais ses propres ennuis ont commencé à lui faire oublier ce souci-là. Elle se plaignait de la tête, des sifflements et bourdonnements que la tension provoquait dans ses oreilles. Mon grand-père avait l'habitude : il ne lui répondait même pas. Il est resté sans bouger à côté d'elle, jusqu'à la fin. Je ne l'ai pas entendu prononcer un seul mot, mais à chaque fois que je regardais dans sa direction, je le voyais là, dans le même coin qui sombrait petit à petit dans la pénombre à mesure que l'heure avançait : une faible lueur éclairait encore son front chauve et l'arête de son nez, tandis que ses orbites et le bas de son visage se noyaient déjà dans l'obscurité. Et ce n'est qu'à l'éclat de ses petits yeux qu'on voyait qu'il suivait tous les mouvements dans la pièce, imperceptiblement.

Par-dessus le marché, une cousine de ma belle-mère est arrivée avec son mari. Je l'appelle oncle Vili parce que c'est son nom. Il y a quelque chose qui cloche dans sa démarche, c'est pourquoi l'une de ses chaussures a une semelle plus épaisse que l'autre, mais c'est grâce à cela qu'il a le privilège de ne pas devoir aller au camp de travail. Il a une tête en forme de poire, large, bosselée et chauve au sommet, mais qui devient plus étroite vers le front et le menton. Dans la famille, on tient compte de son avis, parce que, avant d'ouvrir une agence de courses hippiques, il a fait du journalisme. Maintenant aussi il voulait donner des nouvelles intéressantes qu'il tenait "de source sûre" et qualifiait "d'absolument dignes de foi". Il s'assit dans un fauteuil, déplia sa mauvaise jambe, se frotta les mains dans un bruissement sec et nous informa qu'il fallait s'attendre bientôt à des "changements radicaux dans notre situation", à savoir que des "négociations secrètes" venaient de commencer à notre sujet "entre les Allemands et les puissances alliées, avec un médiateur neutre". En effet, les Allemands, expliquait oncle Vili, "se sont finalement rendu compte eux-mêmes de leur situation désespérée sur les différents fronts". A son avis, nous, "la communauté juive de Budapest", "tombions à pic" pour eux dans leur tentative de "tirer des avantages sur notre dos auprès des Alliés" qui feraient bien sûr tout leur possible pour nous ; et il a encore mentionné un "facteur important", selon lui, qu'il connaissait du temps où il était journaliste et qu'il appelait "l'opinion mondiale" ; il dit que celle-ci était "bouleversée" par ce qui nous arrivait. Il poursuivit en disant que les négociations étaient certes difficiles, et que cela expliquait la sévérité des mesures prises actuellement à notre encontre ; mais ce n'étaient que les suites logiques "du grand jeu dans lequel nous ne sommes en fait que les instruments d'une manœuvre de chantage international aux proportions inimaginables" ; il objecta que lui, qui savait bien "ce qui se passe à l'envers du décor", considérait que tout ça n'était rien qu'un "bluff spectaculaire", n'ayant d'autre but que d'obtenir le prix maximum, et il ne nous demandait qu'un peu de patience, le temps que "les événements se dénouent". Alors mon père lui a demandé si c'était pour demain ou s'il devait considérer que sa convocation n'était "rien que du bluff", peut-être devait-il rester au lieu d'aller demain au camp de travail. Ça a un peu embarrassé oncle Vili. Il a répondu : "Eh bien, non, bien sûr que non." Mais il a affirmé qu'il était absolument sûr que mon père serait bientôt de retour à la maison. "C'est la douzième heure", dit-il en se frottant sans cesse les mains. Avant d'ajouter : "Si un seul de mes tuyaux était aussi sûr que ça, je ne serais pas sans le sou en ce moment !" Il voulait ajouter quelque chose, mais ma belle-mère et sa mère venaient juste d'en finir avec le sac à dos et mon père s'est levé pour essayer s'il n'était pas trop lourd.

Le frère aîné de ma belle-mère, oncle Lajos, est venu le dernier. Il exerce dans notre famille une fonction très importante, mais je ne saurais dire précisément laquelle. Il a tout de suite voulu parler en tête à tête avec mon père. J'ai remarqué que cela énervait ce dernier qui lui a fait comprendre, avec beaucoup de tact, certes, de faire vite. Et soudain, il s'est mis à me travailler. Il m'a dit qu'il aimerait "discuter" avec moi. Il m'a entraîné dans un coin de la pièce et m'a placé devant une armoire, en face de lui. Il a commencé par me dire que, comme je le savais, mon père "nous quitte" demain. Je lui ai dit que je le savais. Il voulait m'entendre dire s'il allait me manquer. Comme cette question m'énervait un peu, j'ai répondu : "Naturellement." Et comme je trouvais que ça faisait un peu court, j'ai vite ajouté : "Beaucoup." Sur quoi, il a longuement hoché la tête avec une expression douloureuse sur le visage.

Mais, par la suite, il m'apprit deux ou trois choses intéressantes et surprenantes.

Ainsi, par exemple, que ce triste jour mettait fin à la période de ma vie qu'il appelait “les années heureuses et insouciantes de l'enfance”. Il dit que je n'avais sûrement pas pensé à cela en ces termes. J'admis que non. Il poursuivit en disant que ses paroles ne devaient pas m'étonner outre mesure. J'ai encore dit que non. Alors il attira mon attention sur le fait qu'avec le départ de mon père ma belle-mère restait sans soutien et bien que la famille “garde les yeux sur nous”, c'est moi qui serais désormais son principal soutien. Il a dit que, certes, j'apprendrais bien vite “ce que sont le souci et le sacrifice”. Car il était clair que désormais ma vie ne serait plus aussi facile que jusqu'à présent, et il ne voulait pas me le cacher, vu qu'il me parlait “comme à un adulte”. “Désormais, dit-il, tu partages le sort des juifs.” Puis il en a parlé plus longuement, me rappelant que ce destin était “depuis des décennies une suite ininterrompue de persécutions” que les juifs devaient néanmoins “accepter avec patience et résignation”, car Dieu leur envoyait ce châtiment pour leurs péchés anciens et c'est justement pourquoi il ne faut attendre de pitié que de Lui ; et qu'Il attend de nous que, dans cette situation difficile, nous tenions bon à l'endroit qu'Il nous a assigné, “selon nos forces et nos capacités”. Il m’a appris que moi, par exemple, je devrais à l’avenir assumer le rôle de chef de famille. Et il m’a demandé si je m’en sentais la force et si j’étais prêt. Bien que je n’aie pas vraiment suivi le fil de son raisonnement, surtout ce qu’il avait dit à propos des juifs, de nos péchés et de notre Dieu, ses paroles m’avaient touché. J’ai donc dit : “Oui.” Il avait l’air satisfait. Il a dit : “C’est bien.” Il avait toujours su que j’étais un garçon intelligent qui avait des “sentiments profonds et le sens des responsabilités” ; et avec tous ces coups durs, ça lui apportait une certaine consolation – comme il l’a laissé entendre. Puis, avec ses doigts couverts de touffes de poils sur le dessus et légèrement moites sur le dessous, il me prit le menton et me leva la tête, et d’une voix faible, un peu tremblante, il a dit : “Ton père part pour un long voyage. As-tu prié pour lui ?” Il y avait une sorte de sévérité dans son regard, et c’est peut-être ce qui a suscité en moi la pénible sensation d’une omission, parce que, de moi-même, je n’y aurais certainement pas pensé. Mais depuis qu’il en avait parlé je ressentais cela comme un fardeau, comme une sorte de dette, et pour m’en libérer, j’ai avoué : “Non.” Il m’a dit : “Viens avec moi.”

J'ai dû le conduire dans la chambre qui donne sur la cour. C'est là que nous avons prié, au milieu de quelques meubles délabrés, inutilisables. D'abord, oncle Lajos a placé à l'arrière de son crâne, là où ses cheveux gris et clairsemés forment une petite clairière, sa petite calotte noire, brillante comme la soie. Moi aussi, j'ai dû aller chercher ma calotte dans le vestibule. Il a sorti de la poche intérieure de son manteau un livret noir à tranche rouge, et dans la poche du haut, il a pris ses lunettes. Ensuite, il s'est mis à lire à haute voix la prière et, moi, je devais répéter après lui au fur et à mesure qu'il avançait. Au début, ça allait bien, mais j'en ai eu vite assez, d'autant plus que je ne comprenais pas un seul mot de ce que nous disions à Dieu, vu qu'on doit s'adresser à Dieu en hébreu et que moi je ne connais pas cette langue. Et donc, pour pouvoir suivre, je m'efforçais d'observer le mouvement des lèvres d'oncle Lajos, si bien que je n'ai retenu de tout cela que le spectacle du remuement humide de lèvres charnues et le bruit incompréhensible d'une langue étrangère que nous marmonnions. Et puis aussi une image que je voyais par-dessus l'épaule d'oncle Lajos, à travers la fenêtre : sur le palier suspendu au-dessus de notre étage, la sœur aînée se hâtant vers chez nous. Je crois même que je me suis un peu emmêlé dans le texte. Mais, à la fin de la prière, oncle Lajos semblait satisfait et l'expression de son visage m'a bientôt fait sentir à moi aussi que nous avions vraiment fait quelque chose pour mon père. Et, effectivement, j'étais mieux qu'avant, je n'avais plus cette sensation pesante et impérieuse.

On est revenus dans la pièce côté rue. Le soir était tombé. Nous avons fermé les volets recouverts de cartons de défense passive sur le soir de printemps bleuté et brumeux. Cela nous a comme coincés dans la pièce. Le brouhaha commençait à me fatiguer. La fumée des cigarettes me piquait les yeux. Je bâillais beaucoup. La maman de ma bellemère mit la table. Elle avait apporté le dîner dans son grand sac à main. Elle s'était même procuré de la viande au marché noir. Elle l'avait déjà raconté en arrivant. Mon père avait alors pris de l'argent dans son portefeuille en cuir pour la rembourser. On était déjà en train de manger quand soudain sont arrivés M. Steiner et M. Fleischmann. Ils voulaient aussi dire au revoir à mon père. M. Steiner a dit tout de suite en entrant : “Que personne ne se dérange.” Il a dit : “Je suis Steiner, restez assis.” Comme toujours, il avait aux pieds des pantoufles en charpie, son gros ventre apparaissait sous son gilet ouvert et il avait à la bouche son éternel mégot de cigare puant. La raie enfantine qu'il avait dans ses cheveux roux faisait un drôle d'effet sur sa grosse tête. M. Fleischmann disparaissait complètement à côté de lui parce que c'est un homme menu, très soigné, il a les cheveux blancs, une peau grisâtre, des lunettes de hibou et une expression toujours un peu soucieuse. Il se balançait sans un mot à côté de M. Steiner et se tordait les doigts, comme s'il s'excusait, c'est du moins ce qu'il semblait, pour M. Steiner. Mais je n'en suis pas sûr. Les deux vieux sont inséparables, bien qu'ils se disputent sans cesse parce qu'ils ne sont d'accord sur rien. L'un après l'autre, ils ont serré la main de mon père. M. Steiner lui a même tapoté l'épaule. Il l'a appelé "mon vieux" et a placé sa vieille blague : "Bas les cœurs et ne perdons jamais désespoir." Il a ajouté, et M. Fleischmann approuvait de la tête, qu'ils allaient veiller sur moi et sur la "jeune dame" (comme il appelait ma bellemère). Ses petits yeux cillaient. Puis il l'a attiré sur son gros ventre et l'a serré dans ses bras. Quand ils sont partis, tout s'est noyé dans le bruit des couverts, la rumeur des conversations, la vapeur des plats et l'épaisse fumée du tabac. Je ne percevais plus que de temps en temps un visage ou le fragment incohérent d'un événement, comme surgissant du brouillard qui m'entourait, surtout la tête tremblante, jaune et sèche de la maman de ma belle-mère qui s'occupait de toutes les assiettes ; ensuite, les mains d'oncle Lajos tendues en signe de refus, parce qu'il ne voulait pas de viande, vu que c'était du porc et que la religion le lui interdisait ; le visage joufflu de la sœur de ma belle-mère, son menton agité et ses yeux larmoyants ; et soudain le crâne chauve d'oncle Vili s'est levé, tout rose, dans le cercle de lumière de la lampe, et j'ai entendu de nouveau des bribes de son analyse ; je me rappelle aussi les paroles d'oncle Lajos que nous avons écoutées dans un silence solennel, par lesquelles il demandait l'aide de Dieu "pour que nous puissions bientôt tous nous retrouver autour de la table familiale, dans la paix, l'amour et la santé". Je voyais à peine mon père, et quant à ma belle-mère, je remarquais seulement qu'on était très attentionné avec elle, peut-être même plus qu'avec mon père : à un moment, elle avait mal à la tête et certains lui demandaient avec insistance si elle ne désirait pas prendre un cachet ou mettre une compresse, mais elle ne voulait ni l'un ni l'autre. En revanche, mon attention était attirée à intervalles irréguliers par ma grand-mère qui était toujours dans les jambes et qu'il fallait chaque fois ramener sur son canapé, par ses plaintes incessantes, ses yeux qui ne voyaient rien et par ses lunettes épaisses, couvertes de buée et baignées de larmes, qui apparaissaient comme deux insectes étranges sécrétant de la sueur. Ensuite, à un moment donné, tout le monde se leva de table. Et alors commencèrent les au revoir définitifs. Mais mon grand-père et ma grand-mère partirent un peu avant la famille de ma belle-mère. Et ce qui m'a le plus marqué durant toute cette soirée, c'est le seul geste par lequel mon grand-père s'est fait remarquer : il a collé sa toute petite tête anguleuse d'oiseau sur la poitrine de mon père, pour un seul instant, mais d'une façon sauvage, presque éperdue. Il tressaillait de tout son corps crispé. Puis il est sorti très vite, tenant ma grand-mère par le coude. Tous s'écartaient sur leur chemin. Ensuite quelques-uns m'ont embrassé moi aussi, et je sentais la trace collante de leurs lèvres sur mes joues. Et soudain ce fut le silence, parce que tout le monde était parti.

Alors j'ai à mon tour dit adieu à mon père. Ou plutôt lui à moi. Je ne sais plus. Je ne me rappelle plus précisément les circonstances : il a pu sortir avec les invités, parce que je suis resté quelques instants tout seul à la table couverte des reliefs du repas, et je n'ai sursauté que lorsqu'il est revenu. Il était seul. Il voulait me dire au revoir. Il a dit que demain à l'aube il n'y aurait plus de temps pour ça. Il m'a parlé en gros de ma responsabilité et dit que j'étais dorénavant un adulte, tout ce qu'oncle Lajos m'avait déjà énuméré une fois cet après-midi, mais sans Dieu, pas avec de si belles paroles, et beaucoup plus brièvement. Il a aussi évoqué ma mère : il pensait qu'elle "essaierait de m'attirer chez elle". Je voyais que cette idée l'inquiétait vraiment. Ils avaient longuement bataillé tous les deux pour m'avoir, jusqu'à ce que le tribunal se prononce en faveur de mon père : et maintenant, je le comprenais bien, il ne voulait pas perdre les droits qu'il avait sur moi du seul fait qu'il était dans une situation défavorable. Il n'en appelait pas à la loi, mais à ma compréhension et à la différence entre ma belle-mère qui "a su bâtir un foyer heureux" pour moi et ma mère qui, par contre, m'avait "abandonné". J'ai tendu l'oreille, parce que ma mère m'avait présenté ce détail autrement : d'après elle, c'est lui qui était fautif. C'est pourquoi elle avait été obligée de choisir un autre mari, un certain Dini (en fait : Dénes) qui d'ailleurs est parti la semaine dernière, également dans un camp de travail. Mais je n'ai jamais rien pu savoir de plus précis, et à présent mon père a de nouveau détourné aussitôt la conversation, revenant à ma belle-mère : c'est à elle que j'étais redevable d'avoir pu quitter l'internat, et ma place était "à la maison, à ses côtés". Il a encore beaucoup parlé d'elle et je me doutais de la raison pour laquelle ma belle-mère n'assistait pas à notre conversation : elle aurait sûrement été gênée. Moi, ça commençait à me fatiguer. Et je ne sais même plus ce que j'ai promis à mon père quand il me l'a demandé. Mais dans la minute qui suivit, je me suis tout simplement retrouvé dans ses bras, et son étreinte m'a surpris, ses paroles ne m'y avaient pas préparé. Je ne sais pas si c'est ça qui a fait couler mes larmes, ou tout simplement l'épuisement, ou peut-être encore parce que depuis le matin, depuis la première remarque de ma belle-mère, je me préparais en quelque sorte à ce qu'elles coulent nécessairement à cet instant précis : mais quoi qu'il en soit, c'est bien que cela se soit produit, et je sentais que cela faisait plaisir à mon père d'avoir pu le voir. Alors, il m'a envoyé au lit. J'étais déjà très fatigué. "Au moins, pensais-je, nous l'aurons laissé partir au camp de travail, le pauvre, avec le souvenir d'une belle journée."

II

Voilà déjà deux mois que nous avons fait nos adieux à mon père. C'est l'été. Mais au lycée on nous a accordé nos vacances dès le printemps. En disant que c'est la guerre. Les avions viennent souvent bombarder la ville et de nouvelles lois sur les juifs ont été promulguées. Depuis deux mois, je suis moi aussi astreint au travail. J'ai été informé par une lettre officielle que j'étais "affecté à un emploi stable". La lettre était adressée au "jeune apprenti auxiliaire Köves György" et j'ai compris tout de suite que c'était un coup de l'Union des jeunesses. Mais j'avais déjà entendu dire que, dorénavant, ceux qui ne pouvaient pas encore être des travailleurs à part entière compte tenu de leur âge, comme c'est mon cas, étaient envoyés dans des usines ou des endroits de ce genre. Il y a avec moi environ dix-huit garçons, pour la même raison, ils ont tous une quinzaine d'années. Je travaille à Csepel, dans une société qui s'appelle "Raffineries de pétrole Shell". Et comme ça, je jouis, pour ainsi dire, d'une espèce de privilège, vu qu'il est interdit de sortir de la ville avec l'étoile jaune. On m'a remis en mains propres une carte d'identité en bonne et due forme, munie du cachet de la direction de l'usine d'armement et, grâce à cela, je peux "franchir la barrière de Csepel".

Quant au travail, on ne peut pas dire qu'il soit très fatigant, et avec les copains, c'est même assez amusant : il s'agit d'ûn travail d'aide dans le domaine de la maçonnerie. La raffinerie a été bombardée et nous devons faire en sorte de réparer les dégâts occasionnés par les avions. Le maître d'œuvre qui nous a sous ses ordres est très équitable envers nous : à la fin de la semaine, il nous donne même notre salaire, exactement comme aux vrais ouvriers. Mais c'est surtout la carte d'identité qui a réjoui ma bellemère. Jusque-là, chaque fois que j'allais quelque part, elle se faisait un sang d'encre pour le cas où j'aurais à justifier de mon identité. Mais maintenant elle n'a plus de raisons de s'inquiéter, parce que ma carte prouve que je ne vis pas seulement pour m'amuser, mais que je participe activement à l'effort de guerre dans l'industrie, et cela relève d'une tout autre appréciation, naturellement. C'est aussi l'avis de la famille. Seule la sœur de ma belle-mère m'a un peu plaint, parce que je dois effectuer un travail manuel, et les yeux baignés de larmes, elle m'a demandé si c'est pour ça que j'étais allé au lycée. Je lui ai dit que c'était bon pour la santé. Oncle Vili m'a tout de suite donné raison et oncle Lajos a aussi hoché la tête : il faut accepter la volonté divine ; puis il s'est tu. Ensuite, il m'a pris en aparté et m'a parlé sérieusement : il m'a rappelé, entre autres, de ne pas oublier qu'au travail je ne représentais pas seulement ma personne mais "toute la communauté des juifs", et que donc, à cause d'eux, je devais surveiller mon comportement, parce que désormais on en déduirait des jugements sur eux tous. Eh bien, je n'y aurais jamais pensé. Mais j'admettais qu'il pouvait avoir raison.

Les lettres de mon père arrivent régulièrement du camp de travail : Dieu merci, il est en bonne santé, il supporte bien le travail et il est traité humainement, écrit-il. La famille est satisfaite. Oncle Lajos est aussi de cet avis : Dieu a jusqu'ici été avec mon père, et il m'a rappelé de faire ma prière quotidienne pour qu'Il continue à veiller sur lui, puisque c'est Lui qui règne sur nous tous. Oncle Vili nous a assurés qu'il fallait encore tenir bon "un laps de temps court, transitoire" parce que, selon son expression, le débarquement des forces alliées a "définitivement scellé le destin" des Allemands.

Avec ma belle-mère, je m'en sors pour l'instant sans trop de divergences de vues. Mais elle, au contraire, elle est obligée de se tourner les pouces : en effet, ils ont décidé qu'il fallait fermer le magasin, parce qu'on ne peut pas faire marcher un commerce si on n'est pas de sang pur. Mais, visiblement, mon père a eu la main heureuse en misant sur M. Sütö qui apporte fidèlement chaque semaine la part qui revient à ma belle-mère sur l'entrepôt qu'il dirige, comme il l'avait promis à mon père. La dernière fois, il a été ponctuel comme d'habitude, et je l'ai vu déposer sur notre table une somme rondelette. Il a fait un baisemain à ma belle-mère et m'a adressé quelques paroles amicales. Il a demandé des nouvelles du "patron", comme il se doit. Il allait déjà prendre congé quand il s'est encore rappelé quelque chose. Il a sorti un paquet de sa serviette. Son visage était un petit peu tendu. "J'ose espérer, madame, a-t-il dit, que cela pourra vous servir." Il y avait dans le paquet de la graisse, du sucre et d'autres choses de ce genre. Je soupçonne qu'il s'était procuré tout ça au marché noir, peut-être parce qu'il avait pris connaissance du décret aux termes duquel les juifs devaient désormais se contenter de rations moindres dans le domaine de l'approvisionnement. Dans un premier temps, ma belle-mère a essayé de protester, mais M. Sütö a lourdement insisté et elle ne pouvait pas le blâmer pour son attention. Quand nous sommes restés seuls, elle m'a demandé si elle avait bien fait d'accepter. Je considérais qu'elle avait bien fait, d'autant plus qu'elle pouvait blesser M. Sütö en refusant : en fin de compte, il voulait bien faire. C'était aussi son avis et elle a dit qu'elle pensait que mon père approuverait son comportement. Effectivement, je le crois aussi. Et d'ailleurs, elle le sait mieux que moi.

Je rends visite à ma mère deux fois par semaine, les après-midi qui lui reviennent, comme d'habitude. Avec elle, j'ai davantage de soucis. Comme mon père m'en avait prévenu, elle est effectivement incapable de se faire à l'idée que ma place est chez ma belle-mère. Elle dit que je lui "appartiens" à elle, ma mère. Mais bon, je sais que le tribunal m'a confié à mon père et c'est donc sûrement sa décision à lui qui est valable. Pourtant, dimanche encore, elle m'a demandé une nouvelle fois avec insistance où, moi, je voulais vivre parce que, d'après elle, c'est quand même ma volonté à moi seul qui compte, et elle m'a demandé aussi si je l'aimais. Je lui ai dit : bien sûr ! Mais elle m'a expliqué qu'aimer revient à "tenir à quelqu'un", et qu'elle voyait bien que je tenais à ma belle-mère. J'ai essayé de lui faire comprendre qu'elle se trompait, puisqu'en définitive ce n'est pas tant moi qui tenais à elle que – elle le savait bien – mon père qui en avait décidé ainsi. Elle a dit alors qu'il était question de moi, de ma vie à moi, et que c'était à moi d'en décider, et puis que "les preuves d'amour ne sont pas dans les mots, mais dans les actes". Je suis revenu de chez elle accablé au possible : naturellement, je ne peux pas lui permettre de penser vraiment que je ne l'aime pas – mais d'un autre côté, je ne peux pas prendre tout à fait au sérieux ce qu'elle a dit sur l'importance de ma volonté, et sur le fait que c'est à moi de décider dans les affaires qui me concernent. Et en fin de compte, c'est leur problème à eux. Et il serait malvenu que je porte un jugement là-dessus. En outre, je ne peux pas voler mon père, surtout maintenant qu'il est au camp de travail, le pauvre. N'empêche que j'ai pris le tram avec un certain malaise parce que, bien sûr, je tiens à ma mère et ça m'a fait de la peine de n'avoir à nouveau rien pu faire pour elle.

C'est peut-être à cause de ce malaise que je ne m'étais pas dépêché de quitter ma mère. C'est même elle qui a insisté : il se fait tard – compte tenu du fait qu'avec une étoile jaune on n'a le droit de sortir dans la rue que jusqu'à huit heures du soir. Mais je lui ai expliqué que depuis que j'étais en possession de ma carte d'identité il n'était pas nécessaire de respecter toutes les mesures à la lettre.

Néanmoins, dans le tram, je me suis agrippé à la plate-forme arrière de la dernière voiture, correctement, conformément au règlement. Il était presque huit heures quand je suis arrivé à la maison, et bien que le soir d'été fût encore clair, les gens fermaient déjà çà et là leurs volets noirs et bleus. Ma belle-mère s'impatientait déjà, mais plutôt par habitude, puisque j'ai ma carte d'identité. Comme à l'accoutumée, on a passé la soirée chez les Fleischmann. Les deux vieux se portent bien, ils se disputent toujours beaucoup, mais ils ont approuvé comme un seul homme le fait que je travaille, eux aussi à cause de la carte d'identité, naturellement. Mais ils se sont un peu querellés dans leur enthousiasme. Comme ni ma belle-mère ni moi-même ne connaissions bien la direction de Csepel, la première fois, on leur avait demandé le chemin. Le vieux Fleischmann nous indiquait le tramway suburbain, tandis que M. Steiner préférait l'autobus, parce que, disait-il, il y a un arrêt juste à côté de la raffinerie, alors que, depuis le tramway, il y a encore une trotte – ce qui, comme j'ai pu m'en rendre compte depuis, est bien vrai. Mais alors, on ne pouvait pas encore le savoir et M. Fleischmann était très vexé : "Vous voulez toujours avoir raison", ronchonnait-il. Finalement, les deux grosses épouses ont dû intervenir. Ils nous ont beaucoup fait rire, Annamária et moi.

En ce qui la concerne, je me suis retrouvé dans une situation singulière. L'incident a eu lieu dans la nuit de vendredi, pendant l'alerte aérienne, dans l'abri, plus précisément dans l'un des passages souterrains abandonnés et obscurs qui y aboutissent. A l'origine, je voulais seulement lui montrer qu'il était plus intéressant d'observer ce qui se passait dehors depuis cet endroit. Mais quand environ une minute plus tard, on a entendu une bombe exploser non loin de là, elle s'est mise à trembler de tout son corps. Je le sentais bien, parce qu'elle s'était blottie contre moi de terreur ; elle avait passé ses bras autour de mon cou et enfoui son visage dans mon épaule.

Ensuite, je me rappelle seulement que j'ai cherché sa bouche. J'ai senti quelque chose de tiède, d'humide et un peu collant. Et puis aussi une sorte d'étonnement joyeux parce que c'était quand même la première fois que j'embrassais une fille, et juste au moment où je ne m'y attendais pas.

Hier, dans la cage d'escalier, il s'est avéré qu'elle aussi avait été très surprise. "C'était à cause de la bombe", jugeait-elle. Dans le fond, elle avait raison. Après, on s'est de nouveau embrassés, et alors elle m'a appris comment on pouvait rendre l'expérience encore plus inoubliable, à savoir que nos langues devaient aussi jouer un certain rôle.

Ce soir, j'ai encore été avec elle dans l'autre pièce, pour regarder l'aquarium des Fleischmann : on vient souvent admirer les poissons pour de vrai. Mais là, nous n'étions pas venus seulement pour ça. On a mis à contribution nos langues. Mais nous sommes vite revenus, parce qu'elle avait peur : son oncle et sa tante pourraient se douter de quelque chose. Ensuite, on a causé, j'ai appris deux ou trois choses intéressantes qu'elle pensait de moi : elle m'a dit qu'elle ne se serait jamais imaginé qu'"un jour", je serais pour elle "plus qu'un bon copain". Quand elle m'avait vu pour la première fois, elle n'avait vu en moi qu'un jeune adolescent. Elle a aussi avoué que, par la suite, elle m'avait mieux observé et qu'elle avait senti naître en elle une certaine sympathie à mon égard, peut-être, pensait-elle, parce que nos parents partageaient le même sort, et elle avait déduit de l'une ou l'autre de mes remarques que, sur certaines questions, nous étions du même avis ; mais elle n'entrevoyait rien de plus à l'époque. Elle a dit d'un air pensif que c'était si étrange, puis elle a ajouté : "Visiblement, ça devait arriver." Son visage avait une expression singulière, presque sévère, et je ne remettais pas en cause son point de vue, j'étais même plutôt d'accord avec ce qu'elle avait dit hier, à savoir que c'était à cause de la bombe. Mais bien sûr, je ne peux pas le savoir exactement, et je voyais que ça lui plaisait mieux comme ça. On n'a pas tardé à se quitter, parce que je dois aller au travail demain matin, et quand je lui ai pris la main, elle m'a fait un peu mal dans la paume avec ses ongles. J'ai compris qu'elle faisait allusion à notre secret, et son visage semblait dire : "Tout va bien."

Mais le lendemain, elle s'est comportée d'une façon extrêmement bizarre. L'après-midi, après être rentré du travail, je me suis d'abord lavé, j'ai changé de chemise et de chaussures, je me suis coiffé avec un peigne mouillé, puis on est allés chez les sœurs – parce que Annamária avait entre-temps effectué ma présentation auprès d'elles, conformément à son projet. Leur mère m'a réservé un accueil chaleureux. (Le père est au travail obligatoire.) Elles ont un appartement imposant, avec un balcon, des tapis, quelques grandes pièces et une petite chambre particulière pour les deux filles. Il y a là un piano, de nombreuses poupées et autres babioles de filles. En général, nous jouons aux cartes, mais l'aînée n'avait pas envie aujourd'hui. Elle voulait d'abord nous parler de quelque chose qui la préoccupe beaucoup en ce moment : son étoile jaune lui pose problème. En effet, "le regard des autres" lui a fait prendre conscience d'un changement, elle trouve que l'attitude des gens envers elle a changé, et elle voit à leurs regards qu'ils la "haïssent". Elle l'a remarqué encore ce matin, quand sa mère l'a envoyée aux commissions. Mais moi je crois qu'elle exagère un peu. Du moins l'expérience que j'en ai n'est pas exactement la même. Ainsi, par exemple, au travail il y a aussi certains maçons dont on sait qu'ils ne supportent pas les juifs : mais avec nous, les jeunes, ils ont quand même lié amitié. Toutefois, ça ne change rien à leurs opinions, bien sûr. Ensuite, je me suis rappelé l'exemple du boulanger et j'ai tenté d'expliquer à la fille que ce n'est pas elle – c'est-à-dire elle-même, en tant que personne puisqu'en fin de compte ils ne la connaissent même pas – qu'ils haïssent, mais plutôt la notion de "juif". Elle a déclaré alors qu'elle y avait déjà pensé, parce que fondamentalement elle ne sait pas exactement ce que c'est. Annamária lui avait pourtant dit que tout le monde le savait : c'est une religion. Sauf qu'elle, ce n'est pas ça qui l'intéressait, mais le "sens". "Finalement, on a besoin de savoir pourquoi on nous hait", jugeait-elle. Elle a avoué qu'au début elle ne comprenait rien à tout ça, et que ça lui faisait très mal de voir qu'on la méprisait "rien que parce qu'elle est juive" : elle a senti alors pour la première fois – comme elle a dit – que quelque chose la séparait des autres gens, qu'elle appartenait à un autre monde. Ensuite, elle s'était mise à réfléchir, elle avait même cherché des réponses à ses questions dans des livres ou des discussions, et c'est ainsi qu'elle avait compris que c'était justement cela que les gens haïssaient chez elle. Elle considérait que "nous, les juifs, nous sommes différents des autres", que cette différence est fondamentale et que c'est à cause de cela que les gens détestent les juifs. Elle a aussi fait remarquer combien il est particulier pour elle de vivre “avec la conscience de cette différence” et qu’elle en ressentait parfois une sorte de fierté, et parfois plutôt une espèce de honte. Elle voulait savoir quelle était notre attitude à nous face à notre différence et elle nous a demandé si nous en étions fiers ou si nous en avions plutôt honte. Sa petite sœur et Annamária ne le savaient pas trop. Moi non plus, je n’avais pas eu jusqu’alors de raisons de ressentir cela. Et d’ailleurs, on ne décide pas vraiment soi-même de cette différence : finalement, c’est à ça que sert l’étoile jaune, me semble-t-il, lui ai-je fait remarquer. Mais elle s’entêtait · “nous portons en nous” cette différence. A mon avis, ce qui compte vraiment, c’est ce qu’on porte à l’extérieur. On a longuement discuté de ça, je ne sais pas pourquoi, mais pour tout dire, je ne saisissais pas vraiment l’importance de la question. Il y avait dans son raisonnement quelque chose qui me semblait contrariant : à mon avis, tout ça est beaucoup plus simple. En outre, j’aurais aimé sortir vainqueur de la dispute, naturellement. Une ou deux fois, Annamária a semblé vouloir prendre la parole, mais elle n’en a plus eu l’occasion, vu que, nous deux, on ne prêtait plus vraiment attention à elle.

J'ai fini par lui donner un exemple. Il m'était déjà arrivé d'y réfléchir, rien que pour passer le temps, c'est pourquoi j'y ai pensé. En plus, j'ai lu récemment un livre, une espèce de roman : un mendiant et un prince qui, hormis cette différence, se ressemblent de visage et de corps d'une manière manifeste, à s'y méprendre, échangent leurs habits par pure curiosité, si bien que finalement le mendiant devient un véritable prince et le prince un véritable mendiant. J'ai demandé à la fille d'essayer de s'imaginer dans cette situation. Certes, ce n'est pas très vraisemblable, mais après tout, beaucoup de choses sont possibles. Supposons que cela se soit produit quand elle était toute petite, quand elle ne savait pas encore parler et n'avait pas encore de souvenirs, et peu importe comment, mais bon – supposons qu'elle ait été d'une certaine manière échangée, peut-être par hasard, avec l'enfant d'une autre famille, d'une famille dont les papiers sont irréprochables du point de vue racial : eh bien dans ce cas de figure, ce serait cette autre fille qui ressentirait maintenant la différence et porterait l'étoile jaune, évidemment, alors qu'elle, selon ses données personnelles, elle se considérerait – et bien sûr, les autres aussi – comme les autres gens, elle n'y penserait pas et ne saurait rien de toute cette différence. J'eus l'impression que ça l'avait vraiment touchée. D'abord, elle ne dit rien, puis petit à petit, avec une telle douceur que je la ressentais presque, sa bouche s'ouvrit, comme si elle voulait parler. Mais au lieu de cela, quelque chose d'autre, de beaucoup plus particulier, s'est produit : elle a éclaté en sanglots. Elle a enfoui son visage dans le pli de son coude posé sur la table, ses épaules étaient secouées de légers spasmes. J'étais sidéré, parce que ce n'était pas là mon intention et, en outre, ce spectacle me gênait. J'ai essayé de me pencher vers elle pour la prier de ne pas pleurer en lui effleurant le bras et les cheveux. Mais elle criait, d'une voix entrecoupée de sanglots désespérés, que si nous n'étions pour rien dans ce qui nous était propre, alors tout cela n'était qu'un pur hasard, et que si elle pouvait être différente de celle qu'elle s'efforçait d'être, alors "tout ça n'aurait aucun sens", et que c'était là une idée que, d'après elle, "on ne peut pas supporter". J'étais embarrassé, car tout était ma faute, mais je ne pouvais pas savoir que cette idée avait une telle importance pour elle. J'étais à deux doigts de lui dire de ne pas s'en faire, puisqu'à mes yeux tout cela ne voulait rien dire et que moi je ne la détestais pas pour sa race ; mais j'ai tout de suite senti que ce serait un peu ridicule de ma part, alors je n'ai rien dit. J'étais quand même contrarié de n'avoir pas pu le dire, parce qu'à cet instant-là je le ressentais réellement, d'une manière totalement indépendante de ma situation, pour ne pas dire : librement. Il est bien sûr possible que, dans d'autres circonstances, mon opinion ait été différente. Je ne sais pas. J'admettais que je n'avais pas la possibilité de le vérifier. Ça me mettait quand même un peu mal à l'aise. Et je ne sais pas exactement pour quelle raison, mais j'ai éprouvé pour la première fois quelque chose qui, je crois, ressemblait effectivement un petit peu à de la honte.

Ce n'est que dans l'escalier que je me suis rendu compte que j'avais blessé Annamária avec mon sentiment de honte, visiblement : c'était à ce moment-là qu'elle avait eu un comportement bizarre. Je lui ai adressé la parole, elle ne m'a même pas répondu. J'ai essayé de lui prendre le bras, elle s'est dégagée et m'a planté là dans l'escalier.

Le lendemain après-midi, j'ai attendu en vain qu'elle vienne. Si bien que je n'ai pas pu monter chez les sœurs, parce qu'on y allait toujours ensemble, et elles auraient sûrement essayé de me tirer les vers du nez. Et aussi, d'ailleurs, parce que maintenant j'étais plutôt d'accord avec ce qu'elle avait dit dimanche.

Le soir, elle est venue chez les Fleischmann. Au début, elle me battait froid et son visage ne s'est radouci que lorsqu'elle m'a dit qu'elle espérait que j'avais passé un bon après-midi avec les sœurs et que je lui ai dit que je n'étais pas monté. Elle voulait savoir pourquoi, alors j'ai répondu, ce qui était vrai, que sans elle je n'en avais pas envie : j'ai eu l'impression que ma réponse lui faisait plaisir. Après un certain temps, elle a même accepté d'aller regarder les poissons avec moi – et au retour, on était déjà entièrement réconciliés. Plus tard dans la soirée, elle a fait allusion une seule et unique fois à cette histoire : "C'était notre première dispute", dit-elle.

III

Le lendemain, il m'est arrivé quelque chose d'un peu étrange. Le matin, je me suis levé de bonne heure et, comme d'habitude, je suis parti au travail. La journée s'annonçait chaude, l'autobus était bondé. On avait déjà dépassé les maisons des faubourgs et traversé le petit pont sans décorations qui mène à l'île de Csepel : ensuite, la route passe à découvert en plein champ, à gauche se trouve une espèce de bâtiment bas en forme de hangar, à droite il y a les serres des cultures maraîchères, et c'est là que c'est arrivé : l'autobus a freiné brusquement, puis j'ai entendu une voix donner des ordres à l'extérieur, après quoi le contrôleur et plusieurs passagers m'ont fait passer le message : s'il y avait des juifs dans le véhicule, ils devaient descendre. Je me suis dit : Bon, ils veulent sûrement contrôler cette histoire de sortie de la ville, au vu de mes papiers.

Effectivement, sur la route, je me suis retrouvé face à un policier. Tout de suite, sans un mot, je lui ai tendu ma carte d'identité. Mais lui, il a d'abord fait repartir l'autobus d'un geste bref de la main. Je croyais qu'il n'avait peut-être pas bien compris ma carte, et je m'apprêtais justement à lui expliquer que – comme il pouvait le voir – j'appartenais à l'industrie de l'armement et que je n'avais certainement pas de temps à perdre ; mais alors soudain autour de moi la route s'est peuplée à la fois de voix et de garçons, c'étaient mes camarades de la Shell. Ils étaient sortis de derrière le talus : le policier les avait fait descendre ici des autobus précédents, et ils riaient bien de me voir parmi eux. Même le policier a eu un petit sourire, comme s'il participait, de loin certes, et seulement dans une certaine mesure, à la gaieté générale ; j'ai tout de suite vu qu'il n'avait rien à nous reprocher – et il aurait eu du mal, naturellement. J'ai malgré tout demandé aux autres ce que tout ça voulait dire, mais pour le moment eux non plus ne le savaient pas.

Le policier arrêtait tous les autobus qui venaient de la ville. Il se mettait devant eux à une certaine distance et levait la main : et nous, il nous envoyait alors derrière le talus. Après, la même scène se répétait chaque fois : l'étonnement des nouveaux venus qui finit en éclat de rire. Le policier semblait satisfait. Environ un quart d'heure est passé comme ça. C'était un matin clair d'été, et sur le talus – on le sentait quand on se couchait – le soleil commençait déjà à réchauffer l'herbe. Dans le lointain, parmi des vapeurs bleutées, on voyait bien les gros réservoirs de la raffinerie. Plus loin, on voyait des cheminées d'usine, et encore plus loin, déjà plus flou, le dessin pointu d'un clocher. Les garçons sortaient les uns après les autres des autobus, seuls ou en groupes. Un gars qu'on aime bien est arrivé, il est très dégourdi, avec des taches de rousseur et les cheveux noirs coiffés en brosse : le Maroquinier, comme on l'appelle, parce que, contrairement aux autres qui viennent de différentes écoles, lui, il a déjà choisi un métier. Ensuite, il y a le Fumeur : on ne le voit jamais sans sa cigarette. Il est vrai que, dans l'ensemble, les autres fument aussi et pour ne pas faire bande à part, j'y ai goûté dernièrement ; mais j'ai remarqué que, lui, il s'adonne à ce vice autrement, avec une avidité presque fébrile. Il a aussi des yeux étranges, avec la même expression fébrile. Il est d'une nature plutôt taciturne, assez difficile d'accès ; les autres ne l'aiment pas trop. Mais moi, je lui ai quand même demandé un jour ce qu'il trouvait de bon à tant fumer. Il m'a donné cette réponse laconique : "C'est moins cher que le manger." Ça m'a un peu décontenancé, parce que je n'y aurais jamais pensé. J'ai été encore plus surpris par la façon dont il m'a regardé en remarquant mon embarras, avec ironie, presque comme s'il me jugeait ; c'était désagréable, alors je ne lui ai plus posé de question. Je comprenais désormais mieux pourquoi les autres étaient plutôt prudents avec lui. Mais voilà qu'ils accueillaient déjà un nouveau avec des effusions déjà plus détendues : ses meilleurs camarades l'appellent uniquement Joli-Cœur. Je trouvais que ce surnom lui allait bien, à cause de ses beaux cheveux sombres, lisses et brillants, de ses grands yeux gris et du caractère si aimable de tout son être ; je n'ai appris que plus tard que ce mot a dans la réalité une autre signification et qu'on lui a donné ce surnom parce que, dans la vie, il sait drôlement bien s'y prendre avec les filles. Dans l'un des autobus, il y avait Rozi : son vrai nom c'est Rózenfeld, mais tout le monde l'abrège. Pour certaines raisons, il jouit du respect des gars, et en général, on s'aligne sur son opinion pour les questions d'intérêt collectif ; c'est également toujours lui qui nous représente auprès du maître d'œuvre. J'ai entendu dire qu'il a fait des études commerciales. Avec son visage intelligent quoiqu'un peu trop allongé, ses cheveux ondulés et son regard un petit peu fixe, il rappelle les vieux tableaux qu'on voit au musée avec des inscriptions comme *Infant au lévrier* ou autres. Et puis est arrivé Moskovics, un garçon menu, avec un visage aux traits beaucoup moins réguliers, je dirais même assez laid, et par-dessus le marché sur son nez court et camus une paire de lunettes épaisses comme des culs de bouteille, comme celles de ma grand-mère – et ainsi de suite, tous les autres ont fini par arriver. Dans l'ensemble, ils pensaient que, tout bien considéré, la chose était un peu inhabituelle, comme il me semblait plus ou moins à moi aussi, mais que c'était sans doute une erreur ou quelque chose de ce genre. Encouragé par quelques-uns, Rozi a même demandé au policier s'il n'y aurait pas de problèmes si nous arrivions en retard au travail, et aussi quand il avait l'intention de nous laisser vaquer à nos occupations. Le policier n'a pas été fâché le moins du monde par cette question, il a cependant répondu que cela ne dépendait pas de lui ni de sa décision. Il s'est avéré qu'il n'en savait vraiment pas plus que nous : il a dit qu'il "attendait un ordre" qui viendrait remplacer le précédent, selon lequel, dans un premier temps, nous devions attendre, tant lui que nous – c'est en gros l'explication qu'il a donnée. Même si ce n'était pas vraiment clair, les gars et moi trouvions que c'était acceptable. Et d'ailleurs, en définitive, nous devions obéissance au policier. On trouvait ça d'autant plus facile que, conscients d'être en possession de nos cartes d'identité ainsi que du cachet de l'industrie de l'armement, on ne voyait aucune raison de prendre le policier trop au sérieux, ça va de soi. Quant à lui, il voyait – cela découlait de ce qu'il disait – qu'il avait affaire à des "garçons raisonnables" et il espérait pouvoir continuer à compter sur notre "discipline" ; il me semblait que nous lui plaisions bien. Lui aussi avait l'air sympathique : c'était un policier d'assez petite taille, ni vieux ni jeune, avec des yeux purs et très clairs dans un visage tanné par le soleil. J'ai déduit de certaines de ses paroles qu'il devait être originaire de la province.

Il était sept heures : c'est l'heure où commence le travail à la raffinerie. Les autobus n'amenaient plus d'autres jeunes et alors le policier a demandé s'il manquait quelqu'un parmi nous. Rozi nous a comptés et a déclaré que nous étions tous présents. Alors le policier a décidé que nous n'allions tout de même pas attendre là, au bord de la route. Il avait l'air soucieux et j'avais comme l'impression qu'il était en fait aussi peu préparé à avoir affaire à nous que nous à lui. Il nous a même demandé : "Et maintenant, qu'est-ce que je vais faire de vous ?" Mais bien sûr, là, nous ne pouvions lui être d'aucun secours. On l'entourait de toutes parts, on riait, exactement comme si on avait été en excursion et qu'il avait été notre prof, il se tenait au milieu du groupe et se frottait le menton d'un air pensif. Finalement il a proposé d'aller au poste de douane.

Nous l'avons accompagné jusqu'à un bâtiment de plain-pied, isolé, vétuste, non loin de là, au bord de la route : c'était la "Douane" – comme l'indiquait un écriteau délavé par la pluie. Le policier a sorti de sa poche un gros trousseau sonnant de clés et pris celle qui correspondait à la serrure. A l'intérieur, on a trouvé une pièce agréablement fraîche, vaste bien qu'un peu nue, meublée de quelques bancs et d'une longue table délabrée. Puis le policier a ouvert une autre porte qui donnait sur une pièce beaucoup plus petite, une sorte de bureau. Comme je pouvais le voir à travers la fente de la porte, il y avait là un tapis, un bureau avec un téléphone dessus. On a entendu le policier téléphoner, brièvement, mais on ne comprenait plus ce qu'il disait. Je crois qu'il essayait d'accélérer les ordres, parce qu'en sortant (il a soigneusement refermé la porte derrière lui) il a dit : "Rien à faire. Il faut attendre." Il nous a dit de nous installer à notre aise. Il nous a aussi demandé si nous connaissions des jeux de société. L'un des garçons, le Maroquinier si j'ai bonne mémoire, a proposé de jouer à la main chaude. Ce n'était pas vraiment au goût du policier, il a dit qu'il s'attendait à mieux "de la part d'enfants si raisonnables". Pendant un moment il a plaisanté avec nous, et j'avais l'impression de plus en plus nette qu'il s'efforçait par tous les moyens de nous distraire, peut-être pour que nous n'ayons par le temps de faire des bêtises, comme il l'avait déjà fait remarquer sur la route ; mais il avait visiblement peu l'habitude de ce genre de chose. Il a eu tôt fait de nous laisser à nous-mêmes, en précisant au préalable qu'il devait faire son travail. Quand il est parti, on l'a entendu fermer la porte à clé de l'extérieur.

Je serais incapable de raconter la suite en détail. Nous avons dû attendre longtemps les ordres. Mais en ce qui nous concernait, on n'était pas le moins du monde pressés : après tout, ce n'est pas notre temps à nous que nous perdions. On était tous d'accord sur un point : c'était plus agréable de rester là au frais que de suer au travail. Il n'y a pas beaucoup d'ombre à la raffinerie. Rozi avait même obtenu du maître d'œuvre la permission d'enlever nos chemises. Il est vrai que c'était en désaccord avec la lettre du règlement, car alors on ne voyait plus l'étoile jaune sur nous, mais le maître d'œuvre avait accepté, par humanité. Seule la peau de Moskovics, blanchâtre, pareille à du papier, a quelque peu souffert de la chose, parce que son dos est devenu rouge comme une écrevisse en moins de deux, et on a beaucoup ri des lambeaux de peau qu'il en a arrachés après.

On s'est donc mis à l'aise, sur les bancs ou directement sur le sol du poste de douane : mais il me serait difficile de dire comment on a passé le temps. En tout cas, on a raconté de nombreuses blagues ; les cigarettes ont fait leur apparition puis, avec le temps, les musettes. On a aussi parlé du maître d'œuvre : on s'est dit qu'il devait être bien étonné ce matin de ne pas nous voir arriver au travail. On a sorti les clous à ferrer pour jouer aux "osselets". C'est un jeu que les autres m'ont appris dernièrement : on en jette un en l'air et celui qui en ramasse le plus avant de le rattraper a gagné. Joli-Cœur, avec ses longs doigts et ses mains fines, a remporté toutes les parties. Rozi nous a appris une chanson qu'on a chantée plusieurs fois même. Elle avait ceci de particulier qu'on pouvait la chanter en trois langues, mais toujours avec les mêmes mots : en allemand si on ajoute une terminaison en *ess* à chaque mot, en italien avec des *io*, et, avec des *taki*, ça sonnait comme du japonais. Bien sûr, ce ne sont que des bêtises, mais elles m'amusaient bien, quoi.

Ensuite, j'ai observé les adultes. Le policier les avait attrapés dans les autobus, exactement comme nous. C'est ainsi que j'ai compris que pendant qu'il n'était pas avec nous il était sur la route et effectuait la même tâche que le matin. Petit à petit, il y en a eu sept ou huit, rien que des hommes. Mais je voyais qu'ils avaient donné du fil à retordre au policier : ils ne comprenaient pas, hochaient la tête, discutaillaient, exhibaient leurs papiers, l'importunaient de leurs questions. Et nous aussi, ils nous demandaient sans cesse qui nous étions. Mais, par la suite, ils sont plutôt restés entre eux ; on leur a passé quelques bancs, ils se sont blottis dessus ou bien ils marchaient autour. Ils parlaient de diverses choses, mais moi, je ne les écoutais pas. Ils essayaient surtout de deviner pourquoi le policier agissait de la sorte, et quelles conséquences cet événement pourrait avoir pour eux ; mais bon, pour autant que j'aie pu entendre, il y avait à peu près autant d'avis que de personnes. En somme, il me semblait que cela dépendait de la nature des documents dont ils étaient munis, car j'en ai déduit qu'eux aussi avaient bien sûr des papiers sur la foi desquels ils allaient à Csepel, qui pour ses affaires, qui pour des raisons d'intérêt général, comme nous.

J'ai quand même retenu quelques visages intéressants parmi eux. Par exemple, j'ai remarqué que l'un d'eux ne prenait pas part à la conversation ; au lieu de cela, il a passé tout son temps à lire un livre qu'il avait visiblement apporté avec lui. C'était un homme très grand et maigre, en canadienne jaune avec, sur son visage mal rasé, entre deux plis profonds et donnant une impression de mauvaise humeur, une bouche nettement dessinée. Il avait pris place au bout d'un banc, à côté de la fenêtre, les jambes croisées, à l'écart des autres, leur tournant à moitié le dos : c'était peut-être pour ça qu'il me rappelait un habitué des compartiments de chemin de fer qui trouve inutiles tous les mots, questions ou les habituelles présentations des compagnons de voyage occasionnels et attend avec une indifférence blasée d'arriver à destination – c'est du moins l'impression qu'il me faisait.

J'ai remarqué un homme distingué, dès son arrivée, bien avant midi, il avait un certain âge, les tempes grisonnantes et le sommet du crâne dégarni : tandis que le policier le faisait entrer, il donnait libre cours à son indignation. Il demandait s'il y avait un téléphone et s'il pouvait "en faire usage". Le policier lui a déclaré aussitôt qu'il était vraiment désolé, mais que l'appareil était "réservé exclusivement aux besoins du service" ; alors il s'est tu avec une grimace haineuse. Par la suite, il a informé les autres, ce que d'ailleurs j'avais compris à ses réponses relativement laconiques que, comme nous, il appartenait à l'une des entreprises industrielles de Csepel : il se définissait comme "expert", sans donner plus de détails. Sinon, il avait l'air très sûr de lui, et il me semblait qu'en gros son point de vue était semblable au nôtre, à cela près que cette arrestation semblait plutôt le vexer. J'ai remarqué qu'il parlait toujours du policier avec dédain et avec un certain mépris. Il a dit qu'à son avis le policier devait avoir "visiblement une directive d'ordre général" que vraisemblablement il "suivait avec un excès de zèle". Il pensait néanmoins que l'affaire serait finalement prise en mains par des "personnes compétentes" et il espérait, a-t-il ajouté, que cela ne saurait tarder. Ensuite, je n'ai plus très bien entendu le son de sa voix et je l'ai oublié. Dans l'après-midi, il a de nouveau attiré momentanément l'attention sur sa personne, mais j'étais déjà fatigué et j'ai juste pu m'apercevoir à quel point il s'impatientait : il était tout le temps à s'asseoir, se lever, se croiser les bras sur la poitrine, dans le dos ou encore à regarder sa montre.

Il y avait aussi un drôle de petit bonhomme avec un nez impressionnant, avec un grand sac à dos, une tenue qui s'appelle "pantalon de golf", des brodequins immenses ; et même son étoile jaune semblait plus grande que d'habitude. Lui, il s'angoissait plus que l'autre. En particulier, il se plaignait à tout le monde de sa "malchance". J'ai retenu dans les grandes lignes son histoire, car elle était simple et il l'a racontée plusieurs fois. Il était allé rendre visite à sa "pauvre mère malade" dans la commune de Csepel – c'est ainsi qu'il s'exprimait. Il avait obtenu une autorisation particulière, il l'avait sur lui et la montrait. L'autorisation était valable jusqu'à aujourd'hui, à deux heures de l'après-midi. Mais il avait eu un empêchement qu'il a qualifié comme "ne souffrant aucun délai", en précisant que c'était "dans l'intérêt de l'usine". Cependant, il y avait d'autres personnes au bureau, si bien que son tour était venu fort tard. Il voyait déjà son voyage compromis, disait-il. Il s'était malgré tout encore dépêché de prendre le tram pour arriver selon son plan initial au terminus de l'autobus. En chemin, il avait confronté la durée du voyage aller-retour et l'heure limite de son autorisation et avait calculé qu'il serait vraiment risqué d'entreprendre le voyage. Et voilà qu'au terminus il voit que le bus de midi est encore là. Alors, il nous dit qu'il a pensé la chose suivante : "Que de soucis à cause d'un simple bout de papier !... Et, a-t-il ajouté, ma pauvre maman qui m'attendait." Il a encore dit que la vieille femme leur causait pas mal de soucis, à lui et à sa femme. Il y avait longtemps qu'ils lui demandaient de venir s'installer chez eux, en ville. Mais sa mère rechignait toujours, et maintenant il était trop tard. Il hochait la tête, parce qu'il pensait que la vieille femme tenait à sa maison "à tout prix". "Pourtant il n'y a dans sa maison aucun confort", a-t-il encore précisé. Et il a poursuivi en disant qu'il fallait bien le comprendre, puisque c'était sa mère. Et la pauvre, ajouta-t-il encore, était malade, et déjà âgée. Et il dit qu'il "sentait qu'il n'aurait jamais pu se pardonner" de laisser passer cette occasion unique. Et c'est ainsi qu'il avait quand même grimpé dans l'autobus. Là il s'est tu un instant. Il a levé puis a laissé lentement retomber sa main avec un geste perplexe, tandis que mille petites rides interrogatrices apparaissaient sur son front. Il faisait penser à un rongeur triste pris au piège. Puis il a demandé aux autres s'ils pensaient que cette histoire pourrait avoir des conséquences fâcheuses. Et si on prendrait en considération le fait que le dépassement de l'heure limite autorisée n'était pas de sa faute ? Et que penserait sa maman qu'il avait prévenue de son arrivée et que penseraient à la maison sa femme et ses deux enfants s'il n'était pas rentré à sept heures ? J'ai remarqué en suivant son regard qu'il semblait attendre un avis ou une déclaration à propos de ces questions de la part de l'Expert, l'homme d'apparence distinguée. Ce dernier, je le voyais bien, ne lui prêtait guère attention : il tenait justement à la main une cigarette qu'il avait sortie peu auparavant, et il tapotait l'extrémité contre la couverture striée de son portefeuille aux reflets argentés et orné de lettres en relief. Je voyais sur son visage une expression songeuse et perdue dans de lointaines pensées, et il me semblait qu'il n'avait rien entendu de toute l'histoire. Alors, il est revenu sur son malheur : s'il était arrivé ne serait-ce qu'avec cinq minutes de retard au terminus, il n'aurait pas pu attraper le bus de midi ; s'il ne l'avait pas trouvé là, il n'aurait pas attendu le suivant ; et de cette façon – à supposer que tout cela ait lieu "à seulement cinq minutes d'intervalle" – "il ne serait pas ici, mais à la maison", expliquait-il encore et encore.

Et puis je me souviens aussi de l'homme au visage de phoque : corpulent, il avait une moustache noire fournie, portait des lunettes à monture dorée, et voulait sans cesse "parler" au policier. Il n'a pas échappé à mon attention qu'il s'efforçait toujours de l'attirer un peu à l'écart des autres, dans un coin ou si possible près de la porte. "Monsieur l'agent, disait-il alors d'une voix étouffée et rauque, pourrais-je vous parler ?" Ou bien : "Monsieur l'agent, s'il vous plaît… Rien qu'un mot, si vous permettez…" Finalement, le policier lui demanda quelle était sa requête. Et alors, il eut l'air d'hésiter. Ses lunettes jetèrent à la ronde des éclairs indécis. Et bien qu'ils aient été dans un coin de la pièce assez proche de moi, je n'ai rien compris à ses grognements sourds : il semblait vouloir convaincre l'autre de quelque chose. Puis une sorte de sourire presque familier et doucereux apparut sur ses lèvres. Au même moment, il s'approcha du policier, d'abord un peu, puis petit à petit, il s'est complètement penché vers lui. Sur ces entrefaites, et toujours au même moment, j'ai encore remarqué qu'il faisait un mouvement étrange. La chose n'était pas très claire pour moi : dans un premier temps, j'ai cru qu'il voulait prendre quelque chose dans sa poche intérieure. J'ai aussi pensé, vu la solennité ostensible de son geste, qu'il souhaitait présenter au policier un papier important, un document exceptionnel ou particulier. Mais j'ai attendu en vain de voir ce qu'il sortirait, parce qu'il n'a pas achevé son mouvement. Il n'y avait pas renoncé pour autant, il l'avait plutôt interrompu à mi-chemin, il l'avait oublié, d'un coup, dirais-je, presque au sommet, il l'avait d'une certaine façon suspendu. Et finalement sa main est restée dehors à bouger et à tâter les environs de sa poitrine, comme une grosse araignée au poil rare, ou plutôt à la manière d'un petit monstre marin qui semblait chercher une ouverture pour se faufiler sous le manteau. Et pendant ce temps, il continuait à parler avec ce même sourire particulier aux lèvres. Tout cela a duré quelques minutes, à peu près. Ensuite, j'ai juste vu que, très rapidement et avec une espèce de fermeté qui sautait aux yeux, le policier a coupé court à la conversation, qui pis est, j'ai même cru voir qu'il était un peu fâché ; et effectivement, bien que je n'aie pas compris grand-chose à l'affaire, mais d'une manière indéfinissable, moi aussi, je trouvais son comportement quelque peu suspect.

Quant aux autres visages et événements, je ne m'en souviens plus très bien. Et d'ailleurs, avec le temps, mes observations devenaient de moins en moins claires. Tout ce que je peux dire, c'est qu'envers nous, les garçons, le policier est resté très attentionné. Avec les adultes, en revanche, j'ai remarqué qu'il semblait être un soupçon moins aimable. Mais dans l'après-midi, il avait l'air épuisé, lui aussi. Il prenait souvent le frais parmi nous, ou bien dans son bureau, sans s'occuper des bus qui passaient pendant ce temps. Je l'entendais essayer de téléphoner, et une ou deux fois, il nous a même fait part du résultat : "Toujours rien", mais avec une expression de mécontentement parfaitement visible. Je me souviens encore d'un autre événement. Ça s'était passé plus tôt, un peu après midi : un collègue, un autre policier, arriva sur une bicyclette qu'il appuya contre le mur, à l'extérieur. Ils entrèrent tous les deux dans le bureau de notre policier, en prenant bien soin de refermer la porte. Ils n'en ressortirent qu'après un bon moment. Ils se serrèrent encore longuement la main sur le pas de la porte. Ils ne disaient rien, mais hochaient la tête et se regardaient comme ces marchands que je voyais autrefois dans le bureau de mon père, qui se disaient que les temps étaient difficiles et que les affaires allaient petitement. Certes, il était clair pour moi que ce ne pouvait pas être très vraisemblable pour des policiers : mais quand même, c'est bien ce souvenir-là que leur visage a éveillé dans mon esprit, le même découragement familier, quelque peu soucieux et la même résignation devant le cours inexorable des choses. Mais je commençais à être fatigué ; pour le reste, je me souviens seulement que j'avais chaud, que je m'ennuyais et que j'étais gagné par le sommeil.

En somme, la journée a passé, pourrais-je dire. L'ordre a fini par arriver, vers quatre heures, exactement comme l'avait promis le policier. Il a dit qu'on allait voir des "instances supérieures" afin de présenter nos papiers – c'est ce que le policier nous a communiqué. Quant à lui, il avait dû recevoir les ordres par téléphone, parce qu'au début on a entendu dans son bureau des voix affairées qui annonçaient un changement : plusieurs sonneries pressantes du téléphone, puis on l'a entendu, lui, chercher à joindre quelqu'un et régler brièvement quelques affaires. Il a encore ajouté que, bien qu'on ne lui ait pas donné d'informations précises, il ne pouvait être question, à son avis, que d'une simple formalité, du moins dans une situation aussi claire et incontestable du point de vue de la loi que l'était la nôtre en l'occurrence.

La colonne, en rangs par trois, s'est mise en marche, reprenant le chemin de la ville, venant à la fois de tous les postes frontière des environs – comme j'ai pu m'en rendre compte en route. En effet, après avoir traversé le pont, nous rencontrions à certains virages ou croisements d'autres groupes composés d'un nombre variable d'hommes à étoile jaune et d'un ou deux policiers, voire une fois trois. Dans l'escorte de l'un de ces groupes, j'ai reconnu le policier à vélo. J'ai également remarqué qu'à ces moments-là les policiers échangeaient toujours le même salut bref, pour ainsi dire professionnel, comme s'ils s'attendaient à se rencontrer, et alors seulement j'ai compris ce que notre policier avait réglé auparavant par téléphone : ils s'étaient visiblement mis d'accord entre eux sur l'heure. Finalement, je me suis surpris à marcher au milieu d'une file tout à fait considérable, et de chaque côté, à brefs intervalles, les policiers encadraient notre colonne.

Nous avons marché assez longtemps, toujours sur la chaussée. C'était un bel après-midi d'été, l'air était pur, les rues peuplées d'une foule bariolée, comme toujours à cette heure-là ; mais moi, je voyais tout ça un peu trouble. J'ai bientôt perdu mon sens de l'orientation, parce que nous passions essentiellement par des rues et des routes que je ne connaissais pas très bien. Et puis ensuite le nombre croissant des rues, la circulation, et surtout cette espèce de lourdeur qui, dans ces conditions, va de pair avec la marche en rangs serrés, m'occupait suffisamment et a bientôt épuisé mon attention. De toute notre longue route, je ne me souviens que de cette curiosité hâtive, hésitante, presque furtive, que suscitait notre passage chez les gens sur les trottoirs (au début, ça m'amusait plutôt, mais avec le temps, je n'y ai plus vraiment prêté attention), et je me rappelle encore un moment assez gênant, un peu plus tard. Nous marchions justement sur une route des faubourgs, large, extrêmement animée, avec autour de nous le déluge d'une circulation dense et son vacarme insupportable ; je ne sais pas comment un tramway a pu s'encastrer dans notre colonne, pas très loin devant moi. Nous fûmes obligés de nous arrêter net pour le laisser passer – et pendant ce court instant, mon attention fut attirée par l'éclair soudain d'un vêtement jaune, devant, dans la poussière, le bruit et les nuées de gaz d'échappement : c'était le Voyageur. Un seul bond, et déjà il avait disparu quelque part sur le côté, dans le tourbillon des gens et des voitures. J'étais sidéré : je trouvais que cela ne cadrait pas vraiment avec son comportement à la douane. Mais en même temps, je ressentais autre chose, j'étais joyeusement surpris, dirais-je, par la simplicité du fait : et effectivement, j'ai vu s'élancer un ou deux amateurs, là-bas, devant. Moi aussi, j'ai regardé autour de moi, mais plutôt par jeu, pour ainsi dire – parce que je ne voyais pas de raison particulière de prendre la poudre d'escampette – et je crois que j'en aurais même eu le temps : mais bon, le sentiment de respect s'est avéré le plus fort en moi. Ensuite, les policiers ont immédiatement pris les mesures nécessaires et les rangs se sont resserrés autour de moi.

On a marché encore un peu, et ensuite tout s'est passé très vite, d'une façon soudaine et un peu déroutante. On a tourné quelque part et j'ai vu qu'on était arrivés, parce que la route continuait derrière les battants grands ouverts d'un portail. J'ai remarqué seulement alors que, depuis le portail, ce n'étaient plus les policiers mais d'autres hommes qui nous escortaient, ils étaient habillés comme des soldats, mais avec des plumes multicolores à leurs képis : c'étaient des gendarmes. Ils nous ont conduits dans un labyrinthe de bâtiments gris où nous nous enfoncions de plus en plus profondément, jusqu'à une immense place recouverte de cailloux blancs – une espèce de cour de caserne, à ce qu'il me semblait. Au même instant, j'aperçus un homme à l'allure autoritaire qui venait tout droit vers nous depuis un bâtiment situé en face. Il portait des bottes à haute tige et un uniforme seyant avec des étoiles dorées, une ceinture de cuir lui barrait la poitrine d'un trait oblique. Dans l'une de ses mains, je vis une fine baguette qu'on peut utiliser en équitation, avec laquelle il frappait continuellement sa botte reluisante de cire. Une minute plus tard, alors que nous attendions déjà en rangs immobiles, je remarquai encore qu'à sa manière c'était un bel homme, sportif, dans l'ensemble, il faisait penser aux séducteurs de cinéma, avec ses traits virils, sa fine moustache brune taillée à la mode qui allait très bien à son visage hâlé. Quand il arriva plus près, l'ordre des gendarmes nous cloua sur place. Il ne m'est resté de tout cela que deux impressions qui se sont succédé rapidement : la voix éraillée de l'homme à la cravache, rappelant un peu celle d'un camelot du marché, ce qui, au vu de son apparence si distinguée, m'a tellement surpris que je n'ai pas retenu grand-chose de ce qu'il a dit. J'ai juste compris qu'il avait l'intention de procéder à "l'examen" – c'est le mot qu'il a employé – de notre situation le lendemain, et tout de suite après, il s'adressait déjà aux gendarmes, leur ordonnant d'une voix qui remplissait toute la place d'emmener en attendant "toute cette bande de juifs" là où, à son avis, est leur place, c'est-à-dire à l'écurie, et de les y enfermer pour la nuit. Ma deuxième impression a été le tumulte impénétrable qui a suivi, rempli de commandements, les gendarmes qui s'animent soudain en hurlant leurs ordres pour nous disperser. Dans la précipitation, je ne savais même pas par où aller, je me rappelle juste que pendant ce temps j'avais un peu envie de rire, d'une part, à cause de l'étonnement et de mon embarras, à cause de cette impression que j'avais d'être tombé soudain au beau milieu d'une pièce de théâtre insensée où je ne connaissais pas très bien mon rôle, d'autre part, à cause d'une pensée fugace qui n'a fait que passer dans mon imagination : la tête de ma belle-mère quand elle se rendrait compte qu'elle m'attendait en vain pour dîner.

IV

Ce qui manquait le plus dans le train, c'était l'eau. Au début, en prenant tout en compte, les provisions semblaient suffisantes pour longtemps ; mais nous n'avions rien à boire, et c'était bien désagréable. Ceux qui étaient déjà dans le train nous ont dit tout de suite que c'était la première soif, elle passerait vite. Finalement, on pourrait presque l'oublier, mais alors elle surgit de nouveau – sauf qu'alors, expliquaient-ils, il n'y a plus moyen de l'oublier. Six ou sept jours, affirmaient ceux qui s'y connaissaient, c'est le temps qu'on peut tenir sans eau, en cas de besoin, si nécessaire, compte tenu aussi de la chaleur, à supposer qu'on soit en bonne santé, qu'on ne transpire pas trop et qu'on ne mange si possible pas de viande ni d'épices. Pour l'instant, assuraient-ils, on avait encore le temps ; tout dépendrait de la durée du voyage, ajoutaient-ils.

Effectivement, j'étais moi aussi curieux de le savoir : on ne nous l'avait pas précisé à la briqueterie. Ils s'étaient contentés de dire que ceux qui en avaient envie pouvaient se présenter pour un travail, en Allemagne, précisément. Cette idée m'avait paru payante, et pas qu'à moi, mais aussi aux autres gars et à beaucoup de personnes à la briqueterie. D'ailleurs, disaient les membres d'un certain "conseil juif" reconnaissables à leur brassard, d'une façon ou d'une autre, bon gré mal gré, tous les gens de la briqueterie seraient tôt ou tard déportés en Allemagne, les premiers volontaires auraient les meilleures places, et puis ils bénéficieraient de la faveur de pouvoir voyager à soixante par wagon, alors que par la suite il faudrait s'y mettre au moins à quatre-vingts, à cause du nombre insuffisant de convois – comme ils l'expliquaient à tout le monde : ça ne laisse vraiment pas trop de latitude à la réflexion, c'était aussi mon avis.

Mais je ne pouvais pas remettre en question la véracité des autres arguments, où ils parlaient de l'exiguïté de la briqueterie, des conséquences visibles que cela avait au niveau de la santé ainsi que des problèmes croissants d'alimentation : tout cela était vrai, je pouvais en témoigner. Quand nous sommes revenus de la gendarmerie (parmi les adultes, beaucoup affirmaient que l'endroit s'appelait "caserne de gendarmerie Andrássy"), on a trouvé la briqueterie pleine à craquer, il y avait des gens jusque dans les moindres recoins. Je voyais à la fois des hommes et des femmes, des enfants de tous âges et une quantité innombrable de vieillards des deux sexes. Où que je mette les pieds, je trébuchais sur des couvertures, des sacs à dos, toutes sortes de valises, des ballots, des baluchons. Tout cela, et ensuite les nombreuses petites corvées, l'irritation et les tracasseries qui, visiblement, vont nécessairement de pair avec la vie en communauté m'ont bientôt fatigué, naturellement. A cela s'ajoutait l'inactivité, la stupide impression de perdre son temps, et puis l'ennui ; c'est aussi pourquoi je n'ai pas gardé le souvenir d'un jour particulier sur les cinq que j'ai passés là, et même de l'ensemble, il ne m'est resté que des fragments. En tout cas, je me souviens que j'étais soulagé de voir que les copains étaient là : Rozi, Joli-Cœur, le Maroquinier, le Fumeur, Moskovics et les autres. Il me semblait qu'aucun ne manquait : ils étaient donc restés honnêtes, eux aussi. Je n'avais plus vraiment affaire directement aux gendarmes dans la briqueterie : je les voyais plutôt monter la garde de l'autre côté du grillage, mêlés çà et là à des policiers. A propos de ces derniers, on disait à la briqueterie qu'ils étaient plus compréhensifs que les gendarmes et enclins à plus d'humanité en échange d'une entente préalable, soit en espèces, soit en tout autre objet de valeur. J'ai entendu dire qu'on leur confiait surtout des lettres et des messages à transmettre et même, comme le soulignaient certains, par leur intermédiaire s'ouvrait une possibilité – à vrai dire, ajoutaient-ils, rare et risquée – d'évasion ; il m'aurait été difficile d'acquérir une certitude absolue dans ce domaine. Mais c'est alors que je me suis rappelé et que j'ai compris à peu près correctement, me semble-t-il, de quoi l'homme à la tête de phoque voulait à tout prix parler avec le policier à la douane. J'ai également appris que notre policier, par contre, était honnête. C'est sans doute cela qui devait expliquer le fait qu'en flânant dans la cour, ou en attendant mon tour devant la cuisine commune, à la briqueterie, j'ai aperçu une ou deux fois l'homme à la tête de phoque dans le tourbillon des visages inconnus.

J'ai encore revu le Malchanceux, parmi les gars de la douane : il venait souvent s'asseoir parmi nous, “la jeunesse”, pour “se rasséréner un peu” – comme il disait.

Il avait dû se trouver quelque part non loin de nous un couchage dans l'un des nombreux bâtiments de la cour : tous identiques, à toit de bardeaux, mais par ailleurs ouverts de toutes parts et, comme je l'ai entendu dire, servant en fait à l'origine au séchage des briques. Il avait l'air un peu éprouvé, le visage enflé couvert de taches colorées d'ecchymoses, et il nous a appris que c'était le résultat de l'enquête de la gendarmerie : ils avaient trouvé dans son sac à dos des vivres et des médicaments. Il avait eu beau leur expliquer que ce n'étaient que des choses provenant d'un stock ancien qu'il destinait uniquement à sa mère malade, ils l'avaient accusé de vouloir les écouler au marché noir. Son autorisation n'a servi à rien, pas plus que le fait que, pour sa part, il avait toujours été respectueux de la loi et qu'il n'en avait jamais enfreint la moindre lettre, comme il le répétait. "Savez-vous quelque chose ? Qu'allons-nous devenir ?" demandait-il régulièrement. Il parlait de nouveau de sa famille, et puis de sa malchance. Il se rappelait en hochant amèrement la tête toutes les démarches qu'il avait effectuées pour obtenir son autorisation et combien il en avait été heureux ; il n'aurait certes pas cru que tout "finirait comme ça". Tout s'était joué en cinq minutes. S'il n'avait pas eu cette malchance… Si l'autobus… pensait-il tout haut. En revanche, il avait l'air dans l'ensemble plutôt satisfait de son passage à tabac. "J'étais le dernier, et c'était peut-être ma chance, racontait-il, ils étaient pressés." En somme, il a conclu en disant que "ça aurait pu être pire", il a encore ajouté qu'il avait vu "des cas plus vilains" à la gendarmerie, ce qui était vrai, j'en avais moi-même le souvenir. Que personne ne s'imagine – nous avaient prévenus les gendarmes le matin de la fouille – pouvoir dissimuler ses délits, son argent, son or et ses objets de valeur. Moi aussi, quand mon tour fut venu, je dus poser sur la table devant eux mon argent, ma montre, mon canif et tout ce que j'avais. Un gendarme corpulent me fouilla encore au corps avec des gestes rapides et paraissant en quelque sorte compétents, depuis les aisselles jusqu'aux jambes de mes culottes courtes. Derrière la table, je voyais le lieutenant – et d'après ce que se disaient les gendarmes, l'homme à la cravache s'appelait lieutenant Szakál. A sa gauche se dressait, je l'avais remarqué tout de suite, un gendarme en bras de chemise, avec une moustache tombante, un air de boucher, il tenait dans la main un outil cylindrique, un peu ridicule au fond parce qu'il rappelait un rouleau à pâtisserie. Le lieutenant était tout à fait amical : il me demanda si j'avais des papiers, quoique ensuite je n'aie vu sur son visage pas le moindre signe, le moindre éclair à la vue de ma carte d'identité. J'étais étonné, mais bon – prenant en considération le geste du gendarme à la moustache tombante m'ordonnant de disposer et contenant, pour le cas contraire, une promesse évidente – j'ai trouvé plus raisonnable de ne pas élever de critique, cela va de soi.

Ensuite, les gendarmes nous ont tous fait sortir de la caserne, ils nous ont d'abord entassés dans une voiture particulière de tramway, à un endroit donné, ils nous ont transbordés sur un bateau, puis après le débarquement ils nous ont conduits un bout de chemin à pied – et c'est ainsi en fait que je suis arrivé à la briqueterie, plus précisément, comme je l'ai appris sur place, à la "Briqueterie de Budakalász".

L'après-midi de l'enregistrement, j'ai entendu encore beaucoup de choses à propos du voyage. Là aussi, il y avait des hommes avec des brassards et ils répondaient volontiers à toutes les questions. Ils cherchaient en premier lieu des jeunes gars entreprenants et seuls. Je les entendais assurer ceux qui leur demandaient des renseignements qu'il y aurait aussi de la place pour les femmes, les enfants et les personnes âgées, et qu'ils pourraient emporter tous leurs bagages. Mais la question la plus importante était selon eux la suivante : pouvions-nous arranger la chose entre nous, le plus humainement possible, ou attendions-nous plutôt que les gendarmes exécutent les ordres ? Comme ils l'expliquaient, en effet, le convoi devait de toute façon être complet et si leurs listes n'étaient pas remplies, les gendarmes effectueraient eux-mêmes le recrutement : de fait, comme la plupart des gens, je considérais moi aussi qu'à l'évidence le premier cas de figure était naturellement plus avantageux pour nous.

De même, des opinions diverses à propos des Allemands sont parvenues à mes oreilles. Et ainsi, de nombreuses personnes, surtout parmi les plus âgées qui possédaient déjà une certaine expérience, reconnaissaient que, quelles que soient leurs conceptions relatives aux juifs, les Allemands étaient fondamentalement – ce que tout le monde sait par ailleurs – des gens propres, honnêtes, aimant l'ordre, la ponctualité et le travail, et qu'ils appréciaient ces traits de caractère chez les autres ; dans l'ensemble, cela correspondait à ce que je savais d'eux, et je pensais que je pourrais sûrement tirer profit du fait que j'avais un peu appris leur langue au lycée. Et surtout, je pouvais espérer acquérir enfin par le travail une certaine discipline, une occupation, de nouvelles impressions, un certain plaisir : dans l'ensemble, une vie plus raisonnable et correspondant mieux à ma nature que celle que je menais, ce qu'ils avaient d'ailleurs promis et comme on se l'était imaginé avec les copains, tout naturellement ; et à part ça, il m'est passé par la tête que, de cette façon, je pourrais voir du monde. En fait, quand je pensais à certains événements des derniers jours, à la gendarmerie ou tout particulièrement à ma carte d'identité, et plus généralement, quand je pensais à la justice, je dois dire que l'amour de la patrie, si je prenais ce sentiment en considération, ne me retenait pas vraiment.

Il y en avait de plus méfiants qui avaient des informations différentes et croyaient connaître certains traits de caractère des Allemands ; et d'autres encore qui leur demandaient alors s'ils avaient une meilleure idée ; et encore d'autres qui, plutôt que de se livrer à de telles disputes, choisissaient la voix de la raison, c'est-à-dire de donner l'exemple, de se conduire dignement face aux autorités – et, tout autour de moi dans la cour, en groupes plus ou moins grands qui éclataient à tout instant pour se reformer à nouveau, les gens discutaient inlassablement de tous ces arguments et aussi de nombreuses rumeurs, renseignements et informations. J'ai même entendu mentionner Dieu, entre autres, "Ses desseins impénétrables" – pour reprendre la formulation de l'un des hommes. Comme autrefois oncle Lajos, il parlait du destin, du destin des juifs, et de la même façon qu'oncle Lajos, il affirmait que "nous nous sommes détournés du Seigneur", et c'était ainsi qu'il expliquait le malheur qui nous frappait. Mais il a quand même attiré un peu mon attention, parce que c'était un homme à la démarche puissante, sa constitution l'était également, au visage quelque peu inhabituel que caractérisaient un nez mince mais fortement busqué, des yeux très brillants et embués, une belle moustache poivre et sel qui se fondait dans une barbe courte et arrondie. Je voyais qu'il était très entouré et qu'on écoutait ses paroles avec attention. J'ai fini par comprendre que c'était un religieux, parce que j'ai entendu qu'on l'appelait "rabbi". J'ai retenu quelques-unes de ses paroles ou expressions, par exemple quand il a permis – "parce que l'œil qui voit et le cœur qui sent" l'obligeait à permettre – que “nous, sur cette terre, discutions peut-être la mesure du châtiment” – et à un autre moment sa voix claire qui portait loin s’étouffait et s’interrompait un instant, tandis que ses yeux semblaient s’embrumer encore plus que d’habitude ; je ne sais pas pourquoi, mais j’ai ressenti alors l’impression étrange qu’il s’était préparé à dire autre chose, et qu’en un certain sens, il avait été lui-même surpris par ses propres paroles. Mais il a poursuivi, et il “ne voulait pas se leurrer”, comme il l’a avoué. Il le savait bien, il suffisait de regarder autour de soi “les visages tourmentés dans ce lieu de tourments” – c’est ce qu’il a dit, et cet apitoiement l’a de nouveau surpris, car enfin, il était là lui aussi – pour mesurer toute la difficulté de sa tâche. Mais son but n’était pas, car il n’y en avait nul besoin, de “gagner des âmes pour l’Eternel” puisque toutes les âmes viennent de Lui, disait-il. Cependant, il nous a tous interpellés en disant : “Ne vous querellez pas avec le Seigneur !” – non pas à cause du péché, mais surtout parce que cette voie mènerait à “la négation du sens suprême de la vie”, or, selon lui, nous ne pourrions pas vivre “avec cette négation dans le cœur”. Il a dit qu’un tel cœur est peut-être léger, mais seulement parce qu’il est vide, de la vacuité du désert ; en revanche, c'est certes difficile, mais le seul moyen de trouver le réconfort est de voir dans l'adversité la sagesse infinie de l'Eternel, car, comme il l'a dit textuellement : "L'heure de Son triomphe viendra, et ils seront unis dans le repentir, et ils crieront de la poussière vers Lui, ceux qui ont oublié Sa puissance." Et en nous disant maintenant que nous devons croire à l'avènement de Sa miséricorde dernière ("et que cette foi soit notre rempart et la source intarissable de notre force à l'heure de l'épreuve") il signale en même temps la seule façon dont il nous serait possible de vivre. Et il a nommé cette façon "négation de la négation", car sans espoir "nous sommes perdus" – or nous ne pouvons puiser l'espoir que dans la foi et dans la certitude absolue que le Seigneur nous prendra en pitié et que nous pouvons obtenir Sa grâce. L'argumentation semblait claire, j'en convenais, bien que j'aie remarqué que, finalement, il n'avait même pas dit ce que nous pourrions faire précisément, et il n'était pas capable non plus de donner un bon conseil à ceux qui le pressaient de donner son avis sur la question de savoir s'ils devaient être volontaires pour partir ou plutôt rester. J'ai aussi vu le Malchanceux, et même plusieurs fois : il surgissait dans un groupe, puis dans un autre. Mais j'ai remarqué que le regard inquiet de ses petits yeux légèrement injectés de sang allait inlassablement d'un homme à l'autre, d'un groupe à l'autre. Et j'ai même entendu parfois sa voix, il abordait quelqu'un et lui demandait, le visage scrutateur, se tordant et se pétrissant les doigts : "Pardon, il paraît que vous partez ?", ou bien : "Vous pensez que ce sera mieux, si je peux me permettre ?"

Juste alors – je m'en souviens – une autre connaissance de la douane est venue se présenter : l'Expert. D'ailleurs, lui aussi, je l'ai vu plusieurs fois pendant le séjour à la briqueterie. Ses vêtements étaient froissés, sa cravate avait disparu, des taches grises étaient apparues sur son visage mal rasé, mais, à part ça, il avait gardé dans l'ensemble les traces incontestables de la personne distinguée qu'il avait été. Son arrivée ne passa pas inaperçue et un cercle d'hommes fébriles l'entoura aussitôt. Il avait du mal à répondre aux nombreuses questions dont ils l'accablaient. Comme je l'ai moi-même appris très tôt, il avait réussi à parler directement à un officier allemand. L'événement avait eu lieu à l'avant, dans les parages des bureaux du commandement, de la gendarmerie et d'autres autorités chargées des enquêtes, où j'avais effectivement aperçu moi-même à une ou deux reprises un uniforme allemand qui apparaissait ou disparaissait furtivement. Dans un premier temps – c'est ce que j'en ai déduit – il avait essayé avec les gendarmes. Il avait tenté "d'entrer en contact avec son entreprise" – comme il disait. Mais nous avons appris que les gendarmes lui avaient "systématiquement refusé" ce droit, alors qu'il "était question de l'industrie de l'armement" et que "la direction de la production était impensable sans lui", ce que les autorités avaient reconnu, bien qu'à la gendarmerie il ait été "dépouillé" du certificat attestant ce fait, comme d'ailleurs de toutes ses affaires : j'avais un peu de mal à le suivre, parce qu'il racontait par bribes en répondant au feu croisé des questions. Il avait l'air très indigné. Mais il précisa qu'il "ne voulait pas entrer dans les détails". D'autre part, c'était justement pour cela qu'il s'était adressé à l'officier allemand. L'officier était sur le point de partir. A ce qu'il disait, il se trouvait par hasard dans les parages au même moment. Il dit : "Je lui ai barré la route." Il y avait eu plusieurs témoins de la scène et ils soulignaient son audace. Mais alors lui, haussant les épaules, dit qu'on n'arrivait à rien si on ne prenait pas de risques, et qu'il voulait à tout prix parler à “un responsable, enfin”. Il poursuivit en disant : “Je suis ingénieur.” Et il ajouta : “Et mon allemand est parfait.” Il avait dit tout ça à l’officier allemand. Il lui avait expliqué qu’on “avait rendu son travail impossible en principe et en fait” et ce, pour reprendre ses mots, “sans raison ni fondement juridique, même dans le cadre des dispositions actuellement en vigueur”. “Mais à qui cela profite-t-il ?” avait-il demandé à l’officier allemand. Il lui avait dit, comme il nous en rendait compte maintenant : “Je ne cherche pas à obtenir des avantages ou des privilèges. Mais je suis quelqu’un et je sais faire quelque chose : je voudrais travailler selon mes compétences, c’est tout ce que je souhaite.” Et alors l’officier lui avait conseillé de se faire inscrire sur la liste des volontaires. Il a dit qu’il ne lui avait fait aucune “promesse démesurée”, mais il l’avait assuré que, dans son effort actuel, l’Allemagne avait besoin de tout le monde, et particulièrement de la compétence des personnes qui avaient une telle formation. Il nous a fait comprendre qu’il sentait que, eu égard à “l’objectivité” de l’officier, ce qu’il avait dit était “réaliste et correct” – il l’a défini avec ces mots-là. Il a même dit un mot sur les “manières” de l’officier : il les a décrites par opposition à la “grossièreté” des gendarmes comme “sobres, mesurées et impeccables à tout point de vue”. Répondant à une autre question, il reconnut qu’il n’y avait “naturellement aucune autre garantie” que l’impression que lui avait faite l’officier ; mais il dit que, pour l’instant, il fallait s’en contenter et qu’il ne croyait pas s’être trompé. “Sauf si, ajouta-t-il encore, ma connaissance des hommes m’abuse, mais du moins en ce qui me concerne, j’ai ressenti cette éventualité comme assez peu vraisemblable.”

Quand il est parti, d’un coup, hop !, j’ai vu le Malchanceux surgir du groupe comme un diable de sa boîte et couper en biais derrière lui, ou plutôt se diriger vers lui. J’ai même pensé en le voyant si énervé, avec une espèce de résolution sur le visage : Eh bien, il va l’aborder pour de bon, pas comme à la douane. Mais dans sa hâte, il fonce dans un grand gaillard corpulent avec un brassard, qui arrivait avec la liste et le crayon. Ce dernier s’arrête net, recule d’un pas, le toise de la tête aux pieds, se penche en avant, lui demande quelque chose – et après, je ne sais plus ce qui s’est passé, parce que Rozi m’a dit à ce moment-là : C’est notre tour.

Ensuite, je me rappelle seulement que lorsque j’ai regagné ma place avec les autres gars, c'était déjà le soir, un crépuscule d'été particulièrement paisible, doux, le ciel rougeoyait au-dessus des collines en ce dernier jour. Du côté opposé, vers la rivière, je voyais justement le toit vert du train de banlieue régulier qui passait au-dessus du rebord de la palissade : j'étais fatigué, mais bien évidemment, après mon inscription, j'étais aussi un peu curieux. Dans l'ensemble, les copains aussi avaient l'air satisfaits. Le Malchanceux avait réussi à s'incruster parmi nous et il a dit d'une voix quelque peu solennelle, le regard scrutateur, qu'il était également déjà sur la liste. On l'a approuvé et j'ai vu que ça lui faisait plaisir – mais ensuite je ne l'ai plus vraiment écouté. Par là, tout au fond, la briqueterie était plus calme. Mais là aussi, je voyais de petits groupes se consulter, certains se préparaient déjà pour la nuit, ou bien dînaient, surveillaient leurs bagages, ou restaient simplement assis, comme ça, le soir, en silence. On s'approchait justement d'un couple. Je les avais vus souvent et je les connaissais déjà bien de vue. Elle était petite, avec des traits fins et une silhouette frêle, quant à lui, il était maigre et portait des lunettes, il lui manquait quelques dents, il était tout le temps agité, sur le qui-vive, avec son front éternellement en sueur.

Là encore, il était très occupé : accroupi sur le sol il rassemblait leurs affaires en toute hâte, avec l'aide zélée et empressée de sa femme, et ficelait les bagages ensemble, il semblait absorbé par ce travail et rien d'autre. Mais le Malchanceux s'arrêta net derrière lui et, à l'évidence, il le connaissait, parce qu'un instant plus tard il lui demanda s'ils avaient donc eux aussi décidé de partir. L'autre ne se retourna qu'un seul instant et le regardant à travers ses lunettes, clignant des yeux, en sueur, le visage tendu dans la lumière du soir, il lui donna pour unique réponse cette question étonnée : “Eh bien, il faut y aller, non ?…” Et je trouvais sa remarque aussi élémentaire que vraie, en dernière analyse.

Le lendemain matin, on nous a fait partir de bonne heure. Le train a quitté le quai de la ligne de banlieue par un temps d'été splendide, de devant le portail – c'étaient des espèces de wagons à bestiaux rouge brique à toit, les portes étaient fermés. On était soixante là-dedans, avec les bagages, et puis aussi le chargement que les hommes à brassard avaient emporté pour la route : des monceaux de pain, de grandes conserves de viande, choses très précieuses après le passage à la briqueterie, je le reconnaissais. Mais bon, depuis la veille j'avais remarqué que nous qui allions partir étions traités avec tant d'attentions, d'honneurs, je dirais presque avec un certain respect, et cette abondance pouvait en être une expression, une sorte de récompense, c'est ainsi que je le ressentais. Les gendarmes étaient là eux aussi, avec leurs fusils, moroses, boutonnés jusqu'au menton – comme s'ils surveillaient de précieuses marchandises mais ne pouvaient plus vraiment y toucher, à cause, pensais-je, d'une autorité supérieure, à savoir les Allemands. Ensuite, ils ont refermé sur nous les portes coulissantes, ils ont mis quelque chose de l'extérieur à coups de marteau, puis il y a eu des signaux, des coups de sifflet, le travail des cheminots, un à-coup : nous partions. Les gars et moi, on s'est mis à l'aise dans le tiers avant du wagon, à l'endroit qu'on avait occupé dès qu'on était montés, avec de chaque côté une ouverture placée assez haut et soigneusement fermée par du fil de fer barbelé. Rapidement s'est posée dans notre wagon la question de l'eau, et donc celle de la durée du voyage.

A part ça, je n'ai pas grand-chose à en dire. Tout comme à la douane ou plus tard à la briqueterie, il fallait bien passer le temps dans le train. Les circonstances rendaient peut-être la chose plus difficile, naturellement. Mais, par ailleurs, la conscience d'aller vers une destination, l'idée que, finalement, nous en approchions, même si c'était lentement, avec des cahots si fatigants, des manœuvres et des arrêts – cette idée nous aidait à supporter les soucis et les difficultés. On ne perdait pas patience, les gars et moi. Rozi répétait sans cesse que le voyage ne durerait que le temps d'arriver à destination. Ils taquinaient beaucoup Joli-Cœur à cause d'une fille qu'il avait connue à la briqueterie et qui, comme les gars croyaient le savoir, était là avec ses parents : surtout au début, il disparaissait souvent à l'intérieur du wagon pour aller la voir, et les gars se passaient l'information. Il y avait aussi le Fumeur : même ici, il sortait quelquefois de sa poche une espèce de saleté suspecte et friable, un morceau de papier et une allumette vers laquelle il penchait son visage avec l'avidité d'un rapace, parfois même la nuit. Et le troisième jour, j'ai encore entendu Moskovics (il transpirait à grosses gouttes, la sueur mêlée de suie ruisselait de son front sur ses lunettes, son nez camus et ses lèvres épaisses, comme nous tous, et moi aussi, cela va de soi) et les autres prononcer une parole ou faire une remarque assez gaie, le Maroquinier a même raconté, la langue un peu pâteuse, certes, une ou deux blagues plates. Je ne sais pas comment, mais certains adultes ont réussi à apprendre que le but de notre voyage était un lieu du nom de "Waldsee*" : quand j'avais soif, quand j'avais chaud, rien que la promesse que recelait ce nom m'apportait un soulagement immédiat. A ceux qui se plaignaient de l'exiguïté, beaucoup rappelaient, et ils avaient raison, que les prochains seraient déjà à quatre-vingts. Et dans le fond, quand j'y pensais, j'avais déjà été plus à l'étroit, en définitive : par exemple à l'écurie de la gendarmerie, où la solution que nous avions trouvé au manque de place était de tous nous accroupir sur le sol, à la turque. Dans le train, j'étais plus à l'aise. Si j'en avais envie, je pouvais même me lever et faire quelques pas – en direction du seau, par exemple : en effet, sa place était dans le coin arrière droit du wagon. Au début, on avait décidé de ne s'en servir, dans la mesure du possible, que pour les petits besoins. Mais bon, comme le temps passait, nombre d'entre nous furent obligés de constater que les exigences de la nature sont plus fortes que notre volonté, et nous avons agi en conséquence, aussi bien nous autres les

* Les mots et expressions en langue étrangère sont traduits dans les notes en fin de volume.

garçons, que les hommes, et puis aussi certaines femmes, ce qui est bien compréhensible, naturellement.

Finalement, le gendarme non plus ne nous a pas causé trop de désagréments. Au début, il m'avait un peu effrayé : son visage était apparu soudain juste au-dessus de ma tête, dans l'ouverture gauche, et il nous avait même éclairés avec sa lampe de poche, le soir du premier jour, ou plutôt la nuit, pendant un nouvel arrêt prolongé. Mais il s'est bientôt avéré qu'il était animé de bonnes intentions : "Vous êtes arrivés à la frontière hongroise" – c'était la nouvelle qu'il était venu nous annoncer. A l'occasion, il désirait nous adresser un appel, pour ainsi dire une prière. Il souhaitait que quiconque parmi nous avait encore par hasard de l'argent ou d'autres valeurs les lui remette. "Là où vous allez, argumentait-il, vous n'aurez plus besoin d'objets de valeur." Ce que nous garderions, les Allemands nous le prendraient de toute façon, affirmait-il. A travers la fente de la fenêtre, il a poursuivi : "Alors, pourquoi ne pas le remettre en des mains hongroises ?" Et après une brève interruption que j'ai ressentie comme solennelle en quelque sorte, il a ajouté d'une voix devenant d'un coup plus chaleureuse, plus familière, comme s'il avait voulu tout recouvrir du voile de l'oubli, tout pardonner : "En fin de compte, vous êtes hongrois, vous aussi !" Une voix, la voix grave d'un homme, quelque part à l'intérieur du wagon a admis l'argument, après quelques chuchotements, vraisemblablement une délibération, à condition que le gendarme nous donne un peu d'eau en échange, et il semblait prêt à le faire, "malgré l'interdiction", a-t-il précisé. Mais ensuite, ils n'ont quand même pas pu arriver à un accord, parce que la voix voulait avoir l'eau d'abord, quant au gendarme, il voulait d'abord les objets, et aucun ne voulait céder. Le gendarme a fini par se froisser, et il a fait la remarque suivante : "Sales juifs, vous feriez des affaires avec les choses les plus sacrées !" Et d'une voix étranglée par l'indignation et le dégoût, il nous a juste adressé ce souhait : "Alors vous pouvez crever de soif !" Ce qui a fini par nous arriver – c'est du moins ce qu'on disait dans notre wagon. Le fait est que depuis l'après-midi du deuxième jour, j'étais bien obligé d'entendre moi aussi une voix qui venait du wagon situé derrière nous, et ce n'était pas très agréable. La vieille dame – comme on disait dans mon wagon – était malade, et on supposait qu'elle était devenue folle, sans aucun doute à cause de la soif. L'explication semblait plausible. J'ai compris à cet instant seulement combien ils avaient raison, ceux qui disaient encore au début du voyage : quelle heureuse circonstance qu'il n'y ait dans notre wagon ni de tout-petits ni de très vieux, ni, espérons-le, de malades. L'après-midi du troisième jour, la vieille dame a fini par se taire. Alors on s'est dit : Elle est morte, parce qu'elle n'a pas eu d'eau. Mais bon, on le savait bien : elle était vieille et malade, et de cette manière tout le monde, y compris moi, trouvait la chose compréhensible, en définitive.

Je peux l'affirmer : l'attente n'est pas propice à la joie – c'est du moins ce que j'ai observé quand nous avons fini par arriver pour de vrai. Je devais être fatigué, et puis peut-être mon impatience d'arriver à destination m'avait-elle finalement fait oublier cette pensée ; j'étais en quelque sorte plutôt indifférent. J'ai aussi un peu raté l'événement. Je me rappelle que j'ai été réveillé brusquement par le hurlement dément de sirènes qui devaient se trouver dans les environs ; la faible lueur qui filtrait du dehors signifiait que c'était l'aube du quatrième jour. J'avais un peu mal au coccyx, là où je touchais le plancher du wagon. Le train était à l'arrêt, comme souvent, et toujours en cas d'alerte aérienne. Il y avait du monde aux fenêtres comme à chaque fois. Tous pensaient voir quelque chose – et jusqu'alors, cela avait toujours été le cas. Au bout d'un certain temps, je suis arrivé à mon tour à la fenêtre : je n'ai rien vu. Dehors, l'aube était fraîche et odorante, au-dessus des champs qui s'étendaient au loin planait une brume grise, et soudain, comme un coup de trompette, un rayon rouge, fin et aigu, surgit quelque part derrière nous, et je compris : j'assistais au lever du soleil. C'était beau et tout à fait intéressant : à la maison, à cette heure-là, je dormais encore. J'ai également aperçu un bâtiment, une station de patelin perdu ou bien l'avant-poste d'une grande gare, tout près devant moi, à gauche. Il était minuscule, gris et encore complètement désert, avec de petites fenêtres fermées et un de ces toits ridiculement pentus que j'avais vus hier dans les parages : sous mes yeux, ses contours se sont stabilisés dans la lueur brumeuse, puis il est passé du gris au violet, et en même temps les fenêtres se sont illuminées d'un scintillement rouge quand les premiers rayons de soleil les ont frappées. D'autres l'ont remarqué aussi, et j'en ai parlé moi-même aux curieux qui se pressaient derrière nous. Ils me demandaient si je voyais un nom de lieu. Je distinguais même deux mots dans le jour naissant, en haut du mur, sur le côté étroit du bâtiment qui faisait face au sens de la marche du train : “Auschwitz-Birkenau” – c’est ce que j’ai lu, c’était écrit avec les lettres pointues et sinueuses des Allemands, avec un double trait d’union ondulé. Mais bon, en ce qui me concernait, je fouillais en vain dans mes connaissances géographiques, et les autres n’en savaient finalement pas plus que moi. Après, je me suis rassis, parce qu’il y en avait derrière moi qui voulaient ma place, et comme il était encore tôt et que j’avais sommeil, je me suis vite rendormi.

Je me suis réveillé à cause du mouvement et de l’agitation. Dehors, le soleil brillait déjà de tous ses feux. Le train roulait de nouveau. J’ai demandé aux gars où on était, ils m’ont dit qu’on était toujours au même endroit, qu’on venait tout juste de repartir : visiblement, c’était la secousse qui m’avait réveillé. Mais il n’y a pas de doute, ont-ils ajouté, on peut voir devant nous des usines, des espèces de bâtiments. Un instant plus tard, ceux qui étaient à la fenêtre ont annoncé, et moi aussi j’avais remarqué une modification passagère de la luminosité, qu’on était passés sous la voûte d’une sorte de portail. Encore un instant plus tard, le train s’arrêtait, et alors ils ont annoncé fébrilement que c’était une gare, qu'ils voyaient des soldats, des gens. Beaucoup se sont mis à ramasser leurs affaires, à se reboutonner, certains, surtout parmi les femmes, ont commencé à se nettoyer à la va-vite, à se coiffer, se refaire une beauté. A l'extérieur, j'entendais des coups secs se rapprocher, le fracas des portières, la clameur des gens qui se ruaient hors du train, et il fallait bien me rendre à l'évidence, cela ne faisait plus de doute, nous étions effectivement arrivés à destination. J'étais tout naturellement content, mais autrement, me semblait-il, que j'aurais pu l'être la veille, disons, ou d'autant plus deux jours plus tôt. Ensuite, un outil a heurté notre wagon, et puis un homme, ou plutôt plusieurs, ont fait rouler la lourde portière.

- D'abord, j'ai entendu leurs voix. Ils parlaient en allemand ou dans une langue qui y ressemblait beaucoup, qui sonnait pareil, tous en même temps. Pour autant que j'aie pu comprendre, ils souhaitaient qu'on descende. Mais au lieu de cela, il me semblait que c'étaient eux qui se pressaient au milieu de nous ; pour l'instant, je ne voyais rien. Déjà le bruit courait qu'il fallait laisser sur place les valises et les paquets. Ensuite – comme c'était expliqué, traduit et passé de bouche à oreille autour de moi – tout le monde pourrait récupérer son bien, cela va de soi, mais d'abord les objets devaient passer à la désinfection, et nous, à la douche : effectivement, il était grand temps, c'était aussi mon avis. Ensuite, quand ils se sont affairés plus près de moi, j'ai enfin vu les gens d'ici. J'étais vraiment très surpris, car en fin de compte c'était la première fois de ma vie que je voyais – du moins d'aussi près – de véritables détenus, avec la tenue à rayures, la tête rasée et la casquette ronde des malfaiteurs. Sur le coup, j'ai eu un mouvement de recul, naturellement. Certains répondaient aux questions des gens, d'autres balayaient le wagon du regard, d'autres encore, avec l'efficacité de porteurs expérimentés, commençaient déjà à sortir les bagages, et tout cela avec une rapidité de renard. Sur leur poitrine, à côté du matricule habituel des détenus, je voyais encore un triangle jaune, mais bien que j'aie pu deviner sans peine la signification de cette couleur, elle m'a quand même sauté aux yeux, d'une certaine façon ; pendant le voyage, j'avais presque un peu oublié toute cette histoire. Leur visage non plus n'inspirait pas vraiment confiance : oreilles décollées, nez proéminent, petits yeux enfoncés brillants de ruse. Effectivement, ils avaient l'air d'être des juifs, à tous points de vue. Je les trouvais louches et insolites, dans l'ensemble. Dès qu'ils nous ont repérés, nous les garçons, il m'a semblé qu'ils ont été saisis d'une grande agitation. Aussitôt, ils se sont mis à chuchoter vite, avec une espèce de frénésie, et j'ai découvert alors avec stupeur que la langue des juifs n'était, semble-t-il, pas seulement l'hébreu, comme je le croyais jusqu'alors : *"Reds di yiddish, reds di yiddish, reds di yiddish ?"*, j'avais fini par saisir leur question. Les gars et moi, on leur a dit : *"Nein."* Je voyais qu'ils n'étaient pas très contents. Et alors soudain – je l'ai compris aisément en partant de l'allemand – ils ont été très curieux de savoir notre âge. Nous disions : *"Vierzehn, fünfzehn"*, selon le cas. Ils se sont mis à faire non de la main, de la tête, de tout leur corps : *"Zehtsaïn*, chuchotaient-ils de toutes parts, *zehtsaïn."* Etonné, j'ai demandé à l'un d'eux : *"Warum ?" "Willst di arbeiten ?"* – il me demandait si je voulais travailler, vrillant le regard comme vide de ses yeux cernés dans les miens. Je lui ai dit : *"Natürlich"*, puisqu'en fin de compte, quand j'y pensais, j'étais venu pour ça. Sur quoi, il m'a saisi avec sa main jaune, sèche et dure, il m'a même fortement secoué le bras et donc : *"Zehtsaïn... ferchtaïst di ?... zehtsaïn !..."* Je voyais qu'il était en colère, la chose avait l'air si importante pour lui, me semblait-il, et comme on en avait parlé rapidement avec les gars auparavant, j'ai accepté, avec toutefois un certain enjouement : va pour seize ans. Pour continuer, il ne devait pas y avoir parmi nous – quoi qu'on dise et tout à fait indépendamment de la vérité effective – de frères ou de sœurs, et surtout pas – à mon grand étonnement – de jumeaux ; mais avant tout : *"Yeder arbeiten, nicht ka midé, nicht ka krenk"* – c'est ce que j'ai appris de leur part durant les deux minutes, ou peut-être même moins, qu'il m'a fallu pour passer, dans la bousculade, de ma place à la porte, et là j'ai fait un grand bond dans la lumière du jour, à l'air libre.

Avant tout, je remarquai un immense terrain qui ressemblait à une prairie. Sur le coup, je fus aveuglé par cette étendue soudaine, la luminosité également blanche du ciel et de ce pré me faisait mal aux yeux. Mais je n'avais pas vraiment le temps de contempler les lieux : autour de moi, ce n'étaient que gémissements, grouillement, bribes de paroles et d'événements, la mise en rangs. J'entendis qu'il fallait se séparer des femmes pour un court instant, car après tout nous ne pouvions pas prendre la douche sous le même toit ; un peu plus loin, des camions attendaient les plus âgés, les malades, les mères avec de petits enfants, ainsi que ceux qui étaient épuisés par la fatigue du voyage. D'autres détenus nous apprirent tout cela. Je remarquai que là, dehors, derrière eux, des soldats allemands en casquette verte, en col vert, le bras montrant le chemin d'un geste éloquent, avaient les yeux sur tout : j'étais un peu soulagé à leur vue, parce que, pimpants et bien soignés au milieu de ce tohu-bohu, eux seuls étaient solides et respiraient la sérénité. J'entendais beaucoup d'adultes parmi nous dire, et j'étais d'accord avec eux, qu'il fallait s'efforcer de se rendre utile, d'abréger les questions et les adieux, d'être raisonnable, pour ne pas donner aux Allemands l'image d'un troupeau désordonné. En ce qui concerne la suite, il me serait difficile de la raconter : une espèce de torrent bouillonnant, tourbillonnant m'emportait, me charriait, m'engluait. Derrière moi, une voix de femme hurlait sans cesse à propos d'un "sac à main" – elle disait à quelqu'un qu'elle l'avait gardé. Devant moi trottinait une vieille femme échevelée et j'entendais les exhortations d'un jeune homme de petite taille : "Obéissez, maman, de toute manière nous nous reverrons bientôt. *Nicht wahr, Herr Offizier* – il s'adressait avec un sourire confiant, d'une certaine façon complice, à la manière des adultes, à un soldat allemand qui se trouvait là – *wir werden uns bald wieder...*" Mais déjà mon attention était attirée par les cris stridents d'un petit garçon crasseux, mais avec des mèches bouclées et habillé comme un mannequin dans une vitrine, qui essayait de se libérer par d'étranges secousses et convulsions de l'étreinte d'une femme blonde, à l'évidence sa mère. "Je veux aller avec papa ! Je veux aller avec papa" : il hurlait, sanglotait, criait en tapant avec ses chaussures blanches, en trépignant drôlement dans les cailloux blancs, dans la poussière blanche. Cependant, je m'efforçais avec les garçons de garder le pas, de suivre les appels, les signaux que Rozi lançait de temps en temps – tandis qu'une grosse dame en robe d'été à fleurs sans manches écrasait tout le monde sur son passage, y compris moi, fonçant dans la direction où, d'après les indications, se trouvaient les camions. Ensuite, un petit vieillard à chapeau noir et cravate noire s'agita, tournoya, joua des coudes devant moi, regardant autour de lui d'un air scrutateur et s'écriant de temps à autre : "Ilonka ! Ma petite Ilonka !" Puis un homme grand au visage anguleux et une femme aux cheveux noirs se collèrent l'un contre l'autre avec leur visage, leur bouche, leur corps tout entier, suscitant une contrariété furtive chez tout le monde, jusqu'à ce que finalement la femme – ou plutôt la fille – soit arrachée à lui, emportée et engloutie par les assauts incessants du courant, mais je l'ai encore vue, alors qu'elle s'éloignait de plus en plus, essayer d'émerger et de faire de grands gestes d'adieu.

Toutes ces images, ces voix, ces événements me troublaient, j'avais même un peu le vertige dans ce tourbillon où tout se mêlait en une unique impression étrange, bariolée, je dirais même folle ; c'est pourquoi je suivais d'autres événements, peut-être plus importants, avec une attention moindre. Ainsi par exemple, j'aurais de la peine à dire si c'était grâce à notre effort, à celui des soldats, à celui des prisonniers ou bien grâce à un effort commun qu'une longue colonne avait fini par se former autour de moi, avec rien que des hommes, placés régulièrement en rangs par cinq qui marchaient, lentement, certes, mais droit, pas à pas, vers l'avant. Là-bas devant – nous assurait-on de nouveau –, il y avait la douche, mais avant cela j'appris que nous allions tous passer à la visite médicale. Ils précisèrent, mais naturellement ce n'était pas difficile à comprendre, qu'il s'agissait d'une espèce de révision, un examen de routine, du point de vue du travail, bien évidemment.

En attendant, je pouvais souffler un peu. Avec les gars, à côté, devant, derrière, on s'appelait, on se faisait des signes : on était tous là. Il faisait chaud. Je pouvais regarder autour de moi, essayer de deviner un peu où on était. La gare était proprette. Sous nos pieds, il y avait du gravier, comme dans tous les endroits de ce genre, un peu plus loin, une bande de gazon avec des fleurs jaunes, et une route d'un blanc immaculé s'allongeant à l'infini. J'ai encore remarqué que cette route était séparée de l'espace infini qui commençait derrière par une rangée de poteaux identiques, recourbés et reliés par du fil de fer barbelé qui luisait d'un éclat métallique. J'ai facilement deviné que les prisonniers devaient habiter par là. Ce n'est que maintenant qu'ils commençaient à m'intéresser, peut-être parce que, pour la première fois, j'avais du temps, et j'étais curieux de connaître leurs crimes.

J'ai regardé autour de moi et les proportions, l'étendue de cette prairie m'ont de nouveau étonné. Et pourtant – au milieu de tous ces hommes et aussi à cause la lumière éblouissante – je ne pouvais pas m'en faire une idée vraiment précise : je pouvais tout juste distinguer au loin des bâtiments tapis sur le sol, çà et là quelques constructions en forme de poste d'affût, des encoignures, des tours, des cheminées. Les garçons et les adultes qui étaient autour de moi montraient quelque chose en haut – un objet oblong, immobile, à l'éclat dur, suspendu dans les vapeurs blanchâtres d'un ciel pourtant délavé et sans nuage. C'était un dirigeable, effectivement. Autour de moi, les explications s'accordaient dans l'ensemble pour parler de défense aérienne : alors, je me suis de nouveau rappelé les sirènes de l'aube. En revanche, je ne voyais nulle marque de trouble ou de peur sur les soldats allemands qui nous escortaient. Je me rappelai la panique qu'il y avait dans ces cas-là chez nous, et ce calme dédaigneux, cette impassibilité me firent comprendre plus précisément pour la première fois pourquoi chez nous on parlait des Allemands avec une sorte de respect. Ce n'est qu'à cet instant que je remarquai les deux traits en forme d'éclair sur leur col. Je pus établir de la sorte qu'ils devaient appartenir à la fameuse formation des SS, à propos de laquelle j'avais entendu dire beaucoup de choses chez nous. Je peux affirmer que je ne les ai trouvés nullement menaçants : ils marchaient tranquillement de long en large, patrouillaient tout le long du grillage, répondaient aux questions, hochaient la tête, donnaient à certains d'entre nous des tapes amicales dans le dos ou sur l'épaule.

J'ai remarqué encore autre chose, durant ces instants d'attente inactive. Chez nous, j'avais déjà souvent vu des soldats allemands, bien naturellement. Mais ils étaient toujours pressés, ils avaient le visage fermé et préoccupé, leurs uniformes étaient impeccables. Mais maintenant, ils se mouvaient d'une façon différente, plus décontractée – comme j'ai pu l'observer –, plus familière, en quelque sorte. J'ai même constaté quelques menues infractions, des képis, des bottes, des uniformes plus ou moins relâchés ou rigides, bien astiqués ou au contraire comme les habits qu'on met seulement pour le travail. Chacun portait une arme, ce qui est quand même naturel : après tout, c'étaient des soldats. Mais nombre d'entre eux tenaient dans la main une canne, une simple canne de promenade recourbée en crochet, ce qui me surprit un peu car ils marchaient tous correctement, et c'étaient des hommes en parfaite santé. Par la suite, j'ai pu observer cet objet de plus près. Mon attention fut attirée par le fait que l'un d'eux, qui me tournait le dos à demi, le plaça soudain horizontalement derrière ses hanches et, le tenant par les deux extrémités, se mit à le plier d'un geste qui semblait blasé. Mon rang s'approchait de lui. Et alors je vis que ce n'était pas du bois mais du cuir, et que ce n'était pas une canne mais une cravache. Ça m'a fait une drôle d'impression – mais je n'avais pas vu qu'ils y aient eu recours, et il y avait certes beaucoup de détenus autour de nous, finalement.

Pendant ce temps, j'entendais, mais je remarquais à peine ces annonces, que par exemple – je m'en souviens – on demandait aux professionnels de l'ajustage de se manifester, d'autres fois, ils cherchaient des jumeaux, des infirmes, et même, à l'hilarité générale, les nains qui se trouvaient éventuellement parmi nous, puis les enfants aussi car, à ce qu'il paraissait, ces derniers avaient droit à un traitement particulier, l'école au lieu du travail, et toutes sortes d'autres avantages. Dans les rangs, quelques adultes nous encourageaient à ne pas laisser passer l'occasion. Mais j'avais encore à l'esprit les conseils des prisonniers dans le train, et puis j'avais plutôt envie de travailler que de vivre comme un enfant, naturellement.

Pendant ce temps, nous avions fait un bon bout de chemin. J'ai remarqué qu'il y avait plus de soldats et de détenus autour de nous. A un moment, de rang par cinq, on s'est mis à la queue leu leu. Au même moment, on nous a dit d'ôter veste et chemise pour passer torse nu devant le médecin. Je sentais que le rythme s'accélérait. Soudain, j'ai vu deux groupes séparés, là-bas devant. Le plus important, à droite, se composait de personnes diverses, et à gauche, le plus petit et en quelque sorte le plus plaisant comprenait entre autres des garçons de notre groupe. A première vue, ces derniers – du moins à mes yeux – avaient été déclarés aptes. Cependant, j'allais de plus en plus vite vers l'endroit où je distinguais, au milieu de la foule, des silhouettes qui allaient et venaient, un point fixe, un uniforme impeccable, le képi haut, en arc, des officiers allemands ; j'ai été étonné que mon tour arrive si vite.

D'ailleurs, l'examen n'a pas demandé plus de deux ou trois secondes (environ). Juste devant moi, il y avait Moskovics – lui, le docteur lui a immédiatement montré d'un geste du doigt l'autre direction. Je l'ai encore entendu essayer d'expliquer : *"Arbeiten... Sechzehn..."* – mais une main qui a surgi de quelque part l'a saisi, et déjà je prenais sa place. Quant à moi, je le voyais bien, le médecin me regarda plus soigneusement, me pesant d'un regard grave et attentif. Je bombai le torse pour lui montrer ma cage thoracique et – je m'en souviens – j'ai même souri un peu, là, comparé à Moskovics. J'ai tout de suite éprouvé un sentiment de confiance pour le médecin, car son visage avait une très belle apparence, sympathique, un peu allongé, rasé, avec des lèvres plutôt fines, des yeux bleus ou gris, en tout cas clairs, au regard bienveillant. J'eus tout loisir de l'observer pendant qu'il appuyait ses deux mains gantées de chaque côté de mon visage et tirait légèrement vers le bas des deux côtés la peau sous mes yeux – de ce geste de médecin que je connaissais déjà. Au même moment, d'une voix basse et néanmoins claire, trahissant un homme cultivé, il me demanda : *"Wie alt bist du ?"* – mais en quelque sorte tout à fait incidemment. Je lui ai dit : *"Sechzehn."* Il hocha légèrement la tête, mais plutôt parce que c'était la bonne réponse et non parce que c'était la vérité – c'est du moins le sentiment qui m'avait soudain effleuré. Je remarquai également, mais c'était plutôt une impression passagère et peut-être erronée, qu'il semblait satisfait, il avait l'air presque soulagé, en quelque sorte ; je sentais que je lui plaisais bien. Ensuite, une main encore posée sur mon visage, et montrant de l'autre le côté opposé de la route, il m'a envoyé parmi les aptes. Les gars m'ont fait un triomphe, ils riaient de joie. Et à la vue de ces visages rayonnants, j'ai compris la différence qui séparait en fait notre groupe de ceux d'en face : la réussite, si je ne m'abusais.

Je renfilai alors ma chemise, échangeai quelques mots avec les copains et j'attendis de nouveau. De là où j'étais, je voyais d'un autre œil ce qui se passait de l'autre côté de la route. Un flot humain s'écoulait sans cesse, se resserrait dans un goulot d'étranglement, accélérait, puis se ramifiait en deux devant le médecin. Les garçons arrivaient l'un après l'autre, et je participais dorénavant moi aussi à l'accueil, naturellement. Un peu plus loin, j'aperçus une deuxième colonne : les femmes. Autour d'elles, il y avait également des soldats et des détenus, devant, un médecin, et tout se passait exactement de la même façon, sauf qu'elles ne devaient pas enlever le haut, ce qui se comprenait, à bien y réfléchir, évidemment. Tout bougeait, tout fonctionnait, chacun était à sa place et exécutait sa tâche avec précision et sérénité, comme une machine bien huilée. Sur de nombreux visages, je voyais des sourires timides ou assurés, ne doutant pas du résultat ou l'appréhendant – mais fondamentalement c'était le même sourire, à peu près identique à celui que je sentais sur mon propre visage. C'est avec ce même sourire qu'une femme brune qui semblait très belle vue d'ici, avec des boucles d'oreilles rondes, tenant son manteau de pluie blanc sur la poitrine, a posé une question à un soldat, et c'est avec ce même sourire qu'un homme au visage bienveillant, aux cheveux noirs, s'est avancé vers le médecin : il était apte. J'ai vite compris le travail du docteur. Un vieil homme arrive : il l'envoie de l'autre côté, c'est clair. Un jeune : ici, avec nous. Un autre, ventru, sauf qu'il bombe le torse de toutes ses forces : en vain – mais non, le médecin l'a quand même envoyé ici, et je n'étais pas très satisfait parce que, pour ma part, je le trouvais plutôt âgé. J'ai constaté que la grande majorité des hommes étaient extraordinairement mal rasés et ne faisaient pas bonne impression. Si bien que j'étais obligé de voir avec les yeux du médecin combien il y avait parmi nous d'hommes vieux ou inutiles pour d'autres raisons. L'un était trop maigre, l'autre trop gros, quant à un troisième, je le déclarai malade mental rien qu'à voir ses yeux agités de tics et les grimaces incessantes de sa bouche et de son nez qui faisaient penser à un lapin qui flaire quelque chose, pourtant lui aussi, connaissant son devoir, il souriait avec dévouement en se dandinant comme un canard vers le groupe des inaptes. Encore un -- le manteau et la chemise sur le bras, les bretelles tombant sur les cuisses, et on voyait bien que la peau de ses bras et de sa poitrine commençait çà et là à se relâcher. Mais arrivé devant le médecin – qui lui a naturellement vite montré sa place parmi les inaptes –, une certaine expression sur ce visage mangé par la barbe, sur ces lèvres desséchées et gercées, une espèce de sourire, pareil aux autres et pourtant plus familier, remuèrent en quelque sorte mes souvenirs : il semblait avoir encore quelque chose à dire au médecin, me semblait-il, sauf que ce dernier ne faisait plus attention à lui, mais au suivant, et alors une main, sans doute la même que pour Moskovics, le tira de la route. Il fit un geste, se retourna, une expression d'étonnement et d'indignation sur le visage : c'est cela, c'était l'Expert, pas d'erreur.

Ensuite, nous avons attendu encore une ou deux minutes. Beaucoup n'étaient pas encore passés devant le médecin, nous, dans notre groupe, nous étions environ quarante hommes et garçons, selon mes estimations, quand on nous a dit qu'on allait à la douche. Un soldat s'est approché de nous, sur le coup je n'ai pas vu d'où il sortait, c'était un homme petit, plutôt âgé, d'apparence paisible, avec un grand fusil – un simple soldat, me semblait-il. *"Los, ge' ma' vorne !"* dit-il, pas vraiment selon les règles des livres de grammaire, constatai-je. Mais cela sonnait agréablement à mes oreilles, vu que, comme les autres gars, je commençais à m'impatienter, à vrai dire pas tant pour le savon que pour l'eau, bien sûr. La route passait sous un portail grillagé vers le terrain situé derrière la clôture où se trouvait visiblement la douche : nous marchions en petits groupes peu serrés, sans nous hâter, en discutant et regardant autour de nous, tandis qu'à l'arrière le soldat cheminait avec indifférence. Sous nos pieds, il y avait de nouveau une large route d'une blancheur impeccable, devant nous s'étendait la prairie dans toute son immensité, quelque peu fatigante dans l'air que la chaleur faisait partout trembler et ondoyer. Je me demandais déjà avec appréhension si ce ne serait pas trop loin, mais il s'avéra par la suite que le bâtiment des douches n'était en tout et pour tout qu'à une dizaine de minutes à pied de la gare. Ce que j'ai vu des environs pendant cette brève marche m'a beaucoup plu. En particulier, je fus ravi de voir un terrain de football dans la grande clairière, tout de suite à droite de la route. La pelouse verte, les cages blanches nécessaires au jeu, le tracé blanc des lignes, tout était là, attirant, frais, bien entretenu et en excellent état. Avec les gars, on s'est dit tout de suite qu'après le travail on y jouerait au football. Ce que nous avons vu quelques pas plus loin, sur le bord gauche, nous procura encore plus de joie : c'était un robinet, pas de doute, une de ces fontaines à pompe qu'il y a au bord des routes. Une inscription en lettres rouges : *"Kein Trinkwasser"* tentait de nous mettre en garde, certes, mais elle n'a pu retenir aucun d'entre nous à cet instant-là, bien sûr. Le soldat a été très patient et je peux dire qu'il y avait longtemps que je n'avais autant apprécié l'eau, bien que par la suite elle m'ait laissé dans la bouche un goût particulier de produit chimique, âcre et écœurant. Plus loin, nous vîmes des bâtiments, les mêmes que j'avais déjà aperçus depuis la gare. En réalité, vus de près, c'étaient des constructions de forme étrange, longues, basses, d'une couleur indéfinissable, avec en relief sur toute la longueur du toit une espèce d'installation d'aération ou d'éclairage. Les bâtiments étaient tous entourés par un chemin de cailloux rouges et séparés de la route par une pelouse bien entretenue, et entre eux, je remarquai, à mon grand étonnement, de petits potagers, des choux, et sur les plates-bandes des fleurs multicolores. Tout était très propre, beau et joli, effectivement, il fallait l'admettre : nous avions eu raison à la briqueterie. Je m'aperçus qu'il manquait néanmoins quelque chose dans les environs : il n'y avait pas trace de mouvement, de vie. Mais je me dis que ce devait être normal, puisqu'en fin de compte les habitants étaient au travail.

Aux douches (après avoir tourné à gauche, il y avait un nouveau grillage, puis un nouveau portail grillagé, elles étaient là, dans une cour), j'ai pu constater qu'on s'était déjà préparé à nous recevoir, ils nous ont tout expliqué avec empressement, bien à l'avance. D'abord, on est entrés dans un endroit à sol carrelé, une sorte de hall. Il y avait là déjà beaucoup de gens que j'avais déjà vus dans le train. J'en ai déduit que le travail se poursuivait inlassablement, à l'évidence, des groupes étaient amenés de la gare à la douche sans interruption. A nouveau, il y avait un prisonnier pour nous aider, un détenu – je dois le dire –

particulièrement distingué. Certes, il portait lui aussi la veste rayée des prisonniers, mais elle était rembourrée aux épaules, cintrée à la taille, je peux le dire franchement : coupée et repassée, presque ostensiblement, selon la meilleure mode, en outre, il avait de beaux cheveux noirs brillants bien coiffés, comme nous autres, les hommes libres. Il nous reçut debout, à l'extrémité opposée de la salle, à droite d'un soldat qui, lui, était assis derrière une petite table. Il était tout petit, d'apparence bonhomme, très gros, avec un ventre qui commençait déjà au cou, un menton qui descendait en plis jusqu'à son col, et dans son visage ridé, jaune et glabre, ses yeux faisaient deux fentes : il rappelait un peu l'un de ces nains qu'on cherchait parmi nous à la gare. En revanche, il avait sur la tête un képi impressionnant, sur la table se trouvaient une serviette flambant neuve et, à côté, une cravache tressée de cuir blanc – de la belle ouvrage, il n'y a pas à dire –, qui à l'évidence lui appartenait personnellement. J'ai eu le loisir d'observer tout cela dans les intervalles entre les nombreuses têtes et épaules, pendant que, derniers arrivés, nous tâchions d'entrer et de trouver une place dans cet endroit déjà bondé. En même temps, le détenu est sorti puis rentré en courant par une porte située en face pour communiquer quelque chose au soldat, d'une façon très confidentielle, penché presque jusqu'à son oreille. Le soldat sembla satisfait et lui répondit en quelques phrases, on a alors entendu sa voix aiguë, coupante et essoufflée, rappelant une voix d'enfant, ou plutôt de femme. Ensuite, il se redressa, leva la main et soudain le prisonnier nous a demandé "le silence et notre attention", et alors j'ai connu pour la première fois cette impression si souvent décrite, à savoir la joie inattendue d'entendre les sons familiers de la langue hongroise à l'étranger : ainsi donc, je me tenais en face d'un compatriote. Je ressentis aussitôt un peu de peine pour lui, parce que je voyais bien qu'il était tout jeune, intelligent, et en dépit de son état de détenu, j'étais bien obligé d'admettre que son visage inspirait confiance, et j'aurais eu grande envie de lui demander d'où il venait, comment et pour quel crime il s'était retrouvé en prison ; mais pour l'instant, il nous a seulement annoncé qu'il allait nous expliquer ce que nous aurions à faire, et nous indiquer les exigences de *Herr Oberscharführer* nous concernant. Si nous y mettions du nôtre, ce que d'ailleurs on attendait de nous – a-t-il ajouté –, tout se déroulerait “vite et bien”, ce qui était, selon lui, surtout dans notre intérêt à nous, mais il assurait que c'était également le souhait de *Herr Ober* – comme il l'appelait désormais, négligeant quelque peu la forme officielle, d'une manière plus brève et, selon mon sentiment, plus familière.

Ensuite, il nous a communiqué quelques informations simples, évidentes dans une telle situation et, pendant ce temps, le soldat hochait vivement la tête pour approuver, confirmer la véracité de ses dires – après tout, ce n'était qu'un prisonnier – d'un visage amical, tournant ses yeux joyeux tout à tour vers lui et vers nous. Nous avons appris, par exemple, que dans la salle suivante, c'est-à-dire au “vestiaire”, nous devrions nous déshabiller et accrocher correctement nos vêtements aux crochets qui s'y trouvaient. Sur les crochets, nous verrions des numéros. Pendant que nous prendrions notre douche, nos vêtements seraient désinfectés. Il pensait, et à mon avis il avait raison, qu'il n'était pas nécessaire de nous préciser pourquoi il était très important que chacun garde bien en mémoire le numéro de son crochet. J'ai également compris sans peine la raison pour laquelle il était “recommandé” d'attacher ensemble nos chaussures, “afin d'éviter d'éventuelles confusions", comme il l'a précisé. Ensuite, à l'en croire, des coiffeurs nous prendraient en mains, et finalement, la douche elle-même pourrait avoir lieu.

Mais d'abord, ajouta-t-il, ceux qui avaient encore sur eux de l'argent, de l'or, des pierres précieuses ou quelque autre objet de valeur devaient se manifester et les remettre spontanément "en dépôt auprès de *Herr Ober*", vu que c'était la dernière occasion de "se débarrasser encore impunément" de ces choses. En effet, il nous expliqua que le commerce, les transactions de toutes sortes et par conséquent la possession et l'introduction d'objets de valeur était "rigoureusement interdites dans le *Lager*" – il employa ce mot nouveau pour moi, mais immédiatement compréhensible à partir de l'allemand. Après la douche, tout le monde passerait "une radiographie" dans une "installation spécialement prévue à cet effet" – c'est en ces termes qu'il s'était exprimé – et, avec un hochement de tête expressif, une bonne humeur évidente, en acquiesçant sans ambiguïté, le soldat donnait un poids particulier au mot "radiographie" que visiblement il comprenait lui aussi. Et alors je me suis dis que les informations du gendarme devaient quand même être exactes. Le détenu a dit qu'il pouvait encore ajouter de sa part que les tentatives de contrebande, dont le coupable serait passible "des sanctions les plus sévères" tandis nous tous perdrions notre respectabilité aux yeux des autorités allemandes, étaient à son avis "inutiles et déraisonnables". Nul doute, bien que le problème ne m'ait guère concerné, je trouvais qu'il avait raison. Il y eut un court instant de silence, et selon moi, vers la fin, ce silence devenait un peu gênant. Ensuite, il y eut quelques mouvements vers l'avant : quelqu'un demandait qu'on lui fasse de la place et un homme sortit du groupe, posa quelque chose sur la table et regagna vite sa place. Le soldat lui dit quelque chose : ça sonnait comme des félicitations. Il rangea tout de suite l'objet – une chose minuscule, de là où j'étais, je ne voyais pas très bien – après l'avoir regardé, comme s'il l'évaluait d'un rapide coup d'œil. Il m'avait l'air satisfait. Et puis, il y eut une nouvelle pause, mais plus brève que la précédente, puis de nouveau une agitation, et quelqu'un d'autre – et ensuite, sans interruption, les gens s'avançaient de plus en plus assurés et nombreux, ils allaient l'un après l'autre vers la petite table et chacun y déposait un objet brillant, cliquetant, sonnant ou bruissant sur le petit espace entre la cravache et la serviette. Tout ceci – excepté le bruit des pas et des objets, et les quelques mots brefs d'encouragement jovial que prononçait parfois le soldat d'une voix aiguë – se déroulait dans le silence le plus absolu. J'ai également remarqué que pour chaque objet le soldat procédait exactement de la même façon. Par exemple, si deux objets étaient déposés sur la table, il les regardait l'un après l'autre – avec parfois un hochement de tête admiratif – et il plaçait l'un des deux dans le tiroir qu'il ouvrait à cet effet ; puis il le refermait, la plupart du temps avec son ventre, et passait au deuxième objet, et il répétait exactement les mêmes gestes. J'étais sidéré de voir tout ce qui remontait encore à la surface après les gendarmes, en fin de compte. Mais j'étais aussi étonné par cette hâte, cette ardeur subite des gens qui avaient jusqu'alors affronté tous les dangers liés à la possession de ces objets. C'est pourquoi je pouvais voir sur le visage de presque tous ceux qui étaient passés devant la petite table la même expression un peu honteuse, un peu solennelle, mais très certainement soulagée, d'une certaine manière. Et après tout, nous étions au seuil d'une nouvelle vie, et j'admettais qu'en définitive la situation était tout autre qu'à la gendarmerie, naturellement. Tout cela, tout cet événement, a dû prendre environ trois ou quatre minutes, pour être précis.

Je ne peux pas dire grand-chose de ce qui a suivi : en substance, tout s'est déroulé selon les indications du prisonnier. La porte d'en face s'est ouverte et nous sommes entrés dans une salle effectivement meublée de longs bancs et de crochets placés en haut. J'ai immédiatement repéré le numéro et je me le suis répété plusieurs fois pour ne pas risquer de l'oublier. J'ai noué ensemble mes chaussures, comme le prisonnier nous l'avait conseillé. La salle suivante était basse de plafond et violemment éclairée par des lampes : le long des murs, les rasoirs allaient déjà bon train, les tondeuses électriques bourdonnaient, les barbiers s'affairaient – c'étaient tous des détenus. Je me suis retrouvé devant l'un d'eux, sur le côté droit. Il m'a dit de prendre place – du moins je le suppose, car je ne comprenais pas sa langue – sur le tabouret placé devant lui. Et déjà il posait la tondeuse sur ma nuque, et déjà il m'avait coupé les cheveux jusqu'au dernier, j'avais la boule à zéro. Ensuite, il a pris un rasoir : j'ai dû me lever, tenir les bras en l'air – comme il me le montrait –, puis il m'a gratouillé sous l'aisselle avec sa lame de rasoir. Ensuite, c'est lui qui s'est assis devant moi sur le tabouret. En moins de temps qu'il n'en faut pour le dire, il a empoigné mes parties sensibles et il a rasé tout le pourtour, jusqu'au dernier poil, toute ma maigre fierté virile qui ne poussait que depuis peu. C'est peut-être une bêtise, mais la perte de ces poils m'a plus chagriné que celle de mes cheveux. J'étais étonné et un peu contrarié, mais j'admettais qu'au fond ce serait ridicule de m'attarder sur une bagatelle. Mais je voyais par ailleurs que pour tous les autres, les garçons aussi, c'était pareil, et on s'est tous mis à dire à Joli-Cœur : Alors, comment ça ira maintenant avec les filles ?

Déjà, il fallait avancer : allez, à la douche. A la porte, devant moi, un détenu a fourré dans la main de Rozi un morceau de savon brun en disant et montrant que c'était pour trois personnes. Dans la salle de bains, on avait sous les pieds un caillebotis en bois glissant, au-dessus de la tête un réseau de tuyaux avec dessus une quantité de pommes de douche. Il y avait là déjà beaucoup d'hommes nus qui avaient une odeur pas très agréable. J'ai trouvé étonnant que l'eau se mette à couler soudain toute seule, alors que tout le monde, y compris moi, cherchait en vain un robinet quelque part. Le débit de l'eau n'était pas vraiment abondant, mais sa température agréablement fraîche me convenait par cette chaleur. Et surtout, je me suis bien désaltéré, et j'ai senti de nouveau le même goût que tout à l'heure, à la fontaine : ensuite seulement, j'ai apprécié l'eau sur ma peau. Tout autour, des bruits joyeux, les gens pataugeaient, s'ébrouaient, éternuaient. Les gars et moi, on se moquait les uns des autres à cause de nos têtes rasées. Il s'est avéré que le savon ne moussait malheureusement pas beaucoup, mais qu'il contenait en revanche beaucoup de petits grains acérés qui provoquaient des égratignures. Malgré cela, un homme grassouillet, là, non loin de moi, avec sur la poitrine et le dos une toison noire frisée qu'on lui avait visiblement laissée, s'en frottait longuement, solennellement, je dirais même avec des gestes rituels. A mes yeux, il lui manquait quelque chose – hormis ses cheveux, bien entendu. Alors seulement j'ai remarqué que, sur le menton et autour de la bouche, sa peau était plus blanche qu'ailleurs et pleine de coupures récentes et rouges. C'était le rabbin de la briqueterie, je le reconnaissais : ainsi, il était venu, lui aussi. Sans sa barbe, il était déjà moins singulier : c'était un homme ordinaire, avec un nez un peu grand, d'allure foncièrement banale. Il était encore en train de se savonner les jambes quand, aussi soudainement qu'elle était arrivée, l'eau a cessé de couler : il a regardé d'un air surpris en l'air, puis tout de suite en bas, devant lui, avec une espèce de résignation, comme quelqu'un qui en même temps prend acte de la disposition d'une volonté supérieure, la comprend et s'incline.

Mais moi non plus, je ne pouvais pas faire autrement : déjà nous étions emmenés, poussés, chassés vers l'extérieur. On s'est retrouvés dans un endroit mal éclairé où un détenu a mis dans chaque main, dans la mienne aussi, un mouchoir – non, il s'avère que c'est une serviette –, en nous faisant signe de la lui rendre après usage. Et voilà qu'un autre me badigeonne avec un pinceau plat la tête, les aisselles et ces fameuses parties sensibles avec une espèce de liquide désinfectant de couleur suspecte, qui provoque des démangeaisons et dont l'odeur me prend au nez, et ce d'une manière totalement inattendue, avec des gestes d'une rapidité et d'une habileté extraordinaires. Ensuite, il y avait un couloir avec sur le côté droit deux guichets éclairés, et finalement, une troisième salle, sans porte : dans chaque pièce se tenait un prisonnier qui distribuait des vêtements. J'ai reçu, comme tout le monde, une chemise qui avait dû être autrefois bleue à rayures blanches, de l'époque de mon grand-père, sans col ni bouton, un caleçon qui convenait tout au plus à des vieux, avec des fentes aux chevilles et deux authentiques rubans de caleçon, un costume visiblement usé, l'exacte réplique de celui des détenus, en tissu à rayures bleues et blanches, une vraie tenue de prisonnier, il n'y a pas à dire ; puis, dans la salle ouverte, j'ai pu choisir dans une montagne de chaussures bizarres – semelle de bois, doublure de tissu et trois boutons sur le côté au lieu de lacets – celles qui, dans la précipitation, m'allaient à peu près. Il ne faut pas que j'oublie les deux morceaux de toile grise, servant sans doute de mouchoir, supposais-je, et pour finir un accessoire inévitable : la casquette de détenu molle, ronde, élimée et rayée. J'hésitais un peu, mais de partout venaient des voix pressantes, je ne pouvais pas traîner, alors qu'autour de moi on s'habillait dans l'affolement et la précipitation, si je ne voulais pas prendre du retard sur les autres, bien sûr. Comme il était trop grand et qu'il y manquait une ceinture ou des bretelles, j'ai été obligé de faire un nœud dans mon pantalon en courant et alors s'est révélée une particularité de mes chaussures que je n'avais pas remarquée auparavant, à savoir que les semelles étaient rigides. Pendant ce temps, pour avoir les mains libres, j'ai mis la casquette sur ma tête. Les gars aussi étaient prêts : on se regardait les uns les autres, sans savoir s'il fallait rire ou s'étonner. Mais on n'avait le temps ni pour l'un ni pour l'autre : nous étions déjà dehors, à l'air libre. Je ne sais qui commandait ni comment cela s'est passé – je me rappelle seulement qu'une sorte de pression pesait sur moi, qu'une espèce d'élan m'emportait, me poussait, me faisant un peu trébucher dans mes nouvelles chaussures, dans un nuage de poussière et avec d'étranges bruits sourds derrière moi, comme si on frappait le dos de quelqu'un, en avant vers de nouvelles cours, de nouvelles grilles, des barbelés, des clôtures qui s'ouvraient, se fermaient et se confondaient finalement à mes yeux en un fouillis flou et embrouillé.

V

Pas un nouveau détenu qui, à mon avis, ne soit un peu étonné dans cette situation : ainsi, dans la cour où nous nous sommes finalement retrouvés après la douche, dans un premier temps, les gars et moi, on s'est tournés dans tous les sens, on s'est regardés longuement avec étonnement. J'ai remarqué tout près un homme d'apparence jeune, qui tâtait ses vêtements avec une attention soutenue, comme pour s'assurer de la qualité du tissu et se convaincre de leur réalité. Ensuite, il leva les yeux, comme s'il avait soudain une remarque à faire mais ne voyant autour de lui que des tenues identiques, il finit par ne rien dire – c'est du moins l'impression que j'ai eue à cet instant, mais je pouvais me tromper, bien sûr. Malgré sa tête rasée et l'habit de bagnard un peu court pour sa grande taille, j'ai reconnu à son visage anguleux l'amoureux qui, environ une heure auparavant – c'était le temps qui s'était écoulé entre notre arrivée et notre métamorphose –, avait eu tant de mal à se séparer de sa fiancée aux cheveux noirs. Il y a néanmoins une chose que j'ai beaucoup regrettée ici. Une fois, à la maison, j'avais pris au hasard sur l'étagère un livre qui, je m'en souviens, était un peu caché, que personne n'avait ouvert depuis des lustres et qui prenait la poussière. L'auteur était un prisonnier. Je ne l'avais pas lu jusqu'au bout parce que j'étais incapable de suivre le fil de ses idées, et puis aussi parce que les personnages avaient des noms terriblement longs et impossibles à retenir, la plupart du temps trois, et finalement parce que ça ne m'intéressait pas le moins du monde, puis, à vrai dire, la vie des prisonniers me répugnait quelque peu : de cette façon, je suis resté ignorant en cas de besoin. Tout ce que j'ai retenu, c'est que le prisonnier, l'auteur du livre, affirmait mieux se souvenir des premiers jours de sa captivité que des suivants, c'est-à-dire de ceux qui étaient finalement plus proches du moment où il écrivait. Sur le coup, j'avais trouvé cela assez douteux, je le prenais plutôt pour des craques. Mais en définitive, je crois qu'il avait quand même dit vrai : moi aussi, c'est le premier jour que je me rappelle le plus précisément, en effet, quand j'y pense, plus précisément que les jours suivants.

Tout au début, je me sentais, comment dirais-je, comme un visiteur en prison – ce qui est tout à fait compréhensible et dû à nos habitudes trompeuses qui sont, en dernière analyse, celles de la nature humaine, je crois. La cour, cette place écrasée par le soleil, me semblait un peu aride, je ne voyais pas la moindre trace de terrain de football, de potager, de pelouse ou de fleurs. Il y avait seulement un grand bâtiment en bois sans décoration, rappelant extérieurement une grange : c'était apparemment notre maison. J'ai appris qu'on ne pourrait y entrer que pour le repos nocturne. Devant, derrière, une longue rangée de baraques identiques s'étendait à l'infini, et vers la gauche, une rangée exactement pareille, devant, derrière, de côté, à distances et intervalles égaux. En outre, la route large et magnifique – ou plutôt une autre de ces routes, puisque, au retour de la douche, les routes, places et bâtiments identiques sur cet immense espace plan ne se distinguaient pas vraiment les uns des autres, du moins à mes yeux. Là où cette route aurait dû croiser celle qui passait entre les baraques, une très jolie barrière blanc et rouge, d'apparence fragile comme un jouet, barrait le passage. A droite, il y avait la clôture en fils barbelés que nous connaissions déjà bien, mais j'ai appris avec étonnement qu'elle était électrifiée, et effectivement, c'est alors seulement que j'ai remarqué de nombreux plots de porcelaine sur les poteaux en béton, comme chez nous pour les fils électriques et télégraphiques. La décharge, assurait-on, était mortelle : par ailleurs, il suffisait de faire un pas sur le sable fin de l'étroit chemin qui la longe pour que – ceux qui étaient déjà au courant nous avertissaient de toutes parts, avec beaucoup de zèle et en se donnant des airs – on nous tire dessus sans le moindre mot ni sommation du haut du mirador (on nous l'a montré et j'ai reconnu ce que, vu de la gare, j'avais pris pour un poste d'affût). Bientôt, les volontaires sont arrivés dans un grand cliquetis, croulant sous le poids de casseroles rouge brique. La rumeur avait déjà couru auparavant, aussitôt commentée de long en large, rappelée et répandue dans toute la cour : "On aura bientôt une soupe chaude." Certes, je la trouvais moi aussi bienvenue, il n'en reste pas moins que tous ces visages radieux, cette gratitude, la joie particulière, presque puérile en quelque sorte, avec lesquels la nouvelle a été accueillie, tout cela m'a un peu étonné : j'avais le sentiment que ce n'était pas dû tant à la soupe qu'à la marque d'attention qu'elle représentait, après les nombreuses surprises du début – c'était du moins l'impression que j'avais. Je trouvais aussi très vraisemblable que l'information provenait du détenu qui semblait dès le début être notre guide, pour ne pas dire notre hôte. Tout comme le prisonnier des douches, il avait des vêtements seyants, des cheveux sur la tête – ce qui me semblait déjà vraiment inhabituel –, il portait ce qu'on appelle chez nous un "béret basque" de gros drap bleu marine, il avait aux pieds de belles chaussures jaunes et, sur le bras, un ruban rouge qui mettait en évidence son grade, et je commençais à douter d'une idée qu'on m'avait apprise à la maison, selon laquelle "l'habit ne fait pas le moine". Il avait également un triangle rouge sur la poitrine – cela montrait tout de suite qu'il était ici non pas à cause de son sang mais à cause de sa façon de penser, comme je n'ai pas tardé à l'apprendre. Avec nous, même s'il était peut-être un peu réservé et laconique, il était amical, il expliquait volontiers tout ce qu'il fallait, et je ne trouvais là rien de particulier, après tout, je me disais qu'il était là depuis plus longtemps que nous. C'était un homme grand, plutôt maigre, au visage un peu ridé, un peu usé, mais dans l'ensemble sympathique. J'ai remarqué aussi qu'il se retirait souvent et, de loin, une ou deux fois, je l'ai surpris à poser sur nous un regard bizarre, plein d'incompréhension, avec au coin de la bouche une espèce de sourire, comment dire, dubitatif, comme s'il était émerveillé par nous, je ne sais pas pourquoi. Plus tard, on nous a dit qu'il était originaire de Slovaquie. Quelques-uns parmi nous parlaient sa langue et formaient souvent un petit groupe autour de lui.

C'est lui personnellement qui a distribué la soupe avec une drôle de louche à long manche qui avait plutôt une forme d'entonnoir, deux autres hommes, des sortes d'aides qui n'étaient pas non plus des nôtres, donnaient des assiettes en émail rouge et des cuillères cabossées – une pour deux personnes, vu qu'il y avait très peu de couverts, comme on nous l'apprit : c'est pourquoi, précisaient-ils, il fallait leur restituer les ustensiles immédiatement après avoir mangé. Après un certain temps, ce fut mon tour. Je reçus la soupe, l'assiette et la cuillère avec le Maroquinier : je n'en étais pas vraiment ravi, parce que je n'avais pas l'habitude de manger dans la même assiette et avec la même cuillère qu'un autre, mais j'admettais que cela pouvait parfois être imposé par la nécessité du moment. Il goûta le premier et me tendit la gamelle tout de suite après. Son visage était un peu étrange. Je lui demandai comment c'était, il me dit simplement de goûter. Mais je voyais déjà tout autour les autres gars se regarder, les uns stupéfaits, les autres pouffant de rire. Alors, je goûtai moi aussi : je fus bien obligé d'admettre que c'était, malheureusement, immangeable. J'ai demandé au Maroquinier que faire, et il m'a répondu qu'en ce qui le concernait je pouvais tranquillement la jeter. Au même moment, dans mon dos, une voix sereine donna l'explication suivante : "C'est ce qu'on appelle le *Dörrgemüse*." J'aperçus un homme courtaud d'un certain âge, la trace blanche d'une ancienne moustache sous le nez et le visage plein de savoir bienveillant. Quelques hommes à la mine dégoûtée se tenaient autour de nous, serrant dans leurs mains la gamelle et la cuillère, et c'est à eux qu'il disait qu'il avait pris part à la guerre mondiale précédente, et ce en tant qu'officier. Cela lui avait "offert suffisamment de possibilités", racontait-il, "de bien connaître cette nourriture", au front parmi les camarades allemands "aux côtés desquels nous combattions alors", comme il le formula. D'après lui, ce n'était en fait rien d'autre que de la "potée de légumes séchés". Pour un estomac hongrois, a-t-il ajouté avec un sourire compréhensif et en quelque sorte indulgent, c'était bien sûr inhabituel. Il affirma néanmoins que, selon lui, on pouvait, et même on devait s'y faire, vu qu'elle était "nourrissante et pleine de vitamines" ce qui, expliquait-il, était assuré par le procédé de séchage et l'expérience des Allemands dans ce domaine. "Et d'ailleurs, ajouta-t-il encore, c'est la première règle du bon soldat : manger tout ce qu'on donne aujourd'hui, parce qu'on ne sait pas si on en aura demain" – voilà les paroles qu'il a prononcées. Et ensuite, il a mangé sa ration calmement, posément, sans la moindre grimace, jusqu'à la dernière goutte. Quant à moi, j'ai quand même versé la mienne au pied du mur de la baraque, comme j'avais vu certains adultes et garçons le faire. Mais j'étais gêné parce que j'avais remarqué au loin le regard de notre guide et je craignais qu'il ne se fâche ; mais il m'a semblé ne percevoir furtivement sur son visage que cette espèce de sourire indéfinissable. Ensuite, j'ai rendu la vaisselle et j'ai reçu en échange une épaisse tranche de pain avec dessus quelque chose qui ressemblait à un cube de jeu de construction et en avait à peu près la taille : du beurre – non, de la margarine, comme ils disaient. Ça, je l'ai mangé, bien que je n'aie jamais vu pareil pain : de forme carrée, et tant la croûte que la mie semblaient être faites de la même boue noire, avec dedans des brins de paille et de petits grains qui crissaient sous la dent ; mais c'était du pain et, en fin de compte, j'avais faim après ce long voyage. J'ai étendu la margarine avec le doigt, faute de mieux, comme une espèce de Robinson, si j'ose dire, de la même façon que je voyais les autres le faire, d'ailleurs. Ensuite, j'ai cherché de l'eau, mais j'ai dû faire la pénible constatation qu'il n'y en avait pas : j'étais contrarié parce que nous allions de nouveau avoir soif, comme dans le train.

C'est à ce moment que notre attention fut attirée, plus sérieusement cette fois, par l'odeur. J'aurais du mal à la définir : elle était douceâtre et en quelque sorte gluante, elle rappelait un peu le produit chimique que je connaissais déjà, et tout cela à un point tel que je craignais que cela ne me fasse rendre le pain que je venais de manger. Nous n'avons eu aucun mal à trouver le coupable : c'était une cheminée, à gauche, du côté de la route, mais beaucoup plus loin. Renseignements pris auprès de notre chef, c'était une cheminée d'usine, cela se voyait tout de suite, mais beaucoup ont su tout de suite que, de surcroît, il s'agissait d'une tannerie. Effectivement, je me suis souvenu que le tramway passait devant une tannerie quand, autrefois, il m'arrivait d'aller avec mon père voir un match de football, le dimanche à Újpest, et alors je devais toujours me boucher le nez. Par ailleurs, le bruit courait déjà qu'heureusement nous ne travaillerions pas dans cette usine : si tout allait bien, si le typhus, la dysenterie ou quelque autre épidémie ne se déclarait pas parmi nous, nous irions dans un endroit plus accueillant, nous assurait-on. C'est pourquoi, en attendant, nous n'avions pas encore de numéro sur nos habits, ni sur la peau, comme par exemple notre chef, "le chef de bloc" comme on l'appelait désormais. Beaucoup avaient vu ce numéro de leurs propres yeux : il était inscrit à l'encre vert clair – c'est le bruit qui s'est répandu – sur le poignet, gravé de façon indélébile avec des aiguilles prévues à cet effet, tatoué, comme ils disaient. A peu près au même moment, j'ai entendu la conversation des volontaires qui portaient la soupe. Eux aussi, ils avaient vu les numéros gravés dans la peau des anciens détenus, à la cuisine. La réponse qui allait de bouche à oreille, dont on cherchait la signification et qu'on répétait souvent autour de moi, était celle que l'un de ces prisonniers avait donnée à la question qu'on lui avait posée. Il aurait dit *"Himmlische Telephonnummer"*, c'est-à-dire "le numéro du ciel". Je voyais que cela avait rendu tout le monde songeur, et bien que je n'y aie rien compris, je trouvais moi aussi ces paroles indubitablement bizarres. Quoi qu'il en fût, les gens se sont mis alors à s'affairer autour du chef de bloc et de ses deux aides, à aller et venir, à les interroger, les accabler de questions et à échanger immédiatement les nouvelles, demandant par exemple s'il y avait une épidémie. "Oui" – telle fut la réponse ; et ce qu'il arrivait aux malades ? "Ils meurent." Et les morts ? "On les brûle", nous a-t-on dit. A vrai dire, il s'est avéré petit à petit, et je ne sais plus très bien de quelle manière, que cette cheminée, là en face, n'était en réalité pas la cheminée d'une tannerie, mais celle d'un "crématorium", c'est-à-dire d'un four d'incinération, comme on me l'expliqua. Alors je l'ai regardée plus attentivement : c'était une cheminée trapue, carrée, à large gueule, comme si on lui avait donné un coup sur le sommet. Je peux le dire, à part un certain respect – et puis l'odeur, naturellement, dans laquelle nous étions englués comme dans une espèce de bouillie épaisse, de marécage –, je ne sentais rien. Mais dans le lointain, nous avons aperçu encore une cheminée, puis une autre, et encore une à l'horizon lumineux, et chaque fois, nous étions étonnés, deux d'entre elles crachaient de la fumée, comme la nôtre, et ceux qui distinguaient au loin, derrière une sorte de forêt au feuillage rabougri, un nuage de fumée qui s'élevait, avaient sans doute raison, et ils se demandaient, à juste titre selon moi, si l'épidémie était importante au point de faire tant de morts.

Je peux affirmer qu'avant que le soir du premier jour ne soit tombé j'étais en gros à peu près précisément au courant de tout. Entre-temps, il est vrai, on avait visité la baraque des lieux d'aisances, c'était un endroit qui comportait sur toute sa longueur trois niveaux rappelant des estrades avec, sur chacun, deux trous, c'est-à-dire en tout six rangées : il fallait grimper dessus ou viser dedans, ça dépendait, selon le besoin du moment. En tout cas, on n'a pas eu trop de temps, parce qu'un détenu avec un brassard noir est arrivé, il était en colère, il tenait cette fois-ci dans la main un gourdin qui semblait lourd, et on a tous dû partir comme on était. Quelques détenus, anciens mais ordinaires, y flânaient encore : ils étaient plus doux et donnaient volontiers quelques mots d'explication. Le chemin aller et retour que nous dûmes faire sous la direction du chef de bloc fut assez long, et ce chemin nous conduisit à côté de baraquements intéressants : derrière les barbelés, il y avait les granges habituelles parmi lesquelles se tenaient des femmes étranges (j'ai même tourné la tête à la vue de l'une d'elles, parce que de sa robe ouverte pendait une chose à laquelle se cramponnait un bébé chauve dont la tête brillait au soleil), et des hommes encore plus étranges, en costume en général usé, certes, mais comme en portent les gens à l'extérieur, en liberté, pour ainsi dire. Au retour, je n'avais plus de doute : c'était le camp des Tziganes. Cela m'étonna un peu : chez nous, à peu près tout le monde, moi aussi, naturellement, exprimait quelques réserves à propos des Tziganes, mais jusqu'alors je n'avais jamais entendu dire qu'ils étaient eux aussi des criminels. Juste alors, derrière leur grillage, arriva un chariot tiré par de petits enfants qui avaient des harnais sur les épaules, comme des poneys, un homme à grande moustache marchait à côté d'eux avec un fouet à la main. Le chargement disparaissait sous des couvertures, mais à travers les nombreuses fentes et les chiffons, on pouvait voir du pain, on apercevait sans erreur possible des miches blanches : j'en ai déduit que, visiblement, ils étaient malgré tout logés à meilleure enseigne que nous. Un autre tableau de cette promenade m'est également resté en mémoire : dans l'autre direction et sur la route principale, en habit blanc, pantalon blanc avec une large bande rouge sur le côté, avec un grand béret noir d'artiste comme en portaient, à en croire les tableaux, les peintres qui vivaient au Moyen Age, avec à la main une grosse canne de grand seigneur, marchait un homme, jetant des regards au loin à droite et à gauche, et j'ai eu beaucoup de mal à croire – alors qu'on l'affirmait – que cet homme si distingué n'était qu'un détenu comme nous.

Je pourrais le jurer : personnellement, je n'ai parlé avec aucun étranger sur cette route. Et pourtant, c'est de ce moment-là que datent mes connaissances les plus précises. A cet instant-là, là-bas, en face, brûlaient nos compagnons de voyage, tous ceux qui avaient voulu monter dans les camions, ceux qui s'étaient avérés inaptes aux yeux du médecin à cause de leur âge ou pour tout autre raison, de même que les petits enfants, leurs mères et les futures mères pour lesquelles ça se voyait déjà, comme ils disaient. Eux aussi étaient allés de la gare aux douches. Eux aussi avaient eu des explications concernant les crochets, les numéros, les modalités de la douche, exactement comme nous. Il y avait eu des coiffeurs, assurait-on, et ils avaient reçu un morceau de savon. Ensuite, eux aussi étaient entrés dans le local des douches où, à ce qu'on me dit, il y avait aussi des tuyaux et des pommes : sauf qu'on ne leur a pas envoyé de l'eau, mais du gaz. Je n'ai pas appris tout cela d'un coup, plutôt petit à petit, complétant sans cesse mes connaissances avec de nouveaux détails, en ôtant quelques-uns, en laissant d'autres et en rajoutant de nouveaux. Cependant, disait-on, ils sont très gentils avec eux, ils les entourent de soins et d'affection, les enfants chantent et jouent au ballon et l'endroit où on les asphyxie est très beau, il se trouve au milieu d'une très belle pelouse, d'un bosquet et de plates-bandes : voilà pourquoi cela éveillait en moi une impression de plaisanterie, d'une espèce de blague de potache. A cela venait s'ajouter, quand j'y pensais, l'habileté avec laquelle on m'avait fait changer d'habit grâce à la trouvaille du crochet avec son numéro, ou bien la manière dont ils avaient fait peur à ceux qui possédaient des biens avec cette histoire de radiographie qui est restée des paroles en l'air. Bien sûr, j'admettais que tout ceci n'était pas vraiment une plaisanterie, si je le considère d'un autre point de vue, puisque j'ai pu m'assurer du résultat – pour m'exprimer ainsi – de mes propres yeux et surtout avec mon estomac qui se retournait sans cesse ; mais voilà, c'était l'impression que j'avais, et fondamentalement – c'est du moins ce que je m'imaginais – cela ne pouvait pas se dérouler d'une manière très différente. Finalement, là aussi ils s'étaient réunis, ils avaient très vraisemblablement rapproché leurs têtes, dirais-je, même si ce n'étaient pas des écoliers, naturellement, mais des hommes d'âge mûr, des adultes, peut-être et même très certainement, à bien y penser, des messieurs en costumes chic, avec des cigares, des décorations, sûrement rien que des chefs qu'on ne peut pas déranger à ce moment-là : voilà comment je me les imaginais. L'un d'eux tombe sur l'idée du gaz ; dans la foulée, un autre trouve la douche, un troisième le savon, un quatrième ajoute les fleurs, et ainsi de suite. Certaines idées ont peut-être été discutées longuement, modifiées, d'autres en revanche ont été immédiatement acceptées avec joie, et en sautant en l'air (je ne sais pas pourquoi, mais j'insiste : ils sautaient en l'air), ils se frappent les mains les uns les autres – tout cela était parfaitement imaginable, du moins en ce qui me concernait. Ensuite, grâce à de nombreuses mains zélées et un grand remue-ménage, les idées des chefs étaient devenues réalité, et l'application, je le voyais bien, ne laissait planer aucun doute quant à son succès. C'est sans aucun doute ce qui était arrivé à la vieille femme qui avait obéi à son fils à la gare, au petit garçon en chaussures blanches et à sa maman blonde, à la dame corpulente, au vieillard en chapeau noir ou au névropathe devant le médecin. L'Expert me vint à l'esprit : il avait dû être très surpris, le pauvre. Rozi dit avec un hochement de tête compatissant : "Pauvre Moskovics", et nous étions tous du même avis que lui. Même Joli-Cœur s'écria : "Jésus Marie !" Effectivement, il confirma nos soupçons : entre lui et la fameuse fille de la briqueterie, "cela s'était passé", et maintenant, il pensait qu'elle aurait à subir les conséquences de son acte, qui risquaient de devenir visibles avec le temps. Nous avons reconnu que son souci était légitime, néanmoins son visage semblait refléter non seulement de l'inquiétude, mais encore un autre sentiment, plus difficile à définir, et à ce moment-là, les gars le considéraient plutôt avec une sorte de respect, ce que je n'avais aucun mal à comprendre, naturellement.

Une autre chose encore m'a rendu quelque peu songeur ce jour-là, à savoir le fait que – comme je l'ai appris – cet endroit, cette institution, existait depuis des années, elle était là, elle fonctionnait, jour après jour de la même façon, comme si – j'admettais certes que cette idée était un peu exagérée, mais quand même – elle m'attendait, moi. En tout cas – disaient plusieurs hommes avec une sorte d'estime particulière, on pourrait dire horrible – notre chef de bloc vivait ici depuis quatre ans. Je pensai alors que cette année-là avait aussi été très significative pour moi, puisque c'était justement celle de mon inscription au lycée. Je me souvenais très bien de la cérémonie d'inauguration, j'y étais en tenue bleu marine chamarrée, à la hongroise, dans ce qu'on appelait un "costume de Bocskai". J'avais également retenu les paroles du proviseur, c'était un homme honorable, et quand j'y pense à présent, il avait lui aussi des airs de chef, avec ses lunettes sévères, sa belle moustache blanche. En conclusion, je m'en souviens, il avait cité un philosophe de l'Antiquité : *"Non scolae sed vitae discimus"* – "Nous étudions non pour l'école, mais pour la vie". Et dans ce cas, c'était mon avis, j'aurais dû jusqu'au bout étudier exclusivement Auschwitz. On m'aurait tout expliqué, ouvertement, honnêtement, intelligemment. Sauf qu'en quatre ans d'école je n'avais pas entendu un traître mot à ce sujet. Bien sûr, je reconnaissais que c'eût été gênant, et puis cela ne fait pas partie de la culture, je l'admettais. L'inconvénient, c'était que j'ai dû apprendre seulement sur place, par exemple, que nous étions dans un *Konzentrationslager*, un "camp de concentration". Et encore, ceux-ci n'étaient pas tous pareils, nous expliqua-t-on. Celui-ci par exemple était un *Vernichtungslager*, c'est-à-dire un "camp d'extermination", nous apprit-on. En revanche, se dépêcha-t-on d'ajouter, l'*Arbeitslager*, à savoir le "camp de travail", c'était tout autre chose : là, la vie était facile, le bruit courait que le traitement et la nourriture étaient incomparables, ce qui est évident, vu que les objectifs étaient différents, en définitive. Eh bien, nous aussi, nous allions nous retrouver dans un tel endroit, s'il n'y avait pas un empêchement quelconque, ce qui – reconnaissait-on autour de moi – pouvait toujours arriver à Auschwitz. Quoi qu'il en fût, il était formellement déconseillé de se déclarer malade, nous expliqua-t-on encore. D'ailleurs, le camp des hôpitaux se trouvait là-bas, au pied de l'une des cheminées que les initiés appelaient entre eux simplement "la deux". Le danger, c'était l'eau, principalement l'eau non bouillie, comme celle que j'avais bue entre la gare et la douche, mais en fin de compte je ne pouvais pas le savoir. Il y avait incontestablement un panneau, je ne pouvais le nier, mais quand même, le soldat aurait peut-être dû dire quelque chose, considérais-je. Quoique, pensai-je, bon sang, bien sûr, si on tient compte de l'objectif, n'est-ce pas : mais Dieu merci, je me sentais bien et je n'avais pas entendu jusque-là les gars se plaindre.

Plus tard dans la journée, j'ai découvert d'autres choses bonnes à savoir, des phénomènes et des coutumes. Dans l'ensemble, je peux le dire, j'ai eu plus d'informations dans l'après-midi, autour de moi, on parlait plutôt des perspectives, des éventualités et des espoirs concernant notre avenir que de cette cheminée. Parfois, nous n'y prêtions même pas attention, comme si elle n'avait pas été là : beaucoup ont découvert que cela dépendait de la direction du vent. Ce jour-là, j'ai vu pour la première fois les femmes. Des hommes attroupés, pressés près des barbelés, me les ont montrées : elles étaient là, effectivement, mais j'avais du mal à les distinguer, et surtout à voir que c'étaient des femmes, au loin, de l'autre côté du champ argileux qui s'étendait devant nous. J'étais même un peu effrayé et j'ai remarqué qu'une fois passées leur première joie, l'excitation de la découverte, les hommes autour de moi se sont tus. Seule une remarque sourde prononcée non loin de moi d'une voix un peu tremblante parvint alors à mes oreilles : "Elles sont tondues." Et dans ce grand silence, je distinguai pour la première fois, portée par le souffle de la brise de ce soir d'été, à peine perceptible, mais apaisante, cela ne faisait pas de doute, une mélodie joyeuse qui, là, avec ce spectacle devant les yeux, nous surprit vraiment tous, y compris moi-même. Ensuite, je fus pour la première fois debout parmi les hommes en rangs par dix devant notre baraque, sans savoir ce que j'attendais, dans l'un des derniers rangs – exactement comme tous les autres prisonniers qui attendaient devant toutes les autres baraques, de côté, devant, derrière, où que se portât mon regard –, et pour la première fois, j'ôtai ma casquette dès qu'on me l'ordonna, au moment où, à l'extérieur, sur la route principale, trois silhouettes de soldat à bicyclettes passaient en silence dans l'air doux du soir : c'était un spectacle en quelque sorte beau – c'est le sentiment qui s'imposait à moi – et sévère. Alors je me dis : Tiens, voilà bien longtemps que je n'ai pas rencontré de soldats. Mais j'étais sidéré de voir avec quelle dureté, quelle froideur, on eût dit d'une hauteur inaccessible, ces hommes écoutaient de l'autre côté de la barrière ce que leur disait depuis ce côté-ci notre chef de bloc (lui aussi la casquette à la main), pendant que l'un d'eux prenait des notes dans une espèce de carnet allongé ; ces hommes, qui repartirent sur la route déserte sans un mot, sans un seul son ou signe, presque semblables à des puissances maléfiques, ne me rappelaient qu'à grand-peine les membres de la corporation bon enfant qui nous avaient accueillis avec d'aimables paroles le matin même. A cet instant, un faible bruit, une voix parvint à mon oreille, et à droite je vis un profil tendu, la courbe bombée d'une poitrine : c'était l'ancien officier. Il chuchotait de telle sorte que ses lèvres ne remuaient pratiquement pas : "Appel du soir", fit-il en hochant légèrement la tête, avec le sourire, l'air initié d'un homme pour qui tout se déroule d'une façon très compréhensible, avec une parfaite clarté, et presque, dans un certain sens, quasiment selon sa volonté. Et alors j'ai vu pour la première fois – car nous étions toujours là au crépuscule – la couleur du ciel d'ici, ainsi qu'un phénomène : les feux grégeois, le feu d'artifice des étincelles et des flammes sur tout l'horizon gauche du ciel. Autour de moi, on chuchotait, on murmurait, on répétait : “Les crématoires !...”, mais déjà plutôt avec cette espèce d'admiration, pour ainsi dire, que suscitent les phénomènes naturels. Bientôt ce fut : *Abtreten*, et j'avais un peu faim mais j'appris que le dîner, ç'avait été en fait le pain, mais bon, je l'avais déjà mangé le matin. Quant aux baraques, les *Block*, il s'avéra que c'étaient des locaux entièrement vides, sans meubles, sans installations et même sans lampe, avec un sol en ciment où le seul moyen de goûter au repos nocturne était le même qu'à l'écurie de la gendarmerie : j'appuyai mon dos contre les jambes du garçon qui était assis derrière moi, et celui de devant s'adossa aux miennes ; et comme tous ces nouveaux événements, expériences et impressions m'avaient fatigué et que j'avais sommeil, je ne tardai pas à m'endormir.

Les jours suivants – comme c'est à peu près exactement le cas pour la briqueterie – m'ont laissé des souvenirs moins détaillés, mais plutôt une couleur, un sentiment, pour ainsi dire une impression générale. Sauf que c'est justement ce qu'il me serait difficile de définir. Durant ces jours, j'eus encore de nouvelles choses à apprendre, à voir et à vivre. A plusieurs reprises durant ces jours, je fus glacé par la sensation particulière et étrange que j'avais ressentie en voyant les femmes pour la première fois, à plusieurs reprises, je me retrouvai dans le cercle des visages froids et allongés d'hommes qui se regardaient fixement et se demandaient sans cesse les uns aux autres : "Qu'en dites-vous ? Qu'en dites-vous ?", et la réponse ne venait pas, ou bien c'était toujours la même : "C'est effroyable." Mais ce n'est pas avec ce mot, pas précisément avec cette expérience – du moins en ce qui me concerne, naturellement – que je pourrais vraiment caractériser Auschwitz. Parmi les quelques centaines d'occupants de notre bloc, il s'avéra qu'il y avait aussi le Malchanceux. Il avait l'air un peu bizarre dans sa tenue de bagnard trop ample et sa casquette trop grande qui lui glissait sans cesse sur le front. "Qu'en dites-vous, demandait-il lui aussi, qu'en dites-vous ?...", mais bien sûr, nous ne pouvions pas dire grand-chose. Ensuite, je ne pus plus bien suivre ses paroles désordonnées et embrouillées. Il ne fallait pas penser, ou plutôt si, il y avait une chose à laquelle on pouvait et on devait penser sans cesse : ceux qu'on avait "laissés à la maison" et pour lesquels "il faut être fort" et qui l'attendaient, à savoir sa femme et ses deux enfants – c'est à peu près la teneur de ce qu'il disait, si je comprenais bien. Mais notre principal souci était fondamentalement le même qu'à la douane, dans le train ou à la briqueterie : la longueur des jours. Au milieu de l'été, la journée commençait très tôt, juste après le lever du soleil. Je me suis alors rendu compte à quel point les matins sont froids à Auschwitz : avec les gars, on se regroupait sur le côté de notre baraque qui donnait sur les barbelés, serrés les uns contre les autres, on se réchauffait les uns les autres face aux rayons obliques du soleil rougeoyant. Quelques heures plus tard, nous recherchions plutôt l'ombre. En tout cas, là aussi le temps passait, le Maroquinier était avec nous, on entendait de temps en temps une plaisanterie, on avait trouvé, à défaut de clous à ferrer, des cailloux que Joli-Cœur gagnait régulièrement, on entendait de temps à autre Rozi nous dire : "Et maintenant, en japonais !..." A part cela, deux fois par jour aux toilettes, le matin à la baraque des lavabos (un local semblable, sauf qu'à la place des estrades, il y avait sur toute la longueur trois rangées d'auges zinguées avec, au-dessus de chacune, des tuyaux parallèles percés de nombreux petits trous à travers lesquels coulait un mince filet d'eau), la distribution de la nourriture, le soir, l'appel et aussi, bien sûr, les informations – voilà de quoi je devais me contenter, c'était là le programme de toute une journée. A cela venaient encore s'ajouter des expériences : ainsi, un *Blocksperre*, "bouclage de bloc", le second soir – j'ai vu alors pour la première fois notre chef de bloc s'impatienter, je dirais même s'énerver –, avec des voix lointaines, un tohu-bohu de bruits qui s'infiltraient et où, en tendant bien l'oreille, dans l'obscurité quelque peu étouffante de la baraque, on pouvait distinguer des cris, des aboiements et des coups de feu ; ou de nouveau le spectacle d'un convoi, de l'autre côté des barbelés, de gens qui rentraient du travail, comme ils disaient, et je devais le croire, car, moi aussi, il me semblait voir que sur les brancards que portaient, là-bas, ceux qui marchaient à l'arrière, il y avait effectivement, cela ne faisait aucun doute, des morts, comme on l'affirmait autour de moi. Tout cela faisait travailler mon imagination pendant un certain temps, naturellement. Néanmoins, je peux l'affirmer, cela ne suffisait pas à remplir toute une longue journée passée à ne rien faire. C'est ainsi que j'ai compris que, même à Auschwitz, on pouvait s'ennuyer – à condition d'être un privilégié. Nous attendions – à bien y réfléchir, nous attendions que rien ne se passe. Cet ennui, avec cette étrange attente : je crois que c'est cette impression-là, à peu près, oui, qui en réalité caractérise vraiment Auschwitz – à mes yeux, en tout cas.

Je dois encore reconnaître quelque chose : le lendemain, j'ai mangé la soupe et le troisième jour, je l'attendais. D'ailleurs, j'étais fort étonné par l'organisation des repas à Auschwitz. Tôt le matin, nous recevions une sorte de liquide, le café, comme on disait. Le déjeuner, c'est-à-dire la soupe, était servi étonnamment tôt, vers neuf heures. Mais ensuite, il ne se produisait plus rien dans ce domaine jusqu'au pain et à la margarine qu'on recevait le soir avant l'appel : si bien que dès le troisième jour j'avais fait connaissance avec la pénible sensation de la faim, et tous les gars s'en plaignaient. Seul le Fumeur a fait remarquer que cette sensation n'avait rien de nouveau pour lui et que c'était la cigarette qui lui manquait le plus – avec, sur le visage, outre son habituelle manière sèche et étrange, l'expression, quasiment, d'une sorte de satisfaction, ce qui à cet instant-là m'a un peu énervé, et les autres aussi, je crois, c'est pourquoi ils se sont vite désintéressés de lui.

Quel ne fut pas mon étonnement quand, par la suite, j'ai fait le compte, mais le fait était là : je n'ai passé en tout et pour tout que trois jours entiers à Auschwitz. Au soir du quatrième jour, j'étais de nouveau dans un train, dans l'un de ces wagons à bestiaux que je connaissais déjà. La destination – comme nous l'apprîmes – était "Buchenwald", et même si j'étais déjà plus prudent avec les noms prometteurs, l'amabilité, l'espèce d'ombre de cordialité sans équivoque, pourrait-on dire, le sentiment d'une certaine douceur, d'une certaine envie qui se peignaient sur le visage de quelques-uns des détenus qui nous disaient adieu, tout cela ne pouvait être seulement une erreur, me semblait-il. J'avais aussi remarqué qu'il y avait parmi eux nombre de vieux prisonniers qui savaient beaucoup de choses, et des dignitaires aussi, comme l'indiquaient leurs brassards, leurs casquettes et leurs chaussures. Ces derniers s'occupaient de tout auprès du train, quant aux soldats, je n'en ai vu que quelques-uns, de grade moyen, un peu plus loin, sur le rebord de la rampe, et dans cet endroit calme, dans les couleurs douces de ce soir paisible, rien, sauf peut-être les dimensions, ne me rappelait plus la gare grouillante, surchauffée par la lumière, l'agitation, les bruits et la vitalité, en tout point vibrante et palpitante, où j'étais descendu autrefois, ou plus précisément trois jours et demi plus tôt.

J'ai encore moins de choses à dire à propos du voyage : tout se passa comme d'habitude. Nous n'étions plus soixante, mais quatre-vingts, en revanche, nous n'avions pas de bagages et puis il n'y avait pas de souci à se faire pour les femmes. Il y avait de nouveau un seau, il faisait chaud et nous avions soif, mais nous étions soumis à moins de tentations, je veux dire dans le domaine de la nourriture : les rations – un pain plus gros que d'habitude, une double portion de margarine et encore quelque chose, un morceau de *Wurst* qui rappelait vaguement par son aspect notre cervelas – avaient été distribuées sur la rampe, et j'avais immédiatement mangé la mienne, d'abord parce que j'avais faim, ensuite parce que dans le train je n'aurais pas eu vraiment où la garder, et puis aussi parce qu'on ne nous avait pas dit que, cette fois encore, le voyage durerait trois jours, en définitive.

Nous sommes arrivés à Buchenwald par un matin clair et ensoleillé, mais avec des nuages et une légère brise qui rafraîchissait l'air. La gare, du moins après celle d'Auschwitz, ressemblait à une agréable petite station de campagne. Mais l'accueil fut déjà moins chaleureux : ce ne furent pas des prisonniers qui ouvrirent la porte, mais des soldats, et même – pensai-je – c'était en fait la première fois que j'avais l'occasion non dissimulée, pour ainsi dire, d'avoir des rapports si directs, un contact si serré avec eux. Je ne pouvais qu'admirer la rapidité, la précision régulière avec lesquelles tout se déroulait. Quelques cris brefs : *"Alle raus !"* – *"Los !"* – *"Fünferreihen !"* – *"Bewegt euch !"* –, quelques détonations, quelques claquements, un ou deux mouvements de bottes, quelques coups de crosse, de rares gémissements – et déjà notre colonne se formait, s'ébranlait, comme tirée par une corde, et au bout du quai un soldat s'y joignait de chaque côté en effectuant toujours le même demi-tour, toutes les cinq rangées de cinq, remarquai-je – c'est-à-dire qu'il y en avait deux pour vingt-cinq hommes en habit rayé –, à environ un mètre de distance et, sans détourner un seul instant le regard, ils marquaient la direction et le rythme simplement avec leurs pas, maintenaient en vie cette colonne qui bougeait et ondulait sans cesse, qui ressemblait un peu à la chenille qu'enfant je faisais entrer dans une boîte d'allumettes à l'aide de morceaux de papier et d'aiguillons ; tout cela m'étourdissait quelque peu et me fascinait totalement, d'une certaine manière. Je souris même, car je m'étais rappelé brusquement l'escorte indolente, pour ainsi dire pudique, du fameux jour où nous étions allés à la gendarmerie. Mais même tous les excès des gendarmes, reconnus-je, n'étaient qu'une sorte de fanfaronnade criarde comparée à cette compétence professionnelle silencieuse dont tous les éléments s'articulaient parfaitement. Et j'avais beau voir, par exemple, leur visage, leurs yeux ou la couleur de leurs cheveux, l'un ou l'autre trait particulier voire défaut, un bouton sur leur peau, j'étais totalement incapable de m'accrocher à quelque chose, j'étais à deux doigts de douter, effectivement, si ceux qui marchaient à côté de nous étaient en dépit de tout nos semblables, si, en définitive, ils étaient faits de la même substance humaine que nous, au fond. Mais il me vint à l'esprit que ma façon de voir pouvait être erronée, puisque c'est moi qui n'étais pas de la même substance, naturellement.

Malgré cela, je remarquai que nous gravissions une pente de plus en plus forte, de nouveau sur une route excellente, comme à Auschwitz, sauf qu'elle n'était pas droite, mais sinueuse. Je voyais beaucoup de verdure naturelle dans les environs, de beaux bâtiments, un peu plus loin, cachés parmi les arbres, des villas, des parcs, des jardins, et tout ce paysage, ces proportions me paraissaient mesurés sous tout rapport et, j'ose l'affirmer, plaisants – du moins pour un œil habitué à Auschwitz. Sur le bord droit de la route apparut soudain un vrai petit zoo : des biches, des rongeurs et d'autres animaux en étaient les pensionnaires, parmi lesquels il y avait encore un ours brun un peu galeux qui, tout excité par le bruit de nos pas, s'assit dans une pose de mendiant et exécuta sur-le-champ quelques mouvements facétieux – mais tous ses efforts furent, bien entendu, vains. Puis nous dépassâmes une statue qui se trouvait sur une pelouse située entre deux routes qui bifurquaient à cet endroit-là. Reposant sur un socle blanc et sculpté dans la même roche blanche, tendre, granuleuse et mate, c'était, à mon goût, une œuvre assez rudimentaire réalisée avec peu de soin. Les rayures gravées dans son habit, sa tête chauve, mais surtout son mouvement montraient clairement qu'il s'agissait de la représentation d'un détenu. Sa tête penchée en avant et l'une de ses jambes relevées en arrière imitaient le pas de course tandis que, sur le ventre, ses mains se croisaient spasmodiquement sous une pierre cubique incroyablement grande. Dans un premier temps, j'observai la statue d'un point de vue purement esthétique – comme je l'avais appris à l'école –, ensuite seulement, il me vint à l'esprit qu'elle avait sûrement une signification qu'on ne pouvait certes pas considérer comme un présage très heureux, en fait, quand on y pense. Mais un réseau serré de barbelés, puis le portail de fer décoré qui s'ouvrait entre deux piliers massifs en pierre, surmonté par une œuvre qui rappelait le pont de commandement d'un bateau, me sautèrent aux yeux, et déjà je les franchissais : j'étais arrivé au camp de concentration de Buchenwald.

Buchenwald est situé dans une région montagneuse et vallonnée, sur la crête d'une colline. L'air est pur, alentour, toutes sortes de paysages changeants, des forêts, les toits rouges des maisons et les vallons environnants s'offrent à l'admiration des yeux. Les douches se trouvent à gauche. Dans l'ensemble, les détenus étaient amicaux, mais pas de la même façon qu'à Auschwitz. Ici aussi, on est accueillis dès l'arrivée par la douche, les coiffeurs, le liquide désinfectant et le changement d'habits. Les accessoires des vestiaires sont d'ailleurs exactement les mêmes qu'à Auschwitz. Sauf que la douche est plus chaude, que les coiffeurs apportent plus de soin à l'exécution de leur tâche, et que le préposé aux vêtements essaie, même si ce n'est que d'un bref coup d'œil, de prendre tes mesures. Ensuite, tu te retrouves dans un couloir, devant une fenêtre à guillotine et on te demande si tu n'as pas par hasard des dents en or. Puis un compatriote qui a des cheveux et qui vit ici depuis un certain temps inscrit ton nom dans un grand registre, après quoi, il te donne un triangle jaune et une large bande, les deux du même tissu. Au milieu du triangle, tu peux lire un grand U, signifiant que, somme toute, tu es hongrois, et sur la bande, un nombre imprimé, le mien par exemple, c'est 64 921. Je suis prévenu qu'il vaudrait mieux que j'apprenne au plus tôt à le prononcer en allemand d'une manière claire, compréhensible et bien articulée, comme ça : *Vier-und-sechzig, neun, ein-und-zwanzig*, car ce sera la réponse que je devrai dorénavant donner au cas où on me demanderait mon identité. Mais ici, on ne t'écrit pas ce numéro sur la peau, et si cela t'inquiète et que tu t'en enquiers dans les parages des douches, le vieux détenu proteste, les mains levées au ciel et les yeux tournés vers le plafond : *"Aber Mensch, um Gottes Willen ! Wir sind doch hier nicht in Auschwitz !"* dit-il. Quoi qu'il en soit, aussi bien le numéro que le triangle doivent se retrouver le soir même sur ta poitrine, et ce avec l'aide des tailleurs, détenteurs exclusifs de fil et d'aiguilles ; si tu en as assez de faire la queue jusqu'au soir, tu peux leur donner plus de cœur à l'ouvrage moyennant une certaine quantité de pain ou de margarine, mais ils le font volontiers même sans cela, puisque après tout, c'est leur obligation, comme ils disent. A Buchenwald, le temps est plus frais qu'à Auschwitz, les jours sont gris et il pleut souvent. Mais il arrive qu'on ait dès le matin la surprise d'une soupe à la farine bien chaude ; en outre, c'est ici que j'ai appris que la ration normale est d'un demi-pain – et non d'un quart, comme c'était la règle à Auschwitz, voire d'un cinquième, certains jours –, que la soupe de midi est épaisse et qu'on y trouve des lambeaux rouges de viande, et on a même parfois la chance d'en trouver un morceau entier, de même que c'est ici que j'ai découvert la notion de *Zulage*, que tu peux "toucher" – selon l'expression de l'officier qui est présent et semble très satisfait à cette occasion –, en plus de l'éternelle margarine, sous la forme d'une *Wurst* ou d'une cuillerée de confiture. A Buchenwald, nous habitions sous des tentes, dans le *Zeltlager*, le "camp de tentes", nommé également *Kleinlager*, le "petit camp", et nous dormions sur des couchettes recouvertes de paille, tous ensemble et un peu à l'étroit, certes, mais au moins à l'horizontale ; à l'arrière, les barbelés ne sont pas encore électrifiés, mais on nous a avertis que si quelqu'un ose sortir la nuit de la tente, il se fera mettre en charpie par les chiens-loups, et cet avertissement est très sérieux, n'en doute pas, même s'il semble étonnant à première vue. En revanche, près de l'autre clôture, là où commence le grand camp proprement dit qui s'étend sur le flanc de la colline, vers le haut, vers les côtés, dans toutes les directions, avec ses rues pavées, ses baraques vertes proprettes et ses maisonnettes de pierre à étage, tous les soirs, on peut faire de bonnes affaires, acheter des cuillères, des couteaux, des gamelles et des vêtements aux détenus locaux, autochtones ; l'un d'eux m'a proposé un pull au prix d'un demi-pain seulement, comme il le montrait, le signalait, l'expliquait – mais j'ai fini par ne pas l'acheter, puisque je n'avais pas vraiment besoin d'un pull en été, quant à l'hiver, finalement, je considérais qu'il était encore loin. J'ai vu alors aussi combien il y avait de triangles différents avec dessus tant de lettres que je ne pouvais pas toujours deviner qui venait de quel pays. Mais là, dans mon coin, j'entendais déjà des accents dialectaux de la langue hongroise, et plusieurs fois, j'ai perçu la langue étrange que j'avais entendue pour la première fois à Auschwitz dans la bouche des prisonniers qui nous avaient accueillis, et aussi plus tard dans le train. A Buchenwald, il n'y a pas d'appel pour les occupants du *Zeltlager* et les lavabos sont en plein air, plus précisément à l'ombre de quelques arbres : l'installation est fondamentalement la même qu'à Auschwitz, mais le bac est en pierre, et surtout, l'eau coule, gicle ou au moins suinte à longueur de journées, et depuis mon passage à la briqueterie, c'est seulement ici que s'est produit pour la première fois le miracle consistant à pouvoir boire quand on a soif, et même lorsqu'on en a tout simplement envie. A Buchenwald, il y a aussi un crématoire, naturellement, mais un seul en tout et pour tout, ce n'est pas le but du camp, sa nature, son âme ou sa raison – si j'ose dire –, mais on n'y brûle que ceux qui meurent dans les conditions normales de la vie du camp, pour ainsi dire. A Buchenwald – la nouvelle qui émanait vraisemblablement de vieux détenus est arrivée jusqu'à moi –, il est conseillé d'éviter la carrière, quoique, ajoutaient-ils, c'est tout juste si elle est encore exploitée, ce n'est plus comme autrefois, de leur temps, comme ils disaient. J'apprends que le camp fonctionne depuis sept ans, mais on trouve des gens qui viennent de camps encore plus anciens, parmi lesquels j'ai appris les noms de “Dachau”, et puis “Oranienburg” et “Sachsenhausen” : c'est alors que j'ai compris le sourire quelque peu indulgent qui s'est peint à notre vue sur le visage de quelques dignitaires bien habillés qui se tenaient de l'autre côté des barbelés et sur lesquels j'ai vu des matricules dans les dix ou vingt mille, et même à quatre ou trois chiffres. J'ai su que non loin de notre camp se trouve une ville importante du point de vue de la culture, Weimar, dont j'avais déjà appris la renommée à l'école, naturellement : c'est là que vécut et écrivit entre autres l'homme dont je connais même sans livre le poème commençant par *“Wer reitet so spät durch Nacht und Wind ?”*, et dont, à ce qu'il paraît, l'arbre planté par ses propres soins, majestueusement développé depuis, se trouve, muni d'une plaque commémorative et protégé contre nous autres les prisonniers par une clôture, quelque part dans l'enceinte de notre camp – à ce qu'on dit. Somme toute, je n'ai eu aucun mal à comprendre l'expression des visages d'Auschwitz : je peux le dire, j'ai eu moi aussi très rapidement de l'affection pour Buchenwald.

Zeitz, ou plus précisément le camp de concentration qui porte le nom de cette bourgade, est à une nuit de train de marchandises de Buchenwald, puis encore vingt, vingt-cinq minutes à pied, avec une escorte de soldats, sur une route nationale bordée de labours, de paysages ruraux bien cultivés, comme j'ai pu m'en rendre compte moi-même. C'était l'endroit où nous devions nous installer définitivement, nous assurait-on, du moins pour ceux parmi nous dont le nom se trouvait avant la lettre M dans l'ordre alphabétique ; les autres iraient au camp de travail de Magdebourg, dont le nom m'était plus familier à cause de sa renommée historique – c'est ce que nous avaient dit encore à Buchenwald, le soir du quatrième jour, sur une place immense éclairée par une lampe à arc, des détenus qui arboraient les insignes de diverses dignités et tenaient dans leurs mains de longues listes, et je regrettais seulement de devoir ainsi me séparer de nombreux gars, principalement de Rozi, et ensuite le hasard des noms, selon lesquels nous étions placés dans le train, m'a séparé de tous les autres, malheureusement.

Je peux dire qu'il n'y a rien de plus pénible, de plus épuisant que les tracasseries routinières qu'il faut visiblement endurer chaque fois qu'on arrive dans un nouveau camp de concentration – c'est du moins ce dont, après Auschwitz et Buchenwald, j'ai fait l'expérience également à Zeitz. Par ailleurs, j'ai vu tout de suite que cette fois j'étais arrivé dans un camp de concentration tout petit, misérable, perdu, pour tout dire, provincial. J'aurais cherché en vain des douches ou même un crématoire – à l'évidence, c'était l'apanage des camps de concentration plus importants. Les environs sont à nouveau constitués d'une plaine monotone, on voit seulement du bout du camp une lointaine ligne bleue : "les monts de Thuringe" – ai-je entendu. La clôture barbelée, avec un mirador à chacun des quatre coins, s'étire immédiatement le long de la route nationale. Le camp lui-même a d'ailleurs la forme d'un carré – c'est essentiellement une grande étendue poussiéreuse, ouverte vers le portail et la route, tandis que les trois autres côtés sont occupés par des tentes immenses, de la taille d'un hangar ou d'un chapiteau de cirque : l'interminable comptage et la mise en rangs, l'excitation et les bousculades ne servaient, s'avéra-t-il, qu'à désigner et placer en rangs par dix devant chaque tente – chaque *Block*, comme ils disaient – ses futurs occupants. Je me mis à côté de l'une des tentes, très exactement celle qui se trouvait sur le côté droit de la dernière rangée, quand on se tenait face au portail et dos à la tente, comme je me tenais moi-même – et depuis très longtemps, j'étais tout engourdi, écrasé par le soleil qui devenait de plus en plus pénible. Je cherchais des yeux les copains, en vain : j'étais entouré d'inconnus. Mon voisin de gauche était un homme grand, maigre, un peu bizarre, il marmonnait sans cesse quelque chose et balançait en cadence le haut de son corps d'avant en arrière, celui de droite, en revanche, plutôt petit et trapu, tuait le temps en envoyant à intervalles réguliers de petits crachats effilés, très précis, devant lui, dans la poussière. Lui aussi me regarda, d'abord furtivement, puis plus attentivement, de biais, avec ses petits yeux vifs, sous lesquels je voyais un nez ridiculement minuscule, semblant presque dépourvu d'os, il portait sa casquette de détenu joyeusement rejetée sur le côté. Alors, comme il me demandait pour la troisième fois d'où je pouvais bien venir, je remarquai qu'il lui manquait toutes les dents de devant. Quand je lui eus dit que j'étais de Budapest, il s'anima : il me demanda tout de suite si le Boulevard existait toujours et si le tram 6 passait encore comme lorsqu'il l'avait "laissé la dernière fois". Je lui dis qu'évidemment tout était à sa place ; il sembla satisfait. Il était aussi curieux d'apprendre comment et pour quoi je m'étais "retrouvé ici", et je lui dis : "Tout simplement. On m'a fait descendre de l'autobus." "Et alors ?" demanda-t-il, et je lui dis que c'était tout : après, on m'avait transporté jusque-là. Il semblait un peu étonné, comme s'il n'avait pas été vraiment au fait de la vie au pays et je voulus lui demander... mais je ne pus le faire car, à cet instant, je reçus une gifle de l'autre côté.

En réalité, j'étais déjà assis par terre quand j'entendis la claque et que son poids commença à me brûler la joue gauche. Un homme se tenait devant moi, habillé de la tête aux pieds d'une tenue noire de cavalier, avec un béret noir d'artiste, des cheveux et même une fine moustache noire sur son visage au teint mat, et une odeur étonnante pour moi : pas de doute, c'était une nuée douceâtre de parfum. Dans ses hurlements embrouillés, je ne distinguais que le mot *Ruhe*, c'est-à-dire “silence”, répété plusieurs fois. Il n'y avait pas à dire, il s'agissait sûrement d'un dignitaire de haut rang, comme semblaient le souligner son matricule peu élevé, le Z sur son triangle vert, ainsi que sa poitrine ornée par un sifflet argenté suspendu de l'autre côté à une chaînette, et puis les lettres blanches *LÄ* visibles de loin sur son brassard. Mais j'étais quand même furieux, puisqu'en définitive je n'avais pas l'habitude d'être frappé, et qui qu'il fût, et même si ce n'était que dans ma position assise et seulement sur mon visage, je tâchai de donner à ma colère l'expression la plus évidente possible. Il dut le voir, me semble-t-il, car je remarquai que – bien qu'il continuât à hurler – le regard de ses grands yeux sombres qui semblaient flotter dans de l'huile se radoucissait peu à peu, pour prendre finalement presque une expression d'excuse, pendant qu'il le faisait glisser sur tout mon corps, depuis les pieds jusqu'à mon visage : c'était une impression désagréable, gênante, d'une certaine façon. Ensuite, il partit comme il était apparu, courant avec la même vitesse tempétueuse parmi les hommes qui s'écartaient sur son passage.

Lorsque je me fus relevé, mon voisin de droite me demanda rapidement si j'avais eu mal. Je lui dis, exprès à haute voix : "Pas du tout." "Alors, jugea-t-il, tu ferais mieux de t'essuyer le nez." J'y portai la main : effectivement, mes doigts se tachèrent de rouge. Il me montra comment renverser la tête en arrière pour arrêter le saignement, et à propos de l'homme en noir, il fit la remarque suivante : "C'est un Tzigane." Puis, après un bref moment d'hésitation, il ajouta : "Il en est, c'est incontestable." Je ne comprenais pas très bien ce qu'il voulait dire et lui demandai le sens de cette expression. Alors, il eut un petit rire et dit : "Un pédé, quoi !" Dit comme ça, je savais déjà de quoi il s'agissait, plus ou moins, je crois. "Sinon, ajouta-t-il en me tendant la main de côté, je m'appelle Bandi Citrom", sur quoi je lui dis mon nom.

Il m'apprit par la suite qu'il était venu ici d'un camp de travail. Il avait été incorporé dès qu'ils s'étaient mis à faire la guerre, alors qu'il avait juste vingt et un ans : par son âge, sa race et sa santé, il était bon pour le service du travail, et il n'était pas rentré au pays depuis quatre ans. Il avait même été en Ukraine, comme démineur. Et les dents ? lui demandai-je. "Cassées", répondit-il. C'était à mon tour d'être étonné : "Comment donc… ?", mais il se contenta de me répondre que c'était "une longue histoire" et ne dit pas grand-chose d'autre à ce sujet. En tout cas, il s'était "accroché avec le caporal" et, entre autres, l'os de son nez s'était cassé à cette occasion – c'est tout ce que je pus apprendre. Pareil pour le déminage, il n'en parla que brièvement : une bêche, un fil de fer et un peu de chance suffisaient, selon lui. C'est pourquoi ils n'étaient plus très nombreux à la "compagnie disciplinaire" quand des Allemands vinrent remplacer les Hongrois. Ils étaient bien contents, car on leur avait laissé entrevoir un travail plus facile et un meilleur traitement. Ensuite, eux aussi étaient descendus du train à Auschwitz, naturellement.

Je voulais justement poursuivre un peu mes questions indiscrètes, mais à ce moment précis, les trois hommes revinrent. D'abord, pendant une dizaine de minutes environ, je ne saisissais de ce qui se passait à l'avant qu'un nom, plus précisément la rumeur uniforme de plusieurs voix qui répétaient toutes le même nom : "Docteur Kovács !", sur quoi, doucement, à contrecœur, semblant seulement obéir à ces appels insistants, un homme grassouillet au visage mou, le crâne rasé sur les côtés et naturellement chauve au sommet, sortit du rang et désigna à son tour deux hommes. Alors tous les trois s'en allèrent immédiatement avec l'homme en noir, et moi, au dernier rang, je n'appris que plus tard qu'en fait nous venions d'élire un chef, un *Blockältester*, comme ils disaient, et des *Stubendienst*, c'est-à-dire, comme je le traduisis tant bien que mal à Bandi Citrom qui ne comprenait pas l'allemand, le "service de chambre". Et maintenant, ils voulaient leur apprendre quelques mots d'ordre et les gestes qui s'y rattachaient, et ils leur firent comprendre, et eux à nous, qu'ils ne les répéteraient plus. Je connaissais déjà en substance quelques-uns de ces ordres, par exemple *"Achtung !"*, *"Mützen... ab !"* et *"Mützen... auf !"*, en revanche, il y en avait de nouveaux, comme *"Korrigiert !"*, c'est-à-dire "Arrangez !" – la casquette, bien entendu –, ainsi que *"Aus !"* sur quoi il fallait "tendre les bras le long du corps", les mains plaquées sur les cuisses, comme ils disaient. Ensuite, nous avons fait plusieurs essais. Nous avons appris que le *Blockältester* avait alors une tâche particulière : il devait faire un rapport, ce qu'il répéta plusieurs fois devant nous, l'un des *Stubendienst* – un homme trapu, rougeaud, violacé même, avec de grandes bajoues – tenant le rôle du soldat. "*Block fünf,* l'entendis-je dire, *ist zum Appel angetreten. Soll zweihundert fünfzig, ist...*", et ainsi de suite, et j'appris de la sorte que j'étais moi aussi l'un des occupants du bloc cinq, dont l'effectif total s'élevait à deux cent cinquante. Après quelques répétitions, tout cela était devenu, de l'avis général, clair, compréhensible et parfaitement jouable. Ensuite, il y eut de nouveau des minutes d'inactivité, et pendant ce temps, mon attention fut attirée par une espèce de tas de terre dans l'espace vide situé à droite de notre tente, au-dessus duquel on pouvait voir une longue perche, et derrière lequel on devinait une profonde fosse : je demandai à Bandi Citrom à quoi cela servait, à son avis. "Les latrines", déclara-t-il aussitôt, après un seul coup d'œil. Il hocha un peu la tête, car il s'avéra que je ne connaissais pas non plus ce mot. "On voit que tu es resté jusqu'à présent dans les jupes de ta mère", voilà ce qu'il en pensait. Mais il me donna malgré cela une explication. Il ajouta encore, pour citer ses paroles sans en omettre aucune : "Le temps qu'on les remplisse de merde, on sera libres !" Je ris, mais lui restait grave, comme s'il s'était agi de son intime conviction, pour ne pas dire de sa décision. Mais il ne put rien dire de plus à propos de cette idée, car dans les parages du portail apparurent, sévères, très distingués, sans aucune hâte mais à l'évidence d'une façon extraordinairement familière, extraordinairement assurée, trois soldats qui venaient vers nous et alors le *Blockältester* cria, avec dans la voix un timbre nouveau, en quelque sorte zélé et perçant, que je n'avais pas entendu de sa part une seule fois au cours des répétitions : *"Achtung ! Mützen... ab !"*, et, à l'instar de tous les autres, y compris de moi-même, il arracha la casquette de sa tête, naturellement.

VI

C'est seulement à Zeitz que j'ai compris que la captivité a aussi ses jours ordinaires, et même que la véritable captivité se compose en fait exclusivement de grisaille quotidienne. J'avais l'impression de m'être déjà trouvé dans une situation à peu près identique, une fois dans le train, en roulant vers Auschwitz. Là aussi, tout dépendait du temps, et puis des aptitudes de chacun. Sauf qu'à Zeitz – pour m'en tenir à mon exemple – je sentais bien que le train s'était arrêté. D'un autre côté pourtant – et c'est également vrai – il continuait à filer à une telle vitesse que j'étais incapable de suivre tous les changements, devant moi, autour de moi, et aussi en moi-même. Je puis affirmer au moins une chose : pour ma part, j'ai fait toute la route, j'ai essayé honnêtement toutes les possibilités qui pouvaient se présenter sur cette route.

En tout cas, dans un premier temps, partout, même dans un camp de concentration, on met de la bonne volonté à toute nouvelle activité – moi, du moins, c'est l'expérience que j'en avais : d'abord devenir un assez bon détenu, l'avenir fera le reste – voilà en gros comment je comprenais les choses, c'est là-dessus que je fondai mon comportement, de la même façon, d'ailleurs, que je voyais les autres le faire. J'ai bientôt remarqué, cela va de soi, que les avis favorables concernant l'institution de l'*Arbeitslager* que j'avais entendus à Auschwitz reposaient assurément sur des informations exagérées. Néanmoins, je n'ai pas pris tout de suite la mesure exacte de cette exagération ni, surtout, des conséquences qui en découlaient, et là encore, exactement, remarquai-je, de la même façon que les autres, j'ose le dire, les deux mille autres détenus du camp, sauf les suicidés, naturellement. Mais ces cas étaient l'exception et en aucune manière la règle, ils n'étaient en aucun cas exemplaires, tout le monde le reconnaissait. La nouvelle d'un ou deux événements de ce genre arriva jusqu'à mes oreilles, j'entendais les autres échanger leurs points de vue, discuter, certains avec désapprobation, d'autres avec plus de compréhension, les amis, avec des regrets

– dans l'ensemble, ils parlaient comme s'ils tâchaient de se forger une opinion sur un acte très rare, éloigné de nous, d'une certaine façon difficile à expliquer, peut-être un peu inconsidéré, peut-être même un peu respectable, mais en tout cas intempestif.

Le tout est de ne pas se laisser aller : tant qu'il y a de la vie, il y a de l'espoir – comme me l'a enseigné Bandi Citrom, et lui, c'était le service du travail qui lui avait appris cette sagesse. Le principal, en toutes circonstances, c'est la toilette (la rangée des auges parallèles avec les tuyaux percés, devant, en plein air, dans la partie du camp qui donnait sur la route). Tout aussi essentielle est la répartition parcimonieuse des rations, qu'il y en ait ou pas. Il faut garder un morceau de pain pour le café du lendemain matin, quelle que soit la sévérité qu'exige de nous cette mise au pas, et encore un – en surveillant de près nos pensées sans cesse attirées par notre poche, et surtout nos mains qui s'y fourrent déjà – pour la pause de midi, ainsi, et seulement ainsi, on peut éviter cette pénible pensée : il n'y a plus rien à manger. J'observais Bandi Citrom et je tâchais de mettre en pratique ce que j'apprenais, toutes ces connaissances très utiles dans la vie d'un détenu. Ainsi, que dans notre garde-robe, les chaussettes russes ne sont pas des mouchoirs, comme je l'avais cru pendant un certain temps ; que pendant l'appel ou la marche, seul le milieu de la rangée est sûr ; que même pendant la distribution de la soupe, plutôt que devant, il vaut mieux se placer derrière, là où il est prévisible qu'ils puiseront la soupe au fond de la marmite, et qu'elle sera de ce fait plus épaisse ; qu'il faut marteler un côté du manche de sa cuillère de façon à en faire un couteau.

Je ne l'aurais jamais cru, mais le fait est là : à l'évidence, un mode de vie ordonné, une certaine exemplarité, je dirais même une certaine vertu, ne sont nulle part aussi importants qu'en détention, justement. Il suffit de jeter un coup d'œil dans les environs du *Block I*, là où habitent les vieux détenus. Le triangle jaune sur leur poitrine dit l'essentiel à leur sujet, et la lettre L qui y est inscrite indique incidemment qu'ils viennent de la lointaine Lettonie, précisément de la ville de Riga – ai-je appris. On peut voir parmi eux ces êtres bizarres qui m'avaient un peu étonné au début. Vus d'une certaine distance, c'étaient des vieillards extrêmement âgés, la tête enfoncée dans les épaules, le nez saillant, leurs loques crasseuses pendant sur leurs épaules relevées, et même durant les jours d'été les plus chauds, ils faisaient penser à des corbeaux transis de froid en hiver. Par chacun de leurs pas raides et trébuchants, ils semblaient demander : finalement, un tel effort en vaut-il la peine ? Ces points d'interrogation ambulants – car tant par leur aspect extérieur que par leur taille, je ne saurais les caractériser autrement – sont connus au camp de concentration sous le nom de "musulmans", comme je l'ai appris. Bandi Citrom m'a mis tout de suite en garde contre eux : "Il suffit de les regarder pour perdre l'envie de vivre", considérait-il, et il y avait du vrai dans ce qu'il disait, comme je m'en suis rendu compte avec le temps, même s'il fallait pour cela encore beaucoup d'autres choses.

Et par-dessus tout, il y avait le moyen de l'obstination, même si c'était sous des formes diverses, mais je peux dire qu'il n'en manquait pas à Zeitz, et j'avais remarqué que cela nous était parfois d'un grand secours. Par exemple, Bandi Citrom m'en apprit davantage à propos de cette drôle de compagnie, corporation, confrérie, ou comment pourrait-on la nommer, dont l'un des membres, à ma gauche dans le rang, m'avait déjà frappé par son comportement lors de mon arrivée. Bandi Citrom m'a dit qu'on les appelait les "Finnois". Et effectivement, si tu leur demandes d'où ils viennent, ils te répondent – si toutefois ils t'en trouvent digne : *"fin Minkács"* par exemple, par quoi ils veulent dire "de Munkács" ; ou bien : *"fin Sadarada"*, et ça, par exemple, c'est – il faut le deviner : Sátoraljaújhely. Bandi Citrom connaît leur confrérie depuis le camp de travail et il n'a pas beaucoup d'estime pour eux. Partout, au travail, pendant les marches ou en rang pour l'appel, on les voit se balancer en rythme d'avant en arrière et marmonner sans cesse leur prière, comme une espèce de dette jamais amortie. Si entretemps ils tordent la bouche pour chuchoter, par exemple : "Couteau à vendre", on ne les écoute pas. Et encore moins, si tentant que ce soit, surtout le matin, quand il y a de la "soupe à vendre", car chose étrange, ils ne mangent pas de soupe, pas plus que les rares *Wurst* – rien de ce qui n'est pas en conformité avec les préceptes de la religion. Mais alors de quoi vivent-ils ? se demanderait-on, et Bandi Citrom répondrait qu'il ne faut pas s'en faire pour eux. Et il a raison, puisque, visiblement, ils survivent. Entre eux, avec les Lettons, ils emploient la langue des juifs, mais ils connaissent aussi l'allemand, le slovaque et qui sait encore quoi d'autre, mais pas le hongrois, excepté pour les affaires. Une fois

– il n'y avait pas moyen de l'éviter – le hasard a fait que je me suis retrouvé dans leur commando. *"Reds di yiddish ?"* – telle fut leur première question. Dès que je leur eus dit que malheureusement non, rien à faire, c'en fut fini de moi, je n'existais plus, ils me regardaient comme si j'étais de l'air, ou même plutôt rien du tout. J'essayai de parler, de me faire remarquer, en vain. *"Di bist nicht ka yid, d'bist a chéguetz"*, disaient-ils en secouant la tête et je ne pouvais que m'étonner de voir que des hommes – en définitive experts dans le monde des affaires – tenaient d'une manière aussi irrationnelle à une chose qui se soldait pour eux par beaucoup plus de dommages, beaucoup plus de pertes que de profits. Ce jour-là, au milieu d'eux, je fus pris parfois par la même tension, la même démangeaison, la même gêne qu'il m'était arrivé de ressentir au pays, comme si quelque chose n'allait pas avec moi, comme si je n'étais pas en harmonie avec l'idée générale, bref : comme si j'étais un juif, et je trouvais que c'était plutôt bizarre après tout, parmi des juifs, dans un camp de concentration.

Une autre fois, ce fut Bandi Citrom qui m'étonna un peu. Que ce soit au travail ou pendant le repos, je l'entendais souvent chanter sa chanson préférée – que j'eus tôt fait d'apprendre – qu'il connaissait encore du temps du service du travail et de la compagnie disciplinaire. “En – Ukraine – nous sommes – démineurs / Nous ne – connaissons pas la – peur” – c'étaient les premières paroles, et j'aimais particulièrement la dernière strophe : “Et lorsque tombe un camarade, un bon copain / Nous dirons de sa part à la patrie / Que / Tout peut nous arriver / Chère patrie / Cher et beau pays / Nous ne serons pas infidèles, jamais.” La chanson était belle, indéniablement, la mélodie était un peu triste, plutôt lente que rythmée, et les paroles aussi me faisaient de l'effet, naturellement – elles me faisaient penser au gendarme qui nous avait rappelé dans le train que nous étions des Hongrois : finalement, eux aussi avaient été punis par leur pays, au sens strict. Je lui en parlai une fois. Il ne trouva pas d'argument à m'opposer, mais il semblait un tout petit peu gêné, je dirais même vexé. Le lendemain, à un moment, très absorbé, il se remit à la siffler, la fredonner et puis à la chanter, comme s'il ne se souvenait de rien. Une autre pensée qu'il répétait souvent consistait à se demander s'il pourrait encore “fouler le pavé de la rue Nefelejcs” – là où il habitait autrefois, et il répétait si souvent le nom de cette rue et le numéro de sa maison que je finis par tomber moi-même sous son charme, à en éprouver quasiment la nostalgie, bien que dans mes souvenirs ce ne fût qu'une rue plutôt écartée et perdue, quelque part dans les environs de la gare de l'Est. Il m'en parlait souvent, me citait et me rappelait certains endroits, des places, des rues, des maisons, les célèbres annonces qu'il y avait sur les frontons de celles-ci et dans les vitrines les réclames lumineuses, ou, comme il disait, "les lumières de Budapest", et là, je dus le corriger, je fus obligé de lui expliquer que ces lumières n'existaient plus à cause des mesures de défense passive et que les bombes avaient çà et là modifié l'aspect de la ville. Il m'écouta mais je voyais que mon explication n'était pas vraiment à son goût. Et le lendemain, à la première occasion, il se remit à parler des lumières.

Impossible de connaître toutes les variantes de l'obstination, mais je peux dire qu'à Zeitz j'aurais pu choisir – si j'en avais eu le loisir – entre de nombreuses sortes différentes. J'entendais parler du passé, du futur et surtout, j'entendais vraiment beaucoup parler – et je peux même dire que nulle part ailleurs on n'en parle autant que parmi les détenus, justement, semble-t-il – de la liberté, et c'est en définitive facile à comprendre, à mon avis, naturellement. D'autres trouvaient une sorte de joie particulière dans un dicton, une plaisanterie ou une blague. Je l'ai entendu moi-même, naturellement. Il y avait une heure dans la journée, entre le retour de l'usine et l'appel du soir, une heure caractéristique, toujours libre et mouvementée, pour ma part, c'était au camp mon heure préférée, je l'attendais avec impatience, en général c'était aussi celle du dîner. Je me frayais justement un passage dans la cour à travers les groupes qui grouillaient de tous côtés, faisaient du commerce, bavardaient, lorsque quelqu'un me bouscula, et sous une casquette trop grande, deux petits yeux inquiets dans un visage caractéristique, au-dessus d'un nez caractéristique, me regardaient : "Ça alors", fîmes-nous, pour ainsi dire en même temps, c'est-à-dire lui à ma vue et moi à la sienne : je venais de reconnaître le Malchanceux. Il eut sur-le-champ l'air de se réjouir et me demanda où j'habitais. Au *Block V*, lui répondis-je. "Dommage", regretta-t-il, car lui, il habitait ailleurs. Il se plaignit de "ne voir personne de sa connaissance" et quand je lui dis que moi non plus, je ne sais pas pourquoi, il sembla s'attrister un peu. "On se perd de vue, on se perd tous de vue", remarqua-t-il, et ses mots, sa façon de hocher la tête avaient pour moi une signification assez floue. Alors, il me demanda : "Savez-vous ce que signifie la lettre U – il montra sa poitrine –, là ?" Je lui dis que je le savais, évidemment : *"Ungar"*, c'est-à-dire "Hongrois". "Non, répondit-il, *Unschuldig*", à savoir "innocent", puis il eut un bref rire, en hochant longuement la tête d'un air songeur, comme si cette idée lui avait en quelque sorte plu, je ne sais pas pourquoi. Et je vis par la suite au camp d'autres hommes faire la même chose en me racontant la même blague, très souvent, au début : ils semblaient y puiser une sensation de chaleur, de réconfort – c'est du moins ce que laissaient supposer leur rire toujours identique, le radoucissement de leurs traits, ce sourire douloureux dans l'expression néanmoins émerveillée avec laquelle ils racontaient et écoutaient à chaque fois cette blague, un peu comme lorsqu'on entend une musique très émouvante ou une histoire particulièrement touchante.

Pourtant, chez eux aussi, je voyais le même effort, la même bonne volonté : ils tâchaient seulement d'être de bons détenus. Il n'y a pas à dire, c'était là notre intérêt, la situation l'exigeait, la vie au camp, pour ainsi dire, nous y obligeait.

Si les rangs étaient parfaits et que le nombre était bon, l'appel, par exemple, durait moins longtemps – du moins au début. Si nous travaillions avec zèle, nous pouvions éviter les coups, par exemple – du moins en général.

Et pourtant, au moins au début, je crois que ce n'était pas seulement ce bénéfice-là, ce n'était pas uniquement ce profit-là qui régissait nos pensées à tous, je l'affirme sincèrement, solennellement. Prenons le travail, par exemple, la première matinée de travail, pour entrer dans le vif du sujet : notre tâche consistait à décharger un wagon de gravier gris. Lorsque Bandi Citrom dit, après que nous eûmes – avec, naturellement, la permission du gardien, un soldat d'un certain âge et à première vue plutôt débonnaire – tombé la veste (je vis alors pour la première fois ses muscles grands et lisses travailler sous sa peau jaune-brun et la tache sombre d'une envie sous son sein gauche) : "Allez, on va leur montrer de quoi sont capables les gars de Budapest !", il parlait le plus sérieusement du monde. Et je peux dire que, considérant que c'était la première fois de ma vie que je tenais une fourche dans les mains, aussi bien notre gardien, qui jetait un coup d'œil de temps en temps, qu'un homme à l'allure de contremaître, sûrement quelqu'un de l'usine, avaient l'air plutôt satisfaits, ce qui nous mettait du cœur au ventre, naturellement. Mais quand au bout d'un certain temps, ressentant une brûlure dans mes mains, je vis que la base de mes doigts était tout ensanglantée, quand notre gardien eut dit : *"Was ist denn los ?"* et que je lui eus montré en riant mes paumes, quand alors, soudain très grave, tirant même sur la bretelle de son fusil il m'eut ordonné : *"Arbeiten ! Aber los !"* – alors finalement, il était bien naturel que mon intérêt se portât ailleurs. A partir de là, je n'eus plus qu'une idée en tête : comment, quand il ne me regardait pas, prendre à la dérobée quelques courts instants de repos, comment charger le moins possible ma pelle, ma bêche, ma fourche, et je peux dire que, par la suite, je fis d'énormes progrès dans ce genre de ruses et en tout cas j'acquis dans ce domaine plus de compétence, de savoir et de pratique que dans aucun travail que j'aie jamais effectué. Et finalement, à qui cela profitait-il ? – comme me le demanda une fois, je m'en souviens, l'Expert. Je l'affirme : il y avait là un problème, un obstacle gênant, une erreur, une faillite. Un mot, un signe, un éclair furtif de reconnaissance de-ci de-là, rien de plus : moi, du moins, cela m'eût été plus utile. En effet, qu'avions-nous à nous reprocher les uns aux autres en tant que personnes, à bien y réfléchir ? Et finalement, le sentiment de fierté nous accompagne même en captivité ; et qui après tout ne désire pas secrètement bénéficier d'un rien d'amabilité, sans compter qu'une parole de reconnaissance ferait avancer les choses, trouvais-je.

Mais, fondamentalement, ce genre d'expériences ne pouvaient pas vraiment m'ébranler. Le train roulait encore : quand je regardais vers l'avant, je devinais un but, quelque part au loin, et dans les premiers temps – période que Bandi Citrom et moi avons nommée l'âge d'or par la suite –, Zeitz, avec un mode de vie adéquat et un peu de chance, s'avéra être un endroit tout à fait supportable – au début, provisoirement, jusqu'à ce que l'avenir nous en libère, naturellement. Il y avait deux fois par semaine un demi-pain, trois fois un tiers, et un quart, seulement deux fois. Souvent de la *Zulage*. Une fois par semaine, des pommes de terre cuites (six, mises dans la casquette, et alors, il ne pouvait pas y avoir de *Zulage*, cela va de soi) ; une fois par semaine, nouilles au lait. Le café fumant, le ciel clair, la rosée du matin d'été faisaient vite oublier le premier agacement du réveil à l'aube (alors, il faut faire vite aux latrines, car bientôt résonnent les cris *"Appell !"*, *"Antreten !"*). L'appel du matin était assurément toujours bref, puisqu'en définitive le travail nous attendait, nous pressait. L'une des entrées latérales de l'usine, celle que nous autres détenus pouvions emprunter, se trouvait à dix ou quinze minutes à pied du camp par un chemin de terre qui longeait la route par la gauche. De loin, on entendait des ronflements, des cliquetis, des vrombissements, des halètements, trois ou quatre quintes de toux rauques de gorges métalliques : l'usine nous saluait, avec ses rues principales et adjacentes, ses grues pataudes, ses machines mangeuses de terre, ses nombreux rails et hottes, ses cheminées de refroidissement, son réseau de tuyaux, son labyrinthe d'ateliers, c'était une véritable ville. Les nombreux trous et fosses, les ruines et les décombres, les canalisations éventrées ainsi que la quantité des câbles déterrés témoignaient de la visite des avions. Elle s'appelait – comme je l'appris lors de la première pause de midi – Brabag ce qui était l'abréviation de *Braunkohle Benzin Aktiengesellschaft*, me dit-on, "autrefois cotée en bourse", et on me montra même l'homme corpulent de qui émanait l'information, il s'appuyait sur son coude en soufflant de fatigue et sortait justement de sa poche un morceau de pain entamé, et plus tard, le bruit a couru au camp à son propos, toujours avec une sorte de gaieté – bien que je ne l'aie jamais entendu le dire personnellement –, qu'il était autrefois propriétaire de quelques actions de cette usine. J'apprends – et c'est peut-être pour cela que l'odeur me rappelle la raffinerie de Csepel – que la principale activité est ici la fabrication de l'essence, avec toutefois une trouvaille qui permet de l'extraire non pas du pétrole mais de la tourbe. J'ai trouvé l'idée intéressante – mais ce n'est pas ce qu'on attend de moi, naturellement, je l'admets. L'affectation dans un *Arbeitskommando* donné est toujours une question palpitante. Certains ne jurent que par la bêche, d'autres plutôt par la pioche, les uns clament les avantages de tirer les câbles, et d'autres encore ont plus à cœur de travailler aux bétonnières, et qui sait quelle raison occulte, quelle préférence étrange lie certains au travail dans les canalisations, plongés jusqu'à la taille dans la boue jaune ou dans le cambouis – bien que nul ne doute de l'existence d'une telle raison, vu qu'il s'agit la plupart du temps des Lettons et de leurs amis finnois. Le mot *Antreten* n'a qu'une fois dans la journée une intonation tombante, qui s'étire avec une douce mélancolie, traînante et engageante : le soir, quand il annonce le moment de rentrer. Dans la foule qui se presse autour des lavabos, Bandi Citrom se fait une place à coups de "Dégagez, les musulmans !", et aucune partie de mon corps n'échappe à son regard scrutateur. "Lave-toi aussi la quéquette, c'est un nid à morpions !" dit-il, et moi de lui obéir en riant. C'est maintenant que commence cette fameuse heure, l'heure d'expédier nos petites affaires, le moment des plaisanteries et des plaintes, des visites, des discussions, du commerce et des échanges d'informations que seul peut interrompre le bruit familier des marmites, ce signal qui nous met tous en mouvement, nous incite tous à agir vite. Puis, c'est *"Appell !"* – et sa durée est une question de hasard. Mais une, deux, tout au plus trois heures plus tard (les projecteurs se sont allumés entretemps), une grande agitation règne dans l'allée étroite de la tente que bordent de chaque côté sur trois étages des rangées de boîtes, les couchettes, les "box", comme on dit ici. Ensuite, pendant un certain temps, la pénombre de la tente se remplit de chuchotements : c'est l'heure des conversations, on parle du passé, de l'avenir, de la liberté. J'ai appris qu'au pays c'étaient tous des gens parfaitement heureux et, pour la plupart, riches. J'ai aussi pu alors me faire une idée de ce qu'ils mangeaient au dîner, et parfois même de certaines autres choses que les hommes se disaient de façon confidentielle. Il a été dit alors – et je n'en ai plus jamais entendu parler par la suite – que, selon les suppositions, pour certaines raisons, une sorte de calmant, du "bromure", était versé dans la soupe, c'est du moins ce qu'ils ont affirmé, avec sur le visage une expression complice et toujours un peu mystérieuse. Bandi Citrom parle alors nécessairement de la rue Nefelejcs, des lumières ou encore – lui aussi surtout dans les premiers temps, et là, je n'avais pas beaucoup de remarques à faire, naturellement – des "femmes de Budapest". A un autre moment, j'entends des murmures bizarres, quelqu'un chante tout bas des incantations d'une voix saccadée, je remarque la lueur atténuée de bougies dans un coin de la tente, et j'entends dire qu'on est vendredi soir, et qu'il y a là-bas un religieux, c'est-à-dire un rabbin. Je me hisse au sommet des grabats pour avoir une vue plongeante, et au milieu de l'attroupement, c'est bien lui, le rabbin que je connais. Il fait la prière comme il est, en tenue et casquette de détenu, et je ne lui prête pas longtemps attention, parce que j'ai plutôt envie de dormir que de prier. Avec Bandi Citrom, on loge au dernier étage. Nous partageons notre box avec deux autres compagnons de couchette, tous deux jeunes, aimables et originaires de Budapest. En guise de sommier, il y a des planches recouvertes de paille, et sur la paille, il y a une toile de sac. Nous avons une couverture pour deux, mais en été, c'est beaucoup. Pour ce qui est de la place, on ne peut pas dire qu'on en ait trop : quand je me retourne, mon voisin doit aussi le faire, s'il remonte ses jambes, je dois remonter les miennes, mais le sommeil est quand même profond et il fait tout oublier : c'était l'âge d'or, en effet.

J'ai commencé à observer des changements un petit peu plus tard, surtout dans le domaine des rations. Je ne pouvais, nous ne pouvions tous que nous demander où s'était envolé si vite le temps du demi-pain : à sa place vint définitivement l'époque du tiers et du quart de pain, et même la *Zulage* n'était plus toujours nécessairement une certitude. Le train commença alors à ralentir et finit par s'arrêter complètement. J'essayais de regarder vers l'avant, mais l'horizon se limitait au lendemain, et le lendemain était le même jour, c'est-à-dire encore un jour parfaitement identique, dans le meilleur des cas, bien sûr. Ma bonne humeur, mon entrain diminuaient, chaque jour, j'avais un peu plus de mal à me lever, j'étais un peu plus fatigué en me couchant. J'avais un peu plus faim, un peu plus de mal à bouger, tout commençait un peu plus difficilement, je devenais un fardeau pour moi-même. Moi, nous tous, je peux le dire, n'étions plus tout à fait de bons détenus, cela se refléta rapidement sur les soldats et aussi sur nos propres représentants, bien sûr, et en premier lieu, eu égard à sa dignité, sur le *Lagerältester*.

Lui, on continue à le voir toujours et partout habillé en noir. C'est lui qui donne le coup de sifflet du réveil, c'est lui qui vérifie tout le soir, et beaucoup de bruits courent à propos de son logement qui se trouve quelque part devant. Il est de langue allemande et de sang tzigane – entre nous, on l'appelle uniquement le Tzigane –, et c'est aussi la première raison pour laquelle on lui a désigné comme lieu de résidence un camp de concentration, la seconde étant sa nature contraire à l'ordre habituel, ce que Bandi Citrom avait remarqué au premier coup d'œil. Par contre, la couleur verte de son triangle prévient tout le monde qu'il a tué et dépouillé une dame, paraît-il, plus âgée que lui et – à ce qu'on dit – très aisée, qui constituait son gagne-pain, dit-on : ainsi, pour la première fois de ma vie, j'ai pu voir de mes propres yeux un véritable assassin. Sa fonction est de faire respecter le règlement, son travail consiste à veiller à l'ordre et la justice dans le camp – à première vue, ce n'est pas une tâche très agréable, tout le monde en convient, y compris moi. Mais d'un autre côté, je dois admettre qu'à un point donné les nuances se confondent. Moi personnellement, par exemple, j'ai eu plus d'ennuis avec l'un des *Stubendienst*, alors que c'est sans conteste un homme d'une honnêteté irréprochable. C'est pourquoi ses bons amis, les mêmes qui avaient élu à la fonction de *Blockältester* le docteur Kovács (le titre, appris-je, ne désignait pas un médecin mais un avocat), ont voté pour lui, ils sont tous originaires, à ce qu'on dit, du même endroit : la commune de Siófok, dans la belle région du Balaton. Ce fameux rouquin, c'est – tout le monde connaît son nom – Fodor. Cela dit, que ce soit vrai ou non, tout le monde est d'accord là-dessus : le *Lagerältester* donne par distraction des coups de canne ou de poing parce que, du moins selon les rumeurs qui circulent dans le camp, cela lui procure, paraît-il, une espèce de plaisir, une chose proche – croient savoir les plus avertis – de ce qu'il recherche auprès des hommes, des garçons et parfois aussi auprès des femmes. Chez l'autre, en revanche, l'ordre n'est pas un prétexte, mais une véritable condition et s'il lui arrive, par obligation, d'agir de la même façon, il n'omet jamais de rappeler que c'est dans l'intérêt général. Mais par ailleurs, l'ordre n'est jamais parfait, il l'est même de moins en moins. C'est pourquoi il est obligé de frapper avec le long manche métallique de la louche au milieu de la cohue, et ainsi, on peut se retrouver – si par hasard on ne sait pas comment se présenter devant la marmite, placer sa gamelle en un point précis du bord – dans une file de personnes lésées, auxquelles la gamelle, la soupe peuvent facilement tomber des mains parce que, c'est clair, et la rumeur d'approbation le souligne derrière lui, de cette façon son travail prend du retard, et par conséquent nous aussi qui faisons la queue, voilà pourquoi il fait lever les dormeurs en les tirant par les pieds, puisque les innocents pâtissent de la faute d'un seul, en définitive. La différence, je l'admets, il faut la chercher dans l'intention, naturellement, mais à un certain point, je le souligne, ces nuances peuvent s'estomper, et j'ai vu que le résultat était le même, de quelque côté que j'envisage la chose.

A part eux, il y avait encore, brassard jaune et habit rayé toujours impeccablement repassé, le kapo allemand que, par chance, je ne voyais pas beaucoup, puis commencèrent à apparaître dans nos rangs, à mon grand étonnement, quelques brassards noirs avec une modeste inscription : *Vorarbeiter.* J'étais justement là quand un homme de notre bloc que jusqu'alors je n'avais guère remarqué et qui, si je me souviens bien, n'était pas particulièrement estimé ou connu des autres, malgré sa force et sa robustesse, fit sa première apparition avec son tout nouveau brassard sur la manche, au repas du soir. Et là, je dus admettre que ce n'était plus un inconnu : ses amis et connaissances pouvaient à peine l'approcher, de partout fusaient des paroles d'allégresse, de félicitations, de vœux pour sa promotion, des mains se tendaient vers lui et il en serrait quelques-unes, d'autres non, et je voyais que, dans ce cas-là, les hommes s'éloignaient rapidement. Et enfin arriva l'instant le plus solennel – du moins à mes yeux – où, au milieu de l'attention générale et d'un silence respectueux, je dirais presque pieux, avec une grande dignité, sans nullement se dépêcher, sans rien hâter, sous le feu croisé des regards admiratifs ou envieux, il alla chercher sa deuxième portion, à laquelle il avait droit au titre de son rang, puisée de surcroît au fond de la marmite, et que le *Stubendienst* lui servit maintenant avec le privilège dont bénéficiaient ses égaux.

Une autre fois, ces lettres me sautèrent aux yeux sur le brassard d'un homme à la démarche martiale, au torse bombé : l'officier d'Auschwitz. Un jour, je me suis même retrouvé sous son commandement, et je peux affirmer qu'il est vrai que pour des hommes valables il serait allé au feu, en revanche les fainéants et ceux qui tiraient au flanc n'avaient rien à attendre de lui – comme il le disait lui-même, avec ses mots à lui, au début de la journée. C'est pourquoi le lendemain Bandi Citrom et moi, on a préféré filer dans un autre commando.

Un autre changement me sauta aux yeux, et étrangement, cela concernait surtout des gens de l'extérieur, comme les ouvriers de l'usine, nos gardes et tout au plus l'un ou l'autre dignitaire de notre camp : je remarquai qu'ils s'étaient transformés. Dans un premier temps, je ne savais pas très bien comment expliquer la chose : d'une certaine manière, ils étaient tous très beaux, du moins à mes yeux. Je ne compris que plus tard, à partir d'un autre signe, que c'était nous qui avions dû changer, naturellement, sauf que j'avais eu plus de mal à en prendre conscience. Quand, par exemple, je regardais Bandi Citrom, je ne lui voyais rien de particulier. Mais quand j'essayais de me rappeler et de le comparer avec sa première apparition, autrefois, à ma droite dans le rang, ou bien de revoir, comme lorsque nous étions pour la première fois au travail, ses muscles et ses tendons apparents, telle une carte géographique, avec ses reliefs et ses dépressions, qui se pliaient avec souplesse, durcissaient en se tendant, bougeaient inlassablement, alors, en effet, je commençais à avoir quelques doutes. A ce moment-là seulement, je compris que le temps pouvait parfois tromper nos yeux, manifestement. C'est ainsi que ce processus m'échappa complètement – malgré ses résultats parfaitement mesurables – en ce qui concernait une famille entière, la famille Kollmann. Au camp, tout le monde les connaît. Ils sont originaires d'une bourgade du nom de Kisvárda, comme beaucoup d'autres ici, et la façon dont on leur parle ou dont on parle d'eux m'a permis de déduire qu'ils avaient certainement dû être chez eux des gens respectables. Ils sont trois : un père chauve et de petite taille, un fils aîné et un cadet, ils sont différents de leur père mais entre eux ils se ressemblent comme deux gouttes d'eau – et donc, je pense qu'ils ont vraisemblablement les traits de leur mère –, mêmes visage, même brosse blonde, mêmes yeux bleus. Ils marchent toujours ensemble, tous les trois, et dès qu'ils en ont la possibilité, la main dans la main. Après un certain temps, j'ai remarqué que le père restait en arrière et que ses fils devaient l'aider, le traîner derrière eux en le tenant par la main. Plus tard, le père n'était plus parmi eux. Bientôt, l'aîné dut tirer le cadet de la même façon. Puis, ce dernier disparut et l'aîné dut se traîner lui-même, et à présent, je ne le voyais nulle part lui non plus. Tout cela, dis-je, je le voyais, mais pas comme ça, comme je l'ai fait par la suite – après y avoir réfléchi, quand j'ai pu le résumer, le faire défiler en quelque sorte –, mais petit à petit, en m'adaptant à chaque nouvelle étape, et ainsi, en fait, je ne voyais rien. Pourtant, je devais changer moi-même, puisque le Maroquinier que je vis un jour sortir de la tente des cuisines comme un habitué du lieu – j'appris qu'il avait réussi à se faire affecter parmi les dignitaires enviables qu'étaient les éplucheurs de patates – ne voulut à aucun prix me reconnaître, dans un premier temps. Je lui assurai que c'était moi, de la Shell, et lui demandai si, par hasard, il n'y aurait pas à la cuisine quelque chose à se mettre sous la dent, peut-être des restes, un fond de marmite, éventuellement. Il me répondit qu'il regarderait et que pour lui-même il ne désirait rien, mais il me demanda si je n'avais pas par hasard une cigarette, vu que le *Vorarbeiter* de la cuisine était "fou des cigarettes", comme il disait. Je lui avouai ne pas en avoir, alors il s'en alla. Je constatai bientôt qu'il était inutile de continuer à l'attendre, et que l'amitié n'était qu'une chose passagère, visiblement, à laquelle la loi de la vie trace des limites – tout naturellement, d'ailleurs, cela va sans dire. Une autre fois, c'est moi qui ne reconnus pas une étrange créature qui se traînait justement par là, sans doute vers les latrines. La casquette lui tombait sur les oreilles, son visage n'était que bosses, arêtes et angles, son nez était jaune avec une goutte pendant au bout. "Joli-Cœur !" lui dis-je : il ne leva même pas les yeux. Il continua de traîner les pieds, retenant d'une main son pantalon, et je me dis : Ça alors, je ne l'aurais jamais cru. Une autre fois encore, en plus jaune et plus maigre, je crois bien avoir aperçu, un peu plus grand et les yeux encore plus fiévreux, le Fumeur. A peu près à cette époque apparut dans le rapport du *Blockältester*, pendant l'*Abend-* et le *Morgenappell*, une expression qui allait devenir régulière, les chiffres étant sujets à variation : *"Zwei im Revier"*, ou bien : *"Fünf im Revier"*, *"Dreizehn im Revier"*, et ainsi de suite ; puis apparut aussi une nouvelle notion, l'absence, la perte, la défection, à savoir : *"Abgang."* Dans certaines circonstances, la bonne volonté ne suffit pas, non. A la maison, j'avais lu qu'avec le temps, et aussi au prix de l'effort nécessaire, on pouvait s'habituer à la vie de détenu. Et ce doit être possible, je n'en doute pas, au pays, disons, dans une prison honorable, civile ou comment dire. Sauf qu'un camp de concentration, selon ma propre expérience, n'en offre pas vraiment les moyens. Et je peux affirmer sans hésiter que – du moins en ce qui me concerne – ce n'était jamais par manque d'effort ou de bonne volonté : le problème, c'est qu'on ne nous donne pas assez de temps, tout simplement.

Je connais trois moyens – pour les avoir vus, entendus ou expérimentés – de s'évader d'un camp de concentration. Moi-même, j'ai pratiqué le premier et, peut-être le plus modeste – mais bon, il y a dans notre personnalité un domaine qui, comme je l'ai appris, est notre propriété perpétuelle et inaliénable. Le fait est que, même en captivité, notre imagination reste libre. Par exemple, je savais faire en sorte que, tandis que mes mains étaient occupées par une pelle ou une pioche – m'astreignant à exécuter des mouvements économiques, parcimonieux, seulement les plus indispensables –, moi-même je n'étais pas là, tout simplement. Cependant, l'imagination n'est pas sans bornes, elle a, j'en ai fait l'expérience, certaines limites. Puisque, avec le même effort, j'aurais pu être n'importe où, finalement, à Calcutta, en Floride ou même dans les plus beaux endroits de la terre. Pourtant, ce n'était pas assez sérieux, je ne pouvais pas y croire – pour ainsi dire – et donc, je me retrouvais la plupart du temps seulement à la maison. C'est vrai, il faut admettre que de cette manière je n'étais pas moins audacieux que je ne l'aurais été avec, disons, Calcutta ; sauf que j'avais déjà trouvé quelque chose, une sorte de modestie, et je pourrais dire, une espèce de travail qui compensait et par conséquent authentifiait en même temps l'effort fourni. J'ai bientôt abouti à la conclusion que je n'avais pas bien vécu, que je n'avais pas bien employé mes journées, que j'avais beaucoup, beaucoup trop de choses à me reprocher. Ainsi – je ne pouvais pas ne pas me le rappeler – il y avait eu des plats dans lesquels j'avais picoré avant de les repousser, tout simplement parce que je ne les aimais pas, et maintenant je trouvais que c'était une négligence incompréhensible et irréparable. Ou bien il y avait ces querelles sans raison entre mon père et ma mère, à cause de ma personne. Quand je rentrerais, pensai-je, comme ça, employant cette expression simple, allant de soi, sans même m'interrompre, comme si rien d'autre n'eût pu m'intéresser que les questions que soulevait ce fait des plus naturels : quand je rentrerais chez moi, donc, je mettrais fin à tout cela, il fallait vivre en paix – décidai-je. Il y avait aussi à la maison des choses qui m'irritaient, ou même – si ridicule que ce fût – que je craignais, comme par exemple certaines matières d'enseignement et leurs professeurs, j'avais peur d'être interrogé, de répondre des âneries et, enfin, de mon père, quand je lui apporterais les résultats : à présent, j'évoquais ces peurs, rien que pour le plaisir de me les représenter, de les revivre et d'en sourire. Mais mon passe-temps préféré était de m'imaginer maintes fois une journée entière à la maison, sans lacune, du matin jusqu'au soir, si possible, et toujours en me limitant à des faits modestes. Finalement, imaginer une journée exceptionnelle, en quelque sorte parfaite, demandait beaucoup d'effort – et je m'imaginais systématiquement de mauvais jours, avec le lever tôt, l'école, l'angoisse, un mauvais déjeuner et toutes les possibilités que j'avais négligées, perdues, que je n'avais même pas remarquées, et je peux dire qu'au camp de concentration j'ai réparé toutes mes omissions avec la plus grande minutie. Je l'avais déjà entendu dire, et je pouvais désormais en témoigner : en vérité, les murs étroits des prisons ne peuvent pas tracer de limite aux ailes de notre imagination. Cela n'avait qu'un seul défaut : dès qu'elles m'emportaient si loin que j'en oubliais jusqu'à mes mains, la réalité, qui, en fin de compte, existait malgré tout bel et bien en cet endroit, reprenait immédiatement ses droits, avec les arguments les plus péremptoires et catégoriques.

A cette époque, il arriva de plus en plus souvent dans notre camp qu'à l'appel du matin le compte ne fût pas bon – comme dernièrement à côté de nous, au *Block VI*. Tout le monde sait bien ce qui a pu se passer dans ce cas, puisque les seuls que le réveil dans un camp de concentration ne réveille pas sont ceux qui ne pourront plus jamais se lever, mais ceux-là sont sur place. C'est donc la deuxième forme d'évasion, et qui n'a pas été – une fois, rien qu'une – tenté, qui pourrait rester toujours ferme et inébranlable, surtout le matin, quand on se réveille, non, quand on prend conscience d'un nouveau jour, dans la tente déjà bruyante, parmi les voisins qui ont déjà ramassé leurs affaires – moi pas, en tout cas, et j'aurais sans aucun doute essayé si Bandi Citrom ne m'en avait constamment empêché. Finalement, le café n'est pas si important, et on sera présent à l'appel – voilà ce qu'on pense, voilà ce que je pensais moi aussi. On ne reste pas, naturellement, sur sa couchette – personne ne peut être si puéril –, mais on se lève, normalement, vaillamment, comme les autres, et après... on connaît un endroit, un coin absolument sûr, on le parierait à un contre cent. On l'a déjà repéré, remarqué, hier, ou encore plus tôt peut-être, il nous a sauté aux yeux par hasard, on n'a aucun projet, aucune intention, on joue seulement avec cette idée. Et là, on se le rappelle. On se faufile par exemple sous les box du bas. Ou bien on gagne cette fameuse brèche sûre à cent pour cent, cette courbe, ce trou, ce coin. Là, on se recouvre bien avec la paille, la litière, les couvertures. En pensant constamment qu'on sera présent à l'appel – je le dis, il y avait une époque où je comprenais bien cela, très bien. Les plus audacieux peuvent aussi penser que l'absence d'un individu passera encore : ils se seront trompés dans les comptes – après tout, nous ne sommes tous que des êtres humains ; qu'une seule et unique absence – aujourd'hui, rien que ce matin – ne crèvera pas nécessairement les yeux, et le soir – on y veille – le compte sera bon ; ceux qui sont encore plus audacieux peuvent se dire qu'en ce lieu sûr on ne pourra les retrouver en aucune manière, par aucun moyen. Mais les vrais téméraires ne pensent même pas à cela, puisqu'ils considèrent simplement – et parfois c'était également mon avis – que quelques heures de sommeil valent tous les risques et n'importe quel prix, en définitive.

Mais on ne leur en accorde pas tant, puisque le matin tout se déroule très vite, et déjà, en toute hâte, le groupe des chercheurs s'est formé : devant, le *Lagerältester* en noir, rasé de frais, avec sa moustache coquette, parfumé, juste derrière lui, le kapo allemand, et encore derrière, quelques *Blockältester* et *Stubendienst*, tous avec des triques, des matraques ou des cannes à la main, et ils se dirigent tout droit vers le *Block VI.*

Dedans, c'est le vacarme, le tohu-bohu et après quelques minutes – qu'est-ce qu'on entend ? – le triomphe retentissant des pisteurs. Une sorte de piaillement s'y mêle, de plus en plus aigu, puis il cesse et les chasseurs réapparaissent bientôt. Ce qu'ils traînent hors de la tente ressemble, vu d'ici, à un amas de choses mortes, à un tas de chiffons, puis ils le jettent, le couchent, au bord du rang : j'essaie de ne pas regarder. Mais l'un ou l'autre détail fragmentaire, un dessin, un trait reconnaissable malgré tout, un signe caractéristique a attiré, forcé quand même mon regard et j'ai vu qui c'était : le Malchanceux. Ensuite : *"Arbeitskommandos antreten !"* et nous pouvons en être sûrs : aujourd'hui, les soldats seront plus sévères.

Et finalement la troisième forme d'évasion, la vraie, au sens propre du terme, il semble bien qu'il n'y en ait eu qu'un seul et unique cas dans notre camp. Les fugitifs étaient au nombre de trois, tous des Lettons, expérimentés, parlant l'allemand et connaissant la région, des détenus sûrs de leur fait – murmurait-on – et je peux dire que, après la première approbation, la joie maligne que nous ressentions aux dépens de nos gardes, l'admiration même et, après l'enthousiasme de la perspective de suivre cet exemple, après en avoir mesuré les possibilités, petit à petit, nous étions tous très en colère contre eux, la nuit, vers deux ou trois heures, quand en punition de leur méfait, l'appel durait encore et que nous étions toujours debout, plus précisément : que nous vacillions encore. Le lendemain soir, pendant que nous rentrions, je tâchai de nouveau de ne pas regarder vers la droite. En effet, il y avait là trois chaises avec dessus trois hommes, trois formes humaines. Quel spectacle ils offraient précisément et que pouvait dire l'inscription en grosses lettres difformes suspendue à leur cou : je trouvais plus simple de ne pas m'y intéresser (mais je finis par le savoir, parce qu'on en parla longtemps au camp : *"Hurra ! Ich bin wieder da !"* – c'est-à-dire : "Hourra ! Je suis de nouveau là !") ; je vis en outre un échafaudage qui rappelait un peu les barres à battre les tapis qu'il y avait chez nous dans les cours des immeubles, avec dessus trois cordes – et je compris : c'était une potence. Naturellement, il ne pouvait même pas être question de repas du soir, au lieu de cela, devant, le *Lagerältester* en personne ordonna immédiatement à pleins poumons : *"Appell !"*, puis : *"Das ganze Lager : Achtung !"* Les bourreaux habituels se réunirent puis, après un moment d'attente, les représentants des autorités militaires firent leur apparition, et ensuite tout se déroula comme il se doit, pour ainsi dire – heureusement assez loin de nous, devant, à proximité des lavabos, et je tournai la tête. Je portai mon attention plutôt à gauche, d'où arrivait une voix, une sorte de murmure, une sorte de litanie. Je vis, là, dans le rang, une tête un peu tremblante sur un cou penché en avant – et surtout un nez et une paire d'yeux immenses, humides, baignant à cet instant dans une espèce de lumière démente : le rabbin. Je compris bientôt le mot qu'il disait, d'autant plus que, petit à petit, d'autres le reprenaient dans les rangs. En l'occurrence, tous les Finnois, mais de nombreux autres aussi. Et même, je ne sais pas de quelle façon, mais il était passé à côté, dans les autres blocs, il se répandait et se propageait, car là aussi, je voyais de plus en plus de lèvres qui remuaient et des épaules, des cous, des têtes qui, prudemment, d'un mouvement presque imperceptible mais résolu, se balançaient d'avant en arrière. Cependant, ce murmure, au centre du rang, était à peine audible, mais incessant, comme une rumeur qui monterait des profondeurs de la terre : *"Yishkadal, véyishkadal !"* – encore et encore, et même moi je savais que c'était ce qu'on appelle le *kaddish*, la prière des juifs pour les morts. Et il est possible que ce ne fût que de l'obstination, la forme ultime, unique, peut-être – devais-je admettre – en quelque sorte imposée, prescrite, pour ainsi dire, dans un certain sens taillée sur mesure, comme obligatoire et à la fois inutile, de l'obstination (parce que d'ailleurs là-bas, devant, rien n'avait changé, à part les quelques derniers soubresauts des pendus, rien ne bougeait, rien ne s'ébranlait à ce mot) ; et pourtant, je devais d'une certaine manière comprendre ce sentiment dans lequel le visage du rabbin semblait se dissoudre et dont la force était telle que même ses narines étaient agitées d'un étrange frémissement. C'était comme si l'instant attendu depuis longtemps était arrivé, cet instant de triomphe dont il nous avait déjà annoncé la venue, je m'en souviens, à la briqueterie. Et effectivement, je fus alors saisi pour la première fois, je ne sais pas pourquoi, par une impression de manque, et même par une espèce de jalousie, pour la première fois, je regrettai un peu de ne pas savoir moi aussi – au moins quelques phrases – prier dans la langue des juifs.

Mais ni l'obstination, ni la prière et les évasions d'aucune sorte ne pouvaient me délivrer d'une chose : la faim. A la maison, j'avais déjà eu – c'est du moins ce que je croyais – faim, naturellement ; j'avais eu faim à la briqueterie, dans le train, à Auschwitz et aussi à Buchenwald – mais je n'avais pas encore connu cette sensation de cette façon, constamment, à long terme, pour ainsi dire. Je m'étais transformé en une sorte de trou, de gouffre, et tous mes efforts, toutes mes préoccupations avaient pour seul but de faire disparaître, de remplir, de faire taire ce gouffre sans fond de plus en plus exigeant. Je n'avais d'yeux que pour cela, toute ma raison était au service de cela, cela seulement guidait tous mes actes, et si je ne mangeais pas du bois, du fer ou des cailloux, c'était uniquement parce ce sont des choses qu'on ne peut ni mâcher ni digérer. Mais j'ai essayé le sable, par exemple, et quand il m'arrivait de voir de l'herbe, je n'hésitais pas – hélas, il n'y avait guère d'herbe, ni à l'usine, ni dans l'enceinte du camp. Pour un seul malheureux petit oignon, on demandait deux tranches de pain, et c'est au même prix que les nantis vendaient les betteraves à sucre et les rutabagas : moi, je préférais en général ces derniers, parce qu'ils étaient plus juteux et souvent plus gros, malgré l'avis des connaisseurs qui considéraient que la betterave avait plus de valeur, était plus consistante et nourrissante – mais qui pourrait faire la fine bouche, même si je supportais moins sa chair coriace et son goût piquant. Pourtant, je m'en contentais, et de voir les autres en manger aussi m'apportait une sorte de réconfort. Les repas de nos gardes étaient toujours apportés à l'usine, et je ne les lâchais pas des yeux. Je peux dire qu'ils ne me procuraient pas beaucoup de joie : ils mangeaient vite, sans mâcher, ils avalaient le tout, je voyais qu'ils n'avaient pas la moindre idée de ce qu'ils faisaient en réalité. Une autre fois, j'étais dans un commando à l'intérieur de l'usine : là, c'étaient les contremaîtres qui déballaient ce qu'ils avaient apporté de chez eux et – je me souviens – j'ai regardé longuement une main jaune noueuse qui sortait de longs haricots verts d'un bocal oblong, l'un après l'autre, peut-être, je le concède, avec, incidemment, une sorte de vague espoir incertain. Mais cette main noueuse – je connaissais déjà bien chacune de ses nodosités, chacune de ses prises prévisibles – refaisait sans cesse le chemin entre le bocal et la bouche. Après un certain temps, son dos me cacha ce mouvement, car il s'était retourné, et je le comprenais, naturellement : par humanité, pourtant, j'aurais aimé lui dire de ne pas se gêner, de continuer car, pour ma part, j'appréciais beaucoup le spectacle, c'était mieux que rien, assurément. La première fois que j'ai acheté des épluchures de patates de la veille, une pleine gamelle, c'était à un Finnois. Il les avait sorties pendant la pause de midi, en prenant tout son temps, et ce jour-là, heureusement, Bandi Citrom n'était pas dans le même commando que moi, car il aurait pu m'en empêcher. Il les posa devant lui, fourragea dans sa poche, en sortit du papier déchiré avec des grumeaux de sel, tout ceci lentement, longuement, du bout des doigts, il en porta même à sa bouche, en goûta une pincée, avant de dire, tout simplement, pardessus l'épaule : "A vendre !" En général, le prix s'élevait à deux tranches de pain ou au morceau de margarine, mais lui, il demandait la moitié de la soupe du soir. J'essayai de marchander, j'en appelai à tout, même à l'égalité. "*Di bist nicht ka yid, d'bist a chéguets*, toi pas juif", dit-il en secouant la tête à la manière caractéristique des Finnois. Je lui demandai : "Alors, pourquoi je suis ici ?" "Comment moi ça savoir ?" rétorqua-t-il en haussant les épaules. Je lui dis : "Sale juif !" "Mais je vends quand même pas moins cher", répondit-il. Je finis par lui donner le prix qu'il demandait et, je ne sais pas comment il se débrouilla, le soir, pour apparaître au moment précis où on me versait ma soupe, ni comment il avait pu flairer à l'avance qu'il y aurait des nouilles au lait pour le dîner.

Je peux affirmer qu'il y a des notions que nous ne pouvons comprendre totalement que dans un camp de concentration. Dans les contes stupides de mon enfance apparaissait fréquemment le personnage du "vagabond" ou du "brigand" qui entre au service du roi pour obtenir la main de la princesse, et ce, avec plaisir, car le prix à payer se résume en tout et pour tout à sept jours. "Mais sept jours chez moi sont sept années", lui dit le roi ; eh bien, je peux dire la même chose à propos du camp de concentration. Je n'aurais jamais cru, par exemple, que je me transformerais si vite en un vieil homme flétri. Au pays, il faut du temps pour cela, cinquante ou soixante ans au moins ; au camp, trois mois ont suffi pour que mon corps me trahisse. Je peux affirmer qu'il n'y a rien de plus pénible, de plus décourageant que de relever, de comptabiliser jour après jour ce qui meurt en nous. A la maison, même si je n'y accordais pas trop d'attention, j'étais dans l'ensemble en harmonie avec mon organisme, j'aimais – pour ainsi dire – cette machinerie. Je me rappelle un après-midi d'été, je lisais dans ma chambre un roman captivant pendant que ma main caressait avec une agréable distraction la peau docilement lisse de ma cuisse, brunie par le soleil, aux poils dorés, tendue sur mes muscles. A présent, cette même peau pendouillait, ridée, elle était jaune et desséchée, recouverte de toutes sortes d'abcès, de ronds bruns, de gerçures, de crevasses, de rugosités et de squames qui, surtout entre les doigts, provoquaient des démangeaisons désagréables. "La gale", affirma avec un hochement de tête expert Bandi Citrom quand je les lui eus montrées. J'étais ébahi par la vitesse, l'allure effrénée avec laquelle, jour après jour, diminuaient, mouraient, fondaient et disparaissaient la matière qui recouvrait mes os, l'élasticité, la chair. Chaque jour, j'étais surpris par une nouveauté, une nouvelle difformité sur cette chose de plus en plus étrange et étrangère qui avait jadis été un bon ami : mon corps. Je ne pouvais le regarder sans une impression de désespoir, une sorte d'horreur ; c'est pourquoi, au bout d'un certain temps, je cessai de me déshabiller pour me laver, abstraction faite de ma répugnance pour ce genre d'effort inutile, du froid, et aussi, bien sûr, des chaussures.

En ce qui me concerne, ces objets m'ont causé beaucoup d'ennuis. Dans l'ensemble, je ne pouvais pas être satisfait par les vêtements qu'on m'avait donnés au camp de concentration, ils était peu pratiques, avaient beaucoup de défauts et, qui pis est, leurs inconvénients devinrent vite une source de désagréments – en somme, je peux le dire à juste titre : ils n'ont pas fait leurs preuves. Ainsi par exemple, à l'époque des pluies fines et grises que le changement de saison rend durables, l'habit de toile se transforme en tuyau de poêle rigide dont notre peau frissonnante s'efforce d'éviter le contact humide, en vain, naturellement. Le manteau de prisonnier – qui, c'est indéniable, avait été distribué correctement – ne valait rien : un nouveau boulet, une nouvelle couche humide. Et même, à mon avis, le papier brut des sacs de ciment – que Bandi Citrom, comme beaucoup d'autres, s'était procuré et portait sous ses habits, au mépris du danger, puisqu'un tel délit remontait vite à la surface : un coup de canne sur le dos, un autre sur la poitrine, et le bruissement trahissait aussitôt la faute – ne constitue pas une solution satisfaisante. Et si cela ne bruisse pas, alors à quoi bon, je le demande, une nouvelle entrave détrempée, en bouillie, dont on ne peut se débarrasser qu'en secret ?

Mais le plus ennuyeux, je le dis, c'étaient les sabots. Tout avait commencé en fait avec la boue. Par ailleurs, je peux dire que de ce point de vue-là non plus, les connaissances que j'avais n'étaient pas tout à fait suffisantes. Au pays, j'avais déjà vu de la boue, j'y avais même pataugé – mais je ne savais encore nullement que la boue pouvait parfois devenir notre principal souci, le théâtre de notre vie. Ce que signifie s'y enfoncer jusqu'aux mollets, puis tendre toutes nos forces pour en extirper le pied d'une seule traction avec un bruit de succion, rien que pour s'y enfoncer de nouveau, vingt ou trente centimètres plus loin : je n'étais pas préparé à cela, et j'aurais eu beau l'être… A propos des sabots, il s'avéra qu'avec le temps les talons se cassaient. Alors, on était obligés de marcher sur des semelles épaisses qui devenaient brusquement plus fines à un point donné à l'arrière et s'arrondissaient en forme de gondole, on basculait en avant sur ces semelles rondes comme ces jouets qu'on appelle des poussahs. En outre, à la place du talon, entre le quartier et la semelle, très mince à cet endroit, apparaissait une fente qui s'élargissait de jour en jour, et à travers elle, à chaque pas, la boue froide pénétrait librement, ainsi que de petits cailloux et toutes sortes de débris tranchants. Cependant, le frottement des quartiers m'avait depuis longtemps écorché les chevilles et creusait d'innombrables blessures en dessous, aux endroits plus délicats. Ces blessures, selon leurs particularités, suintaient et devenaient collantes : de cette manière, après un certain temps, il n'y avait plus moyen de se libérer de ses chaussures, elles devenaient impossibles à ôter, collées, elles étaient comme un nouveau membre, une excroissance de mes pieds. Je les portais le jour, je les gardais au repos, d'ailleurs rien que pour ne pas avoir à perdre de temps quand je devrais me lever, plus précisément sauter au bas de ma couchette deux, trois voire parfois quatre fois par nuit. Et encore, la nuit, c'était un moindre mal : après quelques difficultés, après avoir trébuché et glissé dans la boue de la cour, on finissait par arriver au but dans la lumière des projecteurs. Mais que faire le jour ; que faire si dans le commando, on est pris, et c'est inévitable, de diarrhée ? Alors, on prend son courage à deux mains, on ôte sa casquette et on demande la permission au garde : *"Gehorsamst zum Abort"* – à supposer qu'il y ait dans les environs des cabinets, et surtout des cabinets accessibles aux prisonniers. Mais supposons qu'il y en ait, supposons que notre garde soit bienveillant et qu'il donne sa permission une fois, deux fois : mais – permettez la question – qui peut être téméraire, qui peut être désespérément résolu au point de mettre sa patience à l'épreuve une troisième fois ? Dans ce cas, il ne reste que le combat silencieux, les dents serrées, le ventre tressaillant sans cesse, jusqu'à l'épreuve décisive et que soit notre volonté, soit notre corps prenne le dessus.

Et pour terminer, il y a, qu'on s'y attende ou pas, qu'on les provoque ou qu'on tâche de les éviter, toujours et partout : les coups. J'en ai eu ma part, naturellement, mais pas plus – pas moins non plus – que la dose habituelle, moyenne, quotidienne, que quiconque, que n'importe lequel d'entre nous, et donc non pas ce qu'entraînait un accident particulier, individuel, mais seulement ce qui correspondait aux conditions normales de notre camp. Et, par une inconséquence particulière, je dois le dire, ce n'est pas de la part d'un SS qui avait vocation, ou plutôt était autorisé, astreint – ou comment dirais-je – à le faire, que j'en ai reçu le plus, mais de la part d'un soldat en uniforme jaune d'une espèce de vague organisation du nom de Todt, à ce qu'on me dit, une sorte de surveillance du travail. C'était lui qui était là et qui avait remarqué – mais avec quelle voix, quels hurlements – que j'avais laissé tomber un sac de ciment. En effet, les commandos accueillaient, et à mon avis à juste titre, avec une joie réservée aux occasions rares et qu'on s'avouait à peine entre nous la corvée de ciment. On baisse la tête, quelqu'un vous place un sac sur le dos, et on chemine jusqu'à un camion, là, quelqu'un d'autre le prend, ensuite, en faisant un bon grand détour dont les limites sont définies par les possibilités du moment, on revient tout doucement, et dans le meilleur des cas, il faut encore faire la queue, et on peut donc prendre encore un peu de temps avant le prochain sac. Un sac pèse dans les dix à quinze kilos – au pays, c'eût été un jeu d'enfant, j'aurais sans nul doute pu jouer à la balle avec ça : mais là, j'ai trébuché, j'en ai fait tomber un. Et surtout, l'emballage en papier s'est déchiré et voici que, par le trou, se déverse, tombe dans la poussière le contenu, le matériau, la valeur, le précieux ciment. Il était déjà à côté de moi, je sentis son poing dans ma figure, puis, quand il m'eut envoyé au sol, sa botte dans mes côtes et, sur mon cou, sa main qui enfonçait mon visage dans la terre, dans le ciment : il voulait, de façon délirante, que je le ramasse, le racle, le lèche. Puis il me remit sur pied : il allait me donner une telle leçon – *Dir werd ich's zeigen, Arschloch, Scheisskerl, verfluchter Judenhund* – que plus jamais je ne laisserais tomber un seul sac, me jura-t-il. A partir de cet instant, à chaque tour, il me mettait personnellement le sac sur les épaules, il ne s'occupait que de moi, j'étais son seul souci, il m'accompagnait du regard, moi seul, jusqu'au camion et retour, il me prenait en premier, même s'il y avait une queue et qu'en principe d'autres auraient dû passer avant moi. Finalement naquit entre nous une sorte de connivence, nous n'avions plus de secret l'un pour l'autre, je voyais sur son visage presque une sorte de satisfaction, d'encouragement, pour ne pas dire de fierté, et d'un certain point de vue, je devais bien le reconnaître, à juste titre, en définitive : en effet, même si c'était en titubant, le dos voûté, avec des points noirs devant les yeux, j'allais et venais, j'emportais et transportais, tout cela sans laisser tomber un seul autre sac, et en fin de compte – je dus l'admettre – cela lui donnait raison. D'un autre côté, à la fin de cette journée, j'ai senti que quelque chose s'était irrémédiablement brisé en moi, désormais, je croyais chaque matin que c'était le dernier où je me levais, à chaque pas, que je ne pourrais plus en faire encore un, à chaque mouvement, que je ne pourrais plus effectuer le suivant ; et pourtant, en attendant, je les ai effectués encore tant de fois.

VII

Il peut y avoir des cas, il peut se trouver des situations qu'aucune science ne peut rendre plus pénibles, semble-t-il. Je puis affirmer qu'après tant d'efforts, tant de tentatives et de fatigues inutiles, avec le temps, j'avais moi aussi trouvé la paix, la quiétude, le soulagement. Certaines choses, par exemple, auxquelles j'accordais auparavant une signification immense, autant dire inconcevable, avaient perdu à mes yeux toute leur importance. Ainsi par exemple durant l'appel, quand j'étais fatigué, je prenais tout simplement place, sans vérifier s'il y avait de la boue ou une flaque, je m'asseyais et je restais comme ça jusqu'à ce que les voisins me lèvent de force. Le froid, l'humidité, le vent ou la pluie ne me gênaient plus : ils n'arrivaient pas jusqu'à moi, je ne les ressentais pas. Même ma faim avait passé ; je continuais à porter à la bouche tout ce que je trouvais, tout ce qui était mangeable, mais plutôt distraitement, machinalement, par habitude pour ainsi dire. Le travail ? Je ne tâchais même plus de faire semblant. Si cela ne leur plaisait pas, eh bien, tout au plus ils me battaient, ils ne pouvaient pas vraiment me faire de mal, de toute façon, je gagnais du temps : dès le premier coup, je me jetais à terre et ne sentais plus les autres, car je m'endormais aussitôt.

Une seule chose s'était exacerbée en moi : l'irritabilité. Si quelqu'un s'en prenait à mes aises, ou bien simplement m'effleurait lorsque, durant la marche, je perdais la cadence (ce qui arrivait souvent) et qu'alors il m'écrasait le talon, j'aurais pu à l'instant même, sans la moindre hésitation et sur-le-champ, le tuer, par exemple – si j'avais pu, bien sûr, et si je n'avais pas oublié, le temps de lever la main, ce que je voulais faire. J'eus plusieurs fois des mots avec Bandi Citrom : je me "laissais aller", j'étais un fardeau pour le commando, j'attirais des ennuis à tout le monde, il attraperait ma gale – me reprochait-il. Mais surtout, c'était comme si d'un certain point de vue je l'incommodais, le gênais en quelque sorte. Je le remarquai quand, un soir, il m'emmena au lavabo. J'eus beau me débattre, protester, il m'ôta de force mes hardes, j'eus beau essayer d'atteindre son corps ou son visage avec mes poings, il frictionna ma peau frémissante avec de l'eau froide. Je lui avais dit cent fois que sa protection me pesait, de me laisser me débrouiller, d'aller se faire f... Voulais-je crever ici, ne voulais-je pas rentrer à la maison ? me demanda-t-il, et je ne sais pas quelle réponse il put lire sur mon visage, mais moi, je vis soudain sur le sien une sorte de stupéfaction, une espèce de panique, une expression qu'on voit habituellement chez les malades incurables, les condamnés ou, disons, les porteurs d'épidémie : je me rappelai alors ce qu'il avait dit autrefois à propos des musulmans. En tout cas, il préféra dorénavant m'éviter, à ce qu'il me semblait, et moi, je fus enfin débarrassé de ce fardeau.

Mais il n'y avait pas moyen de me délivrer de mon genou, la douleur m'accompagnait tout le temps. Quelques jours plus tard, j'y jetai un coup d'œil et bien que mon corps m'eût déjà habitué à pas mal de choses, je trouvai préférable de soustraire immédiatement à ma vue cette nouvelle surprise, cette poche rouge vif qui s'était formée dans la région de mon genou droit. Je savais bien, naturellement, que dans notre camp fonctionnait un *Revier*, mais, d'abord, l'horaire des consultations tombait pile à l'heure du dîner lequel avait, selon moi, priorité sur la guérison et, ensuite, l'une ou l'autre expérience, la connaissance de la vie et des lieux ne m'inspiraient pas vraiment confiance. Et puis c'était loin : à deux tentes de distance, et je n'entreprenais plus très volontiers un périple aussi lointain, entre autres parce que mon genou me faisait déjà très mal, sauf si une nécessité absolue m'y contraignait. Finalement, Bandi Citrom et l'un de nos compagnons de couchette m'emmenèrent, formant avec leurs quatre mains un siège, comme au jeu de la chaise, et après qu'on m'eut déposé sur une table, je fus prévenu bien à l'avance que ce serait sûrement douloureux, car une opération immédiate était inévitable, et il faudrait se passer de produits anesthésiques, vu la pénurie. Pour autant que j'aie pu voir, on pratiqua avec un couteau deux incisions en croix au-dessus de mon genou, on pressa ensuite la masse de pus que j'avais dans la cuisse, puis on pansa le tout avec du papier. Tout de suite après, je parlai du souper et ils m'assurèrent alors que les mesures nécessaires seraient prises, ce que je pus constater rapidement, en effet. Ce jour-là il y avait de la soupe de rutabaga et de chou-rave que j'aimais beaucoup et, à l'évidence, on la servait épaisse pour le *Revier*, ce dont je fus très satisfait aussi. Je passai la nuit dans la tente du *Revier*, au dernier étage d'un box, tout seul de surcroît, et la seule chose qui fut vraiment désagréable, c'était qu'à l'heure habituelle de ma diarrhée, comme je n'avais pas l'usage de ma jambe, je demandai de l'aide, d'abord en chuchotant, puis à voix haute et enfin en hurlant, en vain. Le lendemain matin, mon corps fut jeté avec d'autres sur la plateforme mouillée d'un camion découvert et nous fûmes transportés vers un lieu nommé, si j'avais bien compris, Gleina, où se trouvait l'hôpital proprement dit de notre camp. A l'arrière, assis sur un joli tabouret pliable, son fusil luisant d'humidité sur les genoux, un soldat nous surveilla tout le long du chemin, avec une expression visiblement contrariée, écœurée parfois, sans doute à cause d'une odeur soudaine, peut-être à cause de ce qu'il observait inévitablement, prenant une mine dégoûtée – d'ailleurs à juste titre, je devais l'admettre. Ce qui m'accablait le plus, c'est qu'il semblait se forger une opinion et en déduire une vérité générale, et j'aurais voulu me défendre, dire que je n'étais pas le seul coupable, qu'à l'origine telle n'était pas ma nature, mais c'eût été difficile à prouver, naturellement, je ne pouvais que l'admettre. Quand nous fûmes arrivés, j'eus tout d'abord à subir le choc d'un jet d'eau inattendu jaillissant d'une espèce de tuyau en caoutchouc pareil à un tuyau d'arrosage, qui me tomba dessus et me poursuivit partout, emportant tout : les restes de mes haillons, la crasse, et même le pansement de papier. Ensuite, je fus emmené dans une salle où on me donna une chemise et la couchette du bas d'un châlit à étage, et je pus me coucher sur la paillasse assez dure parce que selon toute vraisemblance mon prédécesseur l'avait déjà passablement écrasée et aplatie, maculée çà et là de taches suspectes, de marques à l'odeur louche qui craquaient et bruissaient bizarrement – mais après tout, elle était libre –, et ensuite, on me laissa décider moi-même de la façon de passer le temps, et surtout, dormir enfin tout mon saoul.

Visiblement, on emporte partout avec soi ses anciennes habitudes : je peux dire qu'au début, à l'hôpital, j'ai dû lutter moi aussi contre de nombreuses habitudes profondément enracinées, ancrées. Il y avait, par exemple, la voix de la conscience : au début, elle me réveillait tous les matins à une heure précise. D'autres fois, je me réveillais en sursaut, j'avais raté l'appel, et dehors, on partait déjà à ma recherche, mon cœur se calmait lentement tandis que je me rendais compte de mon erreur et saisissais l'image qui s'offrait à ma vue, la réalité qui me disait que j'étais ici chez moi, que tout allait bien : là, quelqu'un gémit, un peu plus loin, on discute, encore ailleurs quelqu'un fixe le plafond avec son nez pointu, ses yeux immobiles, sa bouche béante, j'ai seulement mal à ma plaie, et surtout, comme toujours, j'ai très soif, sans doute à cause de la fièvre. Bref, j'avais besoin d'un certain temps pour me convaincre tout à fait qu'il n'y avait pas d'appel, que je ne devais pas voir de soldats et, surtout, que je ne devais pas aller au travail – et tous ces privilèges, du moins en ce qui me concernait, nulle circonstance accessoire, nulle maladie ne pouvait fondamentalement les gâter. De temps en temps, j'étais transporté à l'étage, dans une petite pièce où travaillaient deux médecins, un jeune et un plus âgé : j'étais, pour ainsi dire, le patient de ce dernier. C'était un homme sympathique, maigre, aux cheveux noirs, avec des vêtements propres, des chaussures, un brassard et un visage normal, caractéristique, qui faisait penser à un vieux renard amical. Il me demanda d'où j'étais, et me raconta à son tour qu'il venait de Transylvanie. Pendant ce temps, il m'enleva le pansement de papier qui partait en lambeaux et qui, dans la région du genou, durcissait et prenait une couleur jaune verdâtre, puis, en appuyant des deux mains, il exprima de ma cuisse ce qui s'y était accumulé entre-temps, et finalement, avec un instrument qui ressemblait à un crochet, il m'introduisit un peu de gaze tortillée entre la peau et la chair, "pour maintenir l'écoulement", comme il l'expliqua, afin de "poursuivre le nettoiement", pour que l'incision ne cicatrisât pas de façon intempestive. Pour ma part, j'écoutais cela avec plaisir, puisqu'en définitive je n'avais rien à faire à l'extérieur, je n'étais pas très pressé de guérir, à bien y réfléchir, naturellement. Mais une autre de ses remarques fut déjà moins à mon goût. Il trouvait que cette unique ouverture sur mon genou était insuffisante. Selon lui, il fallait pratiquer une incision sur le côté et la relier à la première à l'aide d'une troisième coupure. Il me demanda si j'y étais résolu, j'étais stupéfait, car il me regardait comme s'il eût vraiment attendu ma réponse, si ce n'était mon accord, pour ne pas dire : mon autorisation. Je lui dis : "Comme vous voudrez", alors il considéra immédiatement que le mieux serait de ne plus perdre de temps. Il s'y mit sur-le-champ, mais je fus obligé de me comporter assez bruyamment et cela le gênait, je le voyais bien. Il observa plusieurs fois : "Je ne peux pas travailler comme ça", sur quoi j'essayai de me défendre : "Mais je n'y peux rien." Après avoir avancé de quelques centimètres, il s'arrêta, sans avoir mené à bien son projet. Il avait néanmoins l'air passablement satisfait – "C'est déjà quelque chose", dit-il, vu que dorénavant il pensait pouvoir exprimer le pus par deux brèches. A l'hôpital, le temps passait : quand je ne dormais pas, j'étais occupé tout le temps par la faim, la soif, la douleur dans la région des incisions, quelques conversations ou les soins – mais je ne travaillais pas, et je n'hésite pas à le dire : c'est justement grâce à cette pensée qui me chatouillait agréablement, conscient de ce privilège qui me procurait une joie incommensurable, que je me sentais très bien. Je demandais aux nouveaux venus des nouvelles du camp, de quel bloc ils venaient, s'ils ne connaissaient pas d'aventure un certain Bandi Citrom du *Block V*, taille moyenne, nez cassé, pas de dents devant, mais cela ne disait rien à personne. La plupart du temps, les lésions que je voyais dans la salle de soins étaient comparables aux miennes, en général situées également à la cuisse ou au mollet, mais il arrivait qu'il y en eût plus haut, à la hanche, au derrière, au bras et même au cou et dans le dos, elles sont connues par la science sous le nom de phlegmon, comme je l'entendis souvent dire, leur origine et leur fréquence n'ayant rien d'extraordinaire ou d'étonnant dans les conditions habituelles d'un camp de concentration, comme me l'apprirent les médecins. Un peu plus tard commencèrent à arriver ceux à qui il fallait amputer un ou deux orteils, voire tous, et qui racontaient qu'à l'extérieur, au camp, c'était l'hiver et que les pieds gelaient dans les sabots. Une autre fois, un prisonnier portant une tenue cousue par un tailleur, visiblement un dignitaire de haut rang, entra dans la salle de pansement. Je l'entendis prononcer tout bas ce mot : *"Bonjour !"*, ce qui me permit, ainsi que la lettre F sur le triangle rouge, de deviner tout de suite qu'il était français, comme l'inscription *O. Arzt* sur son brassard, m'apprit qu'il était, à l'évidence, le médecin-chef de notre hôpital. Je le regardai longuement, car il y avait longtemps que je n'avais vu un homme aussi beau que lui : il n'était pas très grand, mais ses habits étaient joliment remplis par la quantité de chair partout suffisante tendue sur son ossature, son visage était également plein, chaque trait de sa figure lui appartenait, sans confusion possible, avec des sentiments exprimables, des nuances reconnaissables, le menton rond avec une fossette au milieu, sa peau assez sombre au teint olivâtre chatoyait dans la lumière, comme la peau le faisait toujours autrefois, au pays, parmi les êtres humains. Je ne le trouvais pas très âgé, il devait avoir la trentaine. Je vis que les médecins étaient soudain affairés, ils tâchaient de lui complaire, de tout lui expliquer, mais je remarquai qu'ils ne le faisaient pas à la manière du camp, mais plutôt suivant une habitude plus ancienne qu'ils avaient rapportée de chez eux et qui semblait leur rappeler des souvenirs, avec cette distinction, cette joie, cet empressement convivial qu'on peut avoir quand s'offre la possibilité de montrer qu'on comprend et qu'on parle parfaitement une langue de culture, le français en l'occurrence. Mais d'un autre côté – force m'était de constater que le médecin-chef n'y accordait pas la moindre importance : il regarda tout, répondit par un ou deux mots, ou par un hochement de tête, tout ceci lentement, tout bas, d'un air sombre, indifférent, gardant jusqu'au bout sur le visage, dans ses yeux noisette, une expression immuable d'abattement, presque de mélancolie. J'étais tout simplement ébahi, car j'étais incapable de comprendre quelle pouvait en être la cause chez un dignitaire tellement aisé, tellement fortuné qui était, de surcroît, arrivé à un rang si élevé. J'essayai de scruter son visage, de suivre ses mouvements, et cela ne me vint que petit à petit à l'esprit : pas de doute, lui aussi, finalement, il était forcé d'être là, bien sûr, alors s'empara de moi petit à petit, et non sans étonnement ni une sorte d'ahurissement serein, l'impression que cette situation, bref, que la captivité en soi le faisait souffrir, visiblement. J'allais déjà lui dire de ne pas être triste, qu'il y avait pire – mais j'avais peur, c'eût été de la témérité, et puis je me rappelai que, certes, je ne parlais pas le français.

Dans l'ensemble, j'ai dormi même pendant le transfert. J'en avais déjà entendu parler auparavant : à la place des tentes de Zeitz avaient été construits des quartiers d'hiver, des baraques en pierre parmi lesquelles celle qui serait destinée à l'hôpital n'avait pas été oubliée non plus. A nouveau, je fus jeté sur un camion – comme je pus le voir dans l'obscurité, c'était le soir, et à en juger par le froid, j'en déduisis que c'était à peu près le milieu de l'hiver –, ensuite je distinguai le vestibule bien éclairé et froid d'une salle immensément grande où il y avait une baignoire sentant les produits chimiques : en guise de toilette, je devais – et j'eus beau pleurer, supplier, protester – m'y plonger, tête comprise, et ce qui me faisait frissonner, outre le froid du liquide, c'était que je voyais bien que tous les autres malades s'étaient baignés avant moi dans ce jus brun – avec leurs plaies et tout. Et ensuite, le temps se mit à passer de la même manière, au fond, que là où j'avais été précédemment, à quelques exceptions près. Ainsi, par exemple, dans notre nouvel hôpital, les couchettes étaient à trois étages. On m'emmenait plus rarement chez le médecin et ma plaie se nettoyait donc plutôt sur place, à sa manière, comme elle pouvait. De plus, une douleur apparut bientôt sur ma hanche gauche, suivie de la poche rouge vif que je connaissais bien. Quelques jours plus tard, comme j'attendais en vain que cela passât ou qu'il arrivât quelque chose d'autre, je dus, bon gré mal gré, en parler à l'infirmier, et après avoir de nouveau insisté, attendu quelques jours, mon tour arriva d'aller voir les docteurs dans le vestibule de la baraque ; de cette manière, en plus de l'incision que j'avais au genou droit, j'en eus une deuxième, à la hanche gauche, à peu près grande comme la main. Ma place fut de nouveau une cause de désagréments : j'étais sur la couchette du bas, juste en face d'une petite fenêtre haute sans vitre qui donnait sur un ciel toujours gris, et dont les barreaux, à cause de la vapeur des respirations, étaient éternellement couverts de glaçons et hérissés de givre. Et moi, je ne portais que ce qui revenait à un malade : une chemise courte sans boutons, et un drôle de bonnet de laine verte qu'on nous avait donné eu égard à l'hiver, avec un arrondi qui recouvrait les oreilles et une pointe qui descendait sur le front, comme en ont les champions de patinage ou les acteurs qui incarnent Satan sur scène, mais très utile au demeurant. Si bien que j'avais très froid, surtout depuis que j'avais perdu l'une de mes deux couvertures avec les lambeaux de laquelle j'avais jusqu'alors assez bien comblé les lacunes de l'autre : l'infirmier m'avait demandé de la lui prêter, il me la rendrait bientôt. J'eus beau la retenir des deux mains, m'agripper, il était le plus fort, et ce qui me peinait, en plus de la perte de la couverture, c'était l'idée qu'ils les prenaient – du moins pour autant que je sache – à ceux dont ils prévoyaient la fin prochaine, voire l'espéraient, dirais-je sans hésiter. Une autre fois, cette même voix devenue familière, semblant venir d'une couchette du bas, mais en quelque sorte de derrière moi, attira mon attention : de nouveau surgit un infirmier, avec un nouveau malade sur les bras, cherchant à côté de qui, dans quel lit il pourrait le coucher. Mais lui, la gravité de son cas et l'autorisation du médecin lui donnaient droit – comme nous l'avons appris – à un lit particulier, et il hurlait d'une voix terrible, il tonnait : "Je proteste !", "J'y ai droit ! Demandez au docteur !" argumentait-il, puis de nouveau : "Je proteste !", si bien que les infirmiers finissaient à chaque fois par transporter leur fardeau jusqu'à un autre lit – le mien, par exemple, et ainsi j'eus pour compagnon de couchette un garçon qui devait avoir mon âge. Il me semblait avoir déjà vu son visage jaune, ses grands yeux brûlants – mais ici, tout le monde avait le visage jaune et de grands yeux brûlants. Ses premières paroles furent pour me demander si j'avais par hasard un peu d'eau à boire, et je lui dis que pour moi non plus, ce ne serait pas de refus ; ensuite, juste après, si j'avais une cigarette… Là encore, il n'avait pas de chance, bien sûr. Il me proposa de l'échanger contre du pain, mais je lui fis comprendre que ses paroles étaient inutiles, qu'il ne s'agissait pas de cela, mais que je n'en avais pas ; alors, il se tut un instant. Je suppose qu'il avait de la fièvre, car son corps frissonnant rayonnait sans cesse de chaleur, ce dont je tirais un agréable profit. Je fus moins content la nuit, car il gigotait et se tournait, et pas toujours avec la considération nécessaire pour mes plaies. Je lui dis : hé, ça suffit, qu'il devait se calmer, et il finit par m'écouter. C'est seulement le matin que j'ai vu pourquoi : pas moyen de le réveiller pour le café. Cependant, je tendais déjà en toute hâte son bol à l'infirmier, car ce dernier l'avait demandé avec brusquerie juste au moment où j'allais lui parler de la chose. Puis je pris sa ration de pain, de même que sa soupe, le soir, et ainsi de suite, et puis un jour, il se mit à se comporter d'une manière très étrange : alors, je fus bien obligé de le dire, je ne pouvais plus le garder dans mon lit, finalement. J'étais un peu inquiet, parce que le retard était déjà sûrement assez visible et la raison en était, me semblait-il, facile à deviner, avec le minimum de compétence auquel j'étais en droit de m'attendre, après tout – mais il fut emporté avec les autres, on ne me dit rien, Dieu merci, et on me laissa pour l'instant sans compagnon.

C'est également là que j'ai su vraiment ce qu'est la vermine. J'étais incapable d'attraper les puces : elles étaient plus rapides, ce qui était bien compréhensible puisque, finalement, elles étaient mieux nourries que moi. Quant aux poux, je pouvais les attraper plus facilement, sauf que cela n'avait pas de sens. Quand j'étais très en colère contre eux, il me suffisait de passer l'ongle du pouce au hasard sur le tissu de ma chemise tendue sur mon dos et, à la série de craquements bien audibles, je pouvais mesurer ma vengeance, savourer le carnage – mais une minute plus tard, je pouvais recommencer au même endroit, avec exactement le même résultat. Ils étaient partout, ils s'enfonçaient dans tous les recoins, mon bonnet vert en devenait gris, les poux y pullulaient, le faisaient presque bouger. Néanmoins, là où je fus le plus surpris, stupéfait et presque horrifié c'est quand, sentant une démangeaison sur ma hanche, je soulevai le pansement en papier et vis qu'ils étaient déjà sur ma chair et se nourrissaient de ma plaie. J'essayai de les attraper, de m'en débarrasser, au moins de les sortir, de les retirer de là, de les contraindre ne fût-ce qu'à un peu de patience, à me laisser un répit – et je puis affirmer que jamais aucun combat ne m'a paru plus désespéré, aucune résistance plus acharnée, plus indécente, dirais-je. Au bout d'un certain temps, je renonçai et me contentais de contempler cette voracité, ce grouillement, cette avidité, cet appétit, ce bonheur sans fard : d'une certaine façon, il me semblait les connaître un peu. C'est alors que je me rendis compte que je pouvais peu ou prou les comprendre, à bien y réfléchir. Finalement, j'en fus presque soulagé, les démangeaisons cessèrent presque. Mais je ne me réjouis pas pour autant, je restai un peu aigri – et je pense que c'est compréhensible, en fin de compte –, mais dans l'ensemble, sans colère, juste un peu à cause des lois de la nature, pour ainsi dire ; en tout cas, je les recouvris vite et ne leur livrai dorénavant plus bataille, ne les dérangeai plus.

Je peux l'affirmer : nulle expérience, si grande soit-elle, nulle sérénité, si parfaite soit-elle, nul discernement, si fort soit-il ne nous empêcheront, apparemment, de tenter une dernière fois notre chance, à condition de trouver le moyen de le faire, naturellement. Ainsi, lorsque avec tous ceux qu'on ne pouvait visiblement plus vraiment espérer remettre au travail sur place, je fus en quelque sorte renvoyé à l'expéditeur, à Buchenwald, je fis part aux autres de ma joie, avec les moyens qui me restaient, naturellement, car je m'étais rappelé soudain les beaux jours que j'y avais passés, et en particulier les soupes du matin. Mais je ne pensais pas, je le reconnais, qu'il faudrait d'abord y arriver, et ce, en train, avec toutes les contraintes qu'un tel voyage supposait ; quoi qu'il en soit, je peux dire qu'il y avait des choses que je n'avais jamais comprises jusqu'alors et que j'aurais même eu peine à croire. Par exemple, une expression qu'on entendait souvent autrefois, "la dépouille mortelle", avait désigné jusqu'alors dans mon esprit exclusivement une personne décédée. Cependant, pour ma part, il n'y avait aucun doute à ce sujet, j'étais en vie et en moi brûlait encore, vacillante, certes, comme en veilleuse, quelque chose, la flamme de la vie, comme on dit – c'est-à-dire qu'il y avait là mon corps, je savais tout à son propos avec précision, sauf que moi-même, je n'étais plus dedans, en quelque sorte. Je constatai sans aucune difficulté que cette chose était couchée là avec, à côté et au-dessus, d'autres choses semblables, sur la paille froide et mouillée par divers liquides suspects qui recouvraient le plancher cahotant du wagon, que mon pansement en papier s'était effrité, effiloché, arraché depuis longtemps, que la chemise, le pantalon de détenu qu'on m'avait donnés pour la route collaient à mes plaies ouvertes, mais tout cela ne me touchait pas, cela ne m'intéressait pas, n'avait plus d'influence sur moi, je peux même affirmer qu'il y avait longtemps que je ne m'étais pas senti aussi léger, paisible, presque rêveur, je le dirai tout net : aussi bien. Après si longtemps, je m'étais enfin libéré pour la première fois des tourments de l'irritabilité : les corps qui se serraient contre le mien ne me gênaient plus, j'étais même plutôt content qu'ils fussent là, avec moi, si proches et si semblables au mien, et pour la première fois, je ressentis envers eux quelque chose d'inhabituel, d'anormal, une sorte de sentiment gauche, maladroit, dirais-je – peut-être de l'affection, je crois. Et je ressentais la même chose de leur part. Il est vrai qu'ils n'essayaient plus de me donner de l'espoir, comme au début. C'est peut-être cela qui – en plus des autres difficultés, évidemment – rendait si silencieux, mais par ailleurs si familiers, au milieu du gémissement général, des sifflements entre les dents, des plaintes sourdes, des autres bruits qu'on entendait parfois, les mots de réconfort, d'apaisement. Mais je peux dire que ceux qui en avaient la capacité n'étaient pas avares de gestes non plus et, par exemple, des mains se passaient avec une diligence compatissante et me faisaient parvenir, peut-être même de très loin, la boîte de conserve en laiton quand je signalais que j'avais envie d'uriner. Et quand enfin sous mon dos – je ne sais pas comment, quand et par les soins de qui – aux planches du train succédèrent soudain les flaques d'eau couvertes d'une pellicule de glace sur une place pavée, je peux dire qu'il y avait longtemps que le fait d'être arrivé sain et sauf à Buchenwald ne voulait plus rien dire pour moi, et j'avais même oublié que c'était en définitive l'endroit où je désirais tant aller. Je n'avais pas la moindre idée du lieu où j'étais : que ce fût à la gare ou plus loin à l'intérieur, je ne reconnaissais pas les environs et je ne voyais ni la route, ni les villas, ni la statue dont pourtant je me souvenais bien.

En tout cas, il me semblait que j'étais resté longtemps couché comme cela, et j'étais bien, tranquille, serein, sans curiosité, patient, là où on m'avait déposé. Je ne ressentais ni froid, ni douleur, et je ne percevais que par ma raison, et non à travers ma peau, que des gouttes mordantes, entre neige et pluie, me mouillaient le visage. Je rêvassais, je regardais un peu ce que j'avais devant les yeux, simplement, sans aucun mouvement superflu ni fatigue : par exemple, là-haut, le ciel bas, gris et opaque, plus précisément les nuages hivernaux de plomb qui glissaient paresseusement et le cachaient à mes yeux. En même temps, il se déchirait par-ci par-là, des fentes imprévues, des trous plus clairs apparaissaient çà et là pour un bref instant, et ce fut comme le mystère soudain d'une profondeur, d'où une sorte de rayon tombait sur moi d'en haut, un regard rapide et scrutateur d'yeux de couleur indéfinissable mais sans aucun doute clairs, ressemblant un peu en quelque sorte à ceux du médecin devant lequel je m'étais présenté autrefois, à Auschwitz. Immédiatement à côté de moi un objet difforme entra dans mon champ de vision : un sabot, de l'autre côté une casquette de diable semblable à la mienne, deux accessoires pointus – le nez et le menton – au milieu, une dépression caverneuse – un visage. Et puis encore d'autres têtes, des objets, des corps – je compris que c'étaient les restes du chargement, les déchets, dirais-je pour employer un terme plus précis, qui avaient sans doute été mis là en attendant. Quelque temps après, une heure, un jour ou un an, je ne sais pas, je perçus enfin des voix, des bruits, on travaillait, on s'affairait. La tête qui était à côté de moi s'éleva soudain et, plus bas, aux épaules, je vis des bras en loques de détenu qui s'apprêtaient à hisser le corps sur une sorte de charrette ou de brouette, sur d'autres qui s'y entassaient déjà. Au même moment, me parvinrent aux oreilles des bribes de paroles que je réussis à grand-peine à distinguer, et dans ce murmure rauque, j'eus encore plus de mal à reconnaître une voix naguère pourtant si sonore dans mon souvenir : "Je... pro... teste", balbutiait-elle. Et durant un instant, avant qu'il ne poursuivît son ascension, il s'arrêta en l'air, comme par stupéfaction, me semblait-il, et tout de suite, j'entendis une autre voix, certainement celle de l'homme qui lui tenait les bras. C'était une voix agréable, virile, amicale et, à mon sens, son allemand de *Lager* aux accents quelque peu étrangers trahissait un certain étonnement, une sorte d'ahurissement, plutôt que de la rancœur : *"Was ? Du willst noch leben ?"* demanda-t-elle, et effectivement, à cet instant, moi aussi je trouvai cela étrange, injustifiable et parfaitement immotivé. Alors je décidai qu'en ce qui me concernait je serais plus raisonnable. Mais déjà ils se penchaient vers moi et je fus bien obligé de cligner des yeux, puisqu'une main furetait devant eux, puis je fus jeté au milieu du chargement d'une charrette plus petite, ensuite on me poussa quelque part, je n'étais pas vraiment curieux de savoir où. Une seule chose me préoccupait, une pensée, une question qui ne m'était venue à l'esprit qu'à cet instant-là. Il est possible que ce fût de ma faute si je ne le savais pas, mais je n'avais jamais été assez prévoyant pour me renseigner sur les habitudes, le règlement, les méthodes de Buchenwald, bref, sur la façon dont ils le faisaient ici : au gaz, comme à Auschwitz, ou peut-être à l'aide d'un produit pharmaceutique, ce dont j'avais également entendu parler là-bas, éventuellement avec une balle, mais peut-être autrement, par l'un des mille autres moyens pour lequel mes connaissances étaient insuffisantes – je ne le savais tout simplement pas. En tout cas, j'espérais que ce ne serait pas douloureux et c'est peut-être bizarre, mais cet espoir me remplissait, tout aussi réel que ces espoirs véritables, pour ainsi dire, qu'on fonde sur l'avenir. Et alors seulement, j'ai compris que l'amour-propre est un sentiment qui, manifestement, nous accompagne jusqu'aux derniers instants car, bien que j'aie été taraudé par cette incertitude, je n'ai adressé ni question, ni prière, pas un seul mot, je n'ai pas jeté le moindre regard en arrière ou sur ceux qui poussaient. C'est alors que la route arriva à un virage élevé, et soudain, un vaste panorama s'offrit à mes yeux, en bas. Il y avait là le paysage touffu qui tapissait tout un coteau, les maisons de pierre identiques, les jolies baraques vertes et d'autres, nouvelles sans doute, formant un groupe séparé, peut-être plus sévères et pas encore peintes, le réseau sinueux mais visiblement ordonné des barbelés intérieurs qui séparaient les différentes zones et, un peu plus loin, noyée dans la brume, la masse des arbres pour l'instant sans feuilles. Je ne sais pas ce qu'attendaient là-bas, près d'un bâtiment, tous ces musulmans nus, il y avait des dignitaires qui marchaient de long en large et, si je voyais bien, mais oui, je les reconnus immédiatement à leurs tabourets et à leurs gestes rapides : des coiffeurs – ainsi donc, ils attendaient à l'évidence la douche et l'admission au camp. Mais plus à l'intérieur, les lointaines rues pavées du camp étaient pleines d'animation, on s'empressait, on s'activait mollement, on passait le temps – autochtones, souffreteux, dignitaires, magasiniers, heureux élus des commandos intérieurs allaient et venaient, accomplissaient leurs tâches quotidiennes. Çà et là, des fumées suspectes se mêlaient aux vapeurs amicales, un cliquetis familier monta doucement vers moi, comme le son des cloches dans les rêves et mon regard fureteur tomba sur le cortège des porteurs avec les barres sur les épaules, ils croulaient sous le poids des chaudrons fumants suspendus à ces barres et, à son odeur aigre, je reconnus de loin, pas de doute, la soupe de rave. C'était dommage, parce que ce spectacle, ce fumet firent naître dans ma poitrine pourtant déjà raidie un sentiment dont les vagues croissantes parvinrent à presser quelques gouttes plus chaudes de mes yeux déjà desséchés dans l'humidité froide qui baignait mon visage. Et malgré la réflexion, la raison, le discernement, le bon sens, je ne pouvais pas méconnaître la voix d'une espèce de désir sourd, qui s'était faufilée en moi, comme honteuse d'être si insensée, et pourtant de plus en plus obstinée : je voudrais vivre encore un peu dans ce beau camp de concentration.

VIII

Je dois le reconnaître : il y a des choses que je ne saurais expliquer, pas précisément ou même pas du tout, si je me place du point de vue de mon attente, du principe, de la raison – en somme, de la vie, de l'ordre des choses, du moins pour autant que je le connaisse. Ainsi, lorsqu'on me descendit de la charrette pour me poser par terre, je n'arrivais pas à comprendre ce que je pouvais encore avoir à faire avec une tondeuse à cheveux et un rasoir, par exemple. Cet endroit plein à craquer – et, à première vue, ressemblant à s'y méprendre à des douches, où on me déposa sur un caillebotis glissant au milieu d'une multitude de mollets couverts de furoncles, de tibias, de pieds, de talons qui m'écrasaient et me piétinaient – correspondait déjà, en gros, plus ou moins à mon attente. Incidemment, il me vint à l'esprit que, eh bien, d'après cela, les coutumes d'Auschwitz étaient en vigueur ici aussi. Ma surprise fut d'autant plus grande quand, après une brève attente, après des sifflements et des gargouillis, de l'eau se mit soudain à couler abondamment des robinets là-haut, de l'eau chaude. En revanche, je ne fus pas très content, car je me serais volontiers réchauffé encore un peu mais je ne pouvais rien y faire, qu'une force irrésistible me soulève soudain hors de cette forêt grouillante de jambes tandis qu'une espèce de grand drap avec une couverture par-dessus s'enroulait autour de moi. Ensuite, je me rappelle une épaule qui me portait, la tête derrière, les jambes devant ; une porte, les marches raides d'un escalier étroit, encore une porte, puis un endroit, une salle, je pourrais dire une chambrée, où, outre l'espace et la clarté, la somptuosité des meubles presque dignes d'une caserne éblouit mes yeux incrédules, et finalement le lit – un vrai lit normal, visiblement individuel, avec une paillasse bien rembourrée et deux couvertures grises – sur lequel je roulai du haut de cette épaule. Et puis je me souviens de deux hommes – normaux, beaux, avec un visage, des cheveux, en pantalon blanc, chemise de corps, sabots ; je les contemplais, les admirais et, eux, ils me regardaient. Alors seulement je remarquai leur bouche, et pendant un instant un parler chantant résonna à mes oreilles. J'avais l'impression qu'ils souhaitaient que je leur apprenne quelque chose, mais je ne faisais que remuer la tête : je ne comprends pas. Alors, j'entendis l'un d'eux me demander en allemand, avec un accent vraiment bizarre : *"Hast du Durchmarsch ?"* – c'est-à-dire si j'avais la diarrhée, et avec un certain étonnement, je me rendis compte que ma voix – allez savoir pourquoi – avait répondu : *"Nein"*, de nouveau, comme toujours, me semble-t-il, par amour-propre, certainement. Alors – après une brève délibération, sitôt partis sitôt revenus – ils me mirent deux objets dans les mains. L'un était un gobelet avec du café tiède, l'autre, du pain, environ un sixième, selon mon estimation. Je pouvais le prendre, le manger sans le payer d'aucune façon, sans aucune contrepartie. Ensuite, mes entrailles, qui donnèrent soudain signe de vie, commencèrent à s'agiter, à désobéir, mobilisèrent pour un instant toute mon attention et surtout mes forces, pour ne pas démentir ce que j'avais dit auparavant. Puis, quand j'eus repris mes esprits, l'un des hommes était de nouveau là, mais en bottes, avec une belle casquette bleu foncé et une veste de détenu à triangle rouge.

De nouveau l'épaule, l'escalier et puis directement dehors, à l'air libre. Nous entrâmes bientôt dans une vaste baraque de bois grise, une sorte de dispensaire, de *Revier*, si je ne m'abusais. Il n'y avait pas à dire, là, je trouvais que tout correspondait plus ou moins à mon attente, que tout, en fin de compte, était parfaitement en ordre, pour ne pas dire familier – sauf que je ne comprenais plus le traitement qu'on m'avait réservé auparavant, le café et le pain. Tout le long du chemin, jusqu'au bout de la baraque, je retrouvais les box à trois niveaux que je connaissais bien. Chacun était plein à craquer et un œil un tant soit peu exercé, et je peux dire que c'était mon cas, pouvait estimer sans peine que ces enchevêtrements inextricables de ce qui fut des visages, de peaux galeuses et ulcéreuses, d'os, de guenilles, de membres anguleux, que tous ces éléments représentaient, par box, au moins cinq corps, et dans l'un ou l'autre, six. En plus, je cherchai en vain sur les planches nues la paille à laquelle, même à Zeitz, on avait droit pour dormir – mais finalement, pour le temps que je pouvais m'attendre à vivre ici, ce n'était pas un détail très important, en effet, j'en convenais. Et alors arriva – tandis que nous nous étions arrêtés et que parvenaient à mes oreilles une conversation, une sorte de négociation entre celui qui me portait et, à l'évidence, quelqu'un d'autre – la seconde surprise. Dans un premier temps, je ne savais pas si j'avais bien vu – mais il n'y avait pas d'erreur possible, puisqu'à cet endroit la baraque était très bien éclairée, à l'aide de puissants projecteurs. A gauche, je voyais là aussi les deux rangées normales de box, mais les planches étaient recouvertes d'un édredon rouge, rose, bleu, vert ou mauve, au-dessus, il y avait encore un édredon identique et, entre les deux, serrés les uns contre les autres, des enfants à la tête rasée, grands et petits mais qui, dans l'ensemble, devaient avoir mon âge, risquaient parfois un œil. Et à peine avais-je remarqué tout cela qu'on me déposait par terre, quelqu'un me soutenait pour que je ne m'écroule pas, on m'enlevait la couverture, on pansait mon genou et ma hanche en toute hâte avec du papier, puis on m'enfilait une chemise : et déjà on me glissait entre deux édredons, un dessus, un dessous, et entre deux garçons qui se serraient pour me faire de la place, sur une couchette du milieu.

Ensuite, ils me laissèrent là, toujours sans la moindre explication et je ne pus de nouveau m'en remettre qu'à mon propre jugement. En tout cas, je devais bien l'admettre, j'étais là, et ce fait, indéniablement, se renouvelait à chaque instant, encore et toujours, il se prolongeait et durait. Plus tard, je me suis fait une idée plus claire de quelques choses bonnes à savoir. Ici, par exemple, c'était vraisemblablement plutôt l'avant que l'arrière d'une baraque, comme l'indiquait une porte qui donnait sur l'extérieur, en face de moi, ainsi que les dimensions de l'espace éclairé devant moi – espace de travail et de manœuvres de dignitaires, de secrétaires, de médecins avec, en son point le plus visible, une sorte de table recouverte d'un drap. Ceux qui logeaient dans les box en bois du fond avaient en général la dysenterie ou le typhus, ou s'ils ne les avaient pas encore, tout au moins les auraient-ils très certainement. Le premier symptôme – comme l'indique aussi l'odeur irrépressible – c'est le *Durchfall*, autrement dit *Durchmarsch*, à propos de quoi m'avaient interrogé les hommes du commando des douches selon lesquels ma place – j'en convenais – aurait été là-bas, en fait, si d'aventure j'avais avoué la vérité. Je trouvais les rations journalières et la cuisine tout à fait comparables à celles de Zeitz : un café le matin, puis la soupe arrive bientôt, la ration de pain est d'un demi ou d'un quart, et si c'est un quart, alors c'est le plus souvent avec de la *Zulage*. A cause de l'éclairage constant sur lequel la clarté ou l'obscurité des fenêtres n'avait aucun effet, je pouvais situer les moments de la journée avec difficulté, seulement sur la base de certains signes infaillibles : le café signalait matin, et le médecin qui nous souhaitait bonne nuit, l'heure de dormir. Dès le premier soir, je liai connaissance avec lui. Mon attention fut attirée par un homme qui s'était arrêté juste devant notre box. Il ne devait pas être bien grand, puisque sa tête se trouvait à peu près au niveau de la mienne. Son visage était non seulement plein, mais carrément grassouillet, çà et là même trop mou à cause d'un surplus de graisse, et il avait non seulement une moustache en croc déjà presque entièrement grise mais aussi, à mon grand étonnement, car je n'en avais encore jamais vu dans un camp de concentration, une barbe blanche, très soignée, petite, joliment taillée en pointe. Il portait en outre une grande casquette très digne, un pantalon de toile sombre mais – quoique taillé dans un bon tissu – une veste de détenu, avec un brassard, un insigne rouge et dessus, la lettre F. Il m'examina, comme cela se fait d'habitude avec les nouveaux venus, et me dit quelque chose. Je lui répondis la seule phrase que je connaissais en français : *"Je ne comprends pas, monsieur."* *"Oui, oui"*, dit-il alors d'une voix pleine, amicale et quelque peu rauque, *"bon, bon, mon fils"*, et il plaça devant mon nez, sur la couverture, un morceau de sucre, un vrai, comme il y en avait, je m'en souvenais, à la maison. Ensuite, il fit le tour des autres garçons, dans les deux box, aux trois niveaux, et il leur donna à chacun un morceau de sucre qu'il sortait de sa poche. Il se contentait de le poser à certains, passait beaucoup de temps avec d'autres, et d'aucuns pouvaient même parler avec lui, et ceux-là, il leur tapotait la joue, il les chatouillait dans le cou, il bavardait, semblait gazouiller avec eux, comme lorsqu'on pépie un peu avec ses canaris préférés, parfois, pendant le temps qu'on leur consacre. Je remarquai aussi que certains de ses préférés, principalement ceux qui comprenaient sa langue, recevaient un deuxième morceau de sucre. Alors seulement je compris ce qu'on m'avait toujours enseigné chez nous, à savoir que l'instruction est une chose bien utile, et particulièrement la connaissance des langues étrangères.

Tout cela, dis-je, je le concevais, j'en prenais conscience mais seulement avec l'impression, je dirais presque à condition d'attendre toujours, même si je ne savais pas précisément quoi, mais disons le changement, l'éclaircissement du mystère, le réveil, pour ainsi dire. Le lendemain, par exemple, quand son travail auprès des autres lui laissa un instant, le médecin me désigna du doigt. Je fus alors tiré du lit et déposé sur la table devant lui. Quelques sons amicaux sortirent de sa bouche, il m'examina, me fit des percussions, me colla son oreille froide et l'extrémité pointue de sa moustache sur la poitrine et le dos et me fit signe de respirer fort, de tousser. Ensuite, il m'étendit sur le dos, ordonna à une sorte d'aide-soignant d'enlever mon pansement de papier et s'occupa de mes plaies. Il les regarda d'abord de loin, puis en tapota doucement le pourtour, ce qui fit immédiatement sortir un peu de leur contenu. Il fit "hum hum" et hocha la tête d'un air soucieux, comme si cela l'avait quelque peu découragé, me semblait-il. Il les repansa vite comme pour ne plus les voir et je sentais bien qu'elles ne lui plaisaient assurément pas, qu'il ne pouvait en aucune manière être content, satisfait.

Mais force m'était de constater que les résultats de mon examen étaient mauvais dans d'autres domaines également. Par exemple, il n'y avait pas moyen de m'entendre avec les garçons couchés à côté de moi. Eux, en revanche, discutaient sans problème par-dessus moi, par-dessus ou devant ma tête, comme si elle n'était qu'un obstacle sur leur route. Ils m'avaient demandé auparavant ma nationalité. Je leur répondis : *"Ungar"* et j'entendis le bruit se répandre en long et en large : *vengerski*, *vengria*, *madiarski*, *matiar*, *hongrois* – et de beaucoup d'autres façons encore. L'un d'eux dit même "kégnir", c'est-à-dire *kenyér*, le pain, et son rire qui provoqua immédiatement l'hilarité générale ne me laissa aucun doute quant au fait qu'il connaissait déjà mes semblables, et ce de manière très approfondie. C'était désagréable et j'aurais aimé leur faire comprendre que c'était une erreur, puisque les Hongrois ne me considéraient pas comme l'un des leurs, que, dans l'ensemble, je ne pouvais que partager leur opinion à propos de ces derniers, et que je trouvais vraiment étrange, pour ne pas dire injuste, d'être mal vu justement à cause d'eux – mais je pris conscience d'un obstacle tout bête, à savoir que je ne pouvais leur expliquer cela qu'en hongrois, tout au plus peut-être en allemand, ce qui, trouvais-je moi aussi, eût été pire encore.

Il y eut ensuite une deuxième erreur, une faute supplémentaire que – durant des jours entiers – je ne pus cacher en aucune manière. Je sus bientôt qu'occasionnellement, si le besoin s'en faisait sentir, on pouvait appeler un garçon à peine plus âgé que nous, qui semblait être une sorte d'aide-soignant. Il arrivait alors avec un récipient plat muni d'un manche qu'on glissait sous l'édredon. Ensuite, il fallait l'appeler de nouveau : *"Bitte ! Fertig ! Bitte !"* – jusqu'à ce qu'il revînt. Tout le monde pouvait avoir un tel besoin une ou deux fois par jour, lui-même ne pouvait le contester. Sauf que, moi, j'étais obligé de le déranger trois fois par jour, quand ce n'était pas quatre, et cela, je le voyais, le contrariait – ce qui était d'ailleurs fort compréhensible, je ne pouvais pas le nier, il n'y avait pas à dire. Une fois, il apporta le pot au médecin, lui expliqua quelque chose, argumenta, lui montra le contenu, et le docteur resta un peu pensif à la vue de la pièce à conviction ; en même temps, le mouvement de sa tête et de sa main signifiait une fin de non-recevoir. Et le soir, j'eus droit à mon sucre : ainsi tout allait bien – je pouvais continuer à me nicher fermement dans la sécurité des édredons et de la chaleur des corps qui me semblait, pour ce jour-là du moins, inébranlable.

Le lendemain, entre l'heure du café et celle de la soupe, entra un homme du monde extérieur, un des rares dignitaires, je le remarquai tout de suite. Il portait un grand béret d'artiste en feutre noir, une blouse d'un blanc immaculé, un pantalon au pli impeccable, des chaussures soigneusement cirées, et ce n'est pas son visage trop viril, comme taillé au burin, qui m'effraya un peu, mais son teint singulier, rouge violacé, on eût dit celui d'un écorché qui laissait apparaître la chair à vif. A part cela, il était grand, corpulent, ses cheveux noirs grisonnaient çà et là sur ses tempes et, comme il avait les bras croisés dans le dos, je ne pouvais pas, de ma place, déchiffrer son brassard, mais surtout, son triangle rouge dépourvu d'insigne indiquait le fait sinistre qu'il était de pur sang allemand. En outre, c'était la première fois de ma vie que j'avais l'occasion de contempler quelqu'un dont le numéro matricule n'était pas à cinq chiffres, ni à quatre, ni même à trois, mais seulement à deux chiffres. Notre médecin courut immédiatement le saluer, lui serrer la main, lui tapoter le bras, en un mot, gagner ses faveurs, comme à un hôte très attendu qui honore enfin la maison de sa visite – et à mon grand étonnement, je remarquai soudain que, pas de doute, selon toute vraisemblance, il devait lui parler de moi. Il me désigna même d'un geste circulaire de la main, il parlait vite en allemand à présent et une expression frappa clairement mon oreille : *"Zu dir."* Puis il poursuivit de la même manière, il le persuadait, le convainquait en faisant sans cesse des gestes explicatifs, comme lorsqu'on propose, qu'on vante une marchandise et dont on veut se débarrasser au plus tôt. Et celui-ci, après avoir écouté sans dire un mot, mais en quelque sorte comme un partenaire en position de force, un client difficile, dirais-je, en repartant, avait l'air presque convaincu – c'est du moins ce que je sentis au regard bref et perçant, semblant presque m'accaparer, de ses petits yeux sombres, au hochement sec de sa tête, à sa poignée de main, à toute son attitude – et puis aussi à l'expression ravie et satisfaite de notre docteur.

Je n'eus pas très longtemps à attendre et déjà la porte s'ouvrait à nouveau et, au premier coup d'œil, je jaugeais l'homme qui venait d'entrer, sa tenue de détenu, son triangle rouge avec la lettre P qui désignait notoirement les Polonais et sur son brassard noir le mot *Pfleger* : il avait la fonction d'infirmier. Pour le coup, c'était un jeune – une vingtaine d'années à peu près, ou à peine plus. Lui aussi avait une belle casquette bleue, quoiqu'un peu plus petite, ses cheveux châtains en dépassaient, lui couvrant les oreilles et le cou. Tous les traits de son visage un peu allongé, mais plein et arrondi, étaient des plus réguliers, des plus agréables, le rose de sa peau, l'expression de sa bouche un peu trop grande et molle étaient des plus sympathiques : en un mot, il était beau, et je l'aurais volontiers contemplé plus longtemps – mais déjà il cherche le médecin, déjà ce dernier me désigne, et déjà il me sort du lit et m'enveloppe dans la couverture qu'il avait sur le bras et, comme c'est visiblement l'usage ici, il me hisse sur son épaule. Cela n'alla pas sans peine, vu que je m'agrippais de mes deux mains à la barre transversale qui séparait les box et qui se trouvait justement à portée – au hasard, instinctivement, pour ainsi dire. J'avais même un peu honte de mon comportement : je me rendis alors compte à quel point notre raison peut être égarée, visiblement, à quel point ne serait-ce que quelques jours de vie peuvent rendre les choses plus difficiles. Mais il était plus fort que moi et je me cramponnais en vain, je me mis alors à frapper des deux poings sa taille, la région des reins, mais comme je le sentais au secouement de ses épaules, cela le faisait seulement rire ; alors je cessai et le laissai m'emporter où bon lui semblait.

Il y a des endroits bizarres à Buchenwald. Derrière un grillage, tu arrives à l'une de ces jolies baraques vertes que jusqu'à présent – si tu es un habitant du Petit Camp – tu n'as généralement pu admirer que de loin. Maintenant, tu peux voir qu'à l'intérieur, du moins dans celle-ci, il y a un couloir qui resplendit d'une propreté suspecte. Dans ce couloir, il y a des portes, de vraies bonnes portes blanches, et derrière l'une d'entre elles se trouve une chambrée chauffée et claire où t'accueille, déjà prêt, comme n'attendant que ton arrivée, un lit vide. Sur le lit, il y a un édredon rouge. Ton corps s'enfonce dans une paillasse bien garnie. Au milieu, cette chose blanche et fraîche, oui, tu peux t'en assurer, tu ne te trompes pas, c'est un drap, effectivement. Sous ta nuque, tu ressens une pression inhabituelle, pas vraiment désagréable : c'est à cause d'un oreiller bourré de paille et recouvert d'une taie blanche. Le *Pfleger* plie en quatre la couverture dans laquelle il t'a apporté et la pose à tes pieds : ainsi donc, elle est à ta disposition, à l'évidence pour le cas où tu ne serais éventuellement pas satisfait par la température de la pièce. Ensuite, il s'assied sur le rebord du lit avec une espèce de feuille de carton et un crayon à la main, il te demande ton nom. Je lui dis : *"Vier-und-sechzig, neun, ein-und-zwanzig."* Il l'inscrit, mais continue à insister, et cela dure un certain temps avant que tu ne comprennes que le nom, le *"Name"*, l'intéresse aussi, et de nouveau cela dure un peu – comme ce fut, par exemple, mon cas – jusqu'à ce que tu tombes dessus en fouillant dans tes souvenirs. Il me le fit répéter trois ou quatre fois, et sembla finalement le comprendre. Ensuite, il me montra ce qu'il avait écrit et, en haut d'une sorte de feuille de température quadrillée, je lus : "Kewischtjerd." Il me demanda : *"Dobro ies"*, si c'était *"gut"*, et quand je lui eus dit : *"Gut"*, il posa le carton sur une table et s'en alla.

Alors – puisque visiblement tu as du temps –, tu peux regarder autour de toi, observer, prendre des repères. Tu peux constater par exemple, si cela ne t'est pas apparu jusque-là, que tu n'es pas seul dans cette pièce. Il suffit de les regarder pour le deviner sans peine : ce doivent tous être des malades. Tu comprends que cette couleur, cette sensation qui te caresse les yeux, ce fameux rouge sombre omniprésent est en fait la couleur du plancher brillant comme de la laque et que, sur chacun des lits, les édredons ont été assortis à cette teinte. Il y en a à peu près une douzaine. Tous individuels, les seuls qui soient à étage sont le mien, dont j'occupe le bas, contre une cloison de planches badigeonnées de blanc, celui qui est devant ainsi que les deux qui longent le mur opposé. Tu seras ébahi par toute cette place inemployée, le grand espace commode d'un bon mètre entre les lits, et tu seras ahuri par le luxe d'un lit libre que tu verras par endroits. Tu découvriras la jolie fenêtre formée de nombreuses petites vitres carrées qui laissent entrer la lumière et, sur ton oreiller brun clair, un insigne te sautera aux yeux, un aigle au bec crochu, et tu y déchiffreras sans doute bientôt les lettres *Waffen SS*. En revanche, tu scruterais en vain les visages à la recherche d'un signe, d'une sorte de manifestation, pour y voir se refléter l'événement de ton arrivée – qui est en quelque sorte une nouveauté, dans un certain sens –, de l'intérêt, une déception, de la joie, de l'agacement, n'importe quoi, même rien qu'une curiosité fugace, et plus le silence s'allonge, plus il est désagréable, pesant, d'une certaine manière mystérieux, dirais-je, et ce sera sans aucun doute l'impression la plus étrange que tu ressentiras, des fois que tu arriverais ici. Dans l'espace libre en forme de carré délimité par les lits, tu distingueras encore une petite table recouverte d'une nappe blanche, une autre, plus grande, près du mur opposé, avec quelques chaises autour, près de la porte, un grand poêle de fonte décoré en train de ronfler avec, sur le côté, un coffre à charbon aux reflets noirs.

Et alors, tu commenceras à te creuser la tête : comment comprendre tout cela, en fait, cette chambrée, cette plaisanterie avec l'édredon, les lits, le silence. Diverses choses te passeront par la tête, tu essaieras de te souvenir, de faire des déductions, de juger, de trier selon tes connaissances. Il est possible – t'inquiéteras-tu comme moi – que ce soit peut-être un de ces endroits dont nous avons entendu parler à Auschwitz, où l'on nourrit les malades de lait et de miel, puis, par exemple, on leur tire petit à petit les boyaux, pour savoir, pour les besoins de la science. Mais bien sûr, tu dois en convenir, ce n'est jamais qu'une hypothèse, une possibilité parmi tant d'autres ; et puis, je n'ai pas encore vu la moindre goutte de lait, sans parler du miel. Et d'ailleurs, pensais-je, là-dehors, il y a longtemps que c'est l'heure de la soupe, alors qu'ici je n'en ai pas perçu le moindre signe, bruit ou odeur. Alors j'eus une idée, une idée peut-être douteuse, mais qui pourrait juger ce qui est possible et crédible, qui pourrait, même en mobilisant toutes ses connaissances, épuiser, aller jusqu'au bout de toute cette innombrable multitude d'idées, d'inventions, de jeux, de plaisanteries et de réflexions sérieuses qu'on peut exécuter, faire passer avec l'aisance d'un jeu du monde de l'imagination à celui de la réalité, bref, réaliser dans un camp de concentration ? Et maintenant, m'étonnais-je, on serait amené, par exemple, dans une chambrée pareille à celle-ci. On serait couché, disons, dans un lit exactement pareil, avec un édredon rouge. On serait soigné, bien traité, on aurait tout ce qu'on voudrait, sauf à manger, disons. Si on en a envie, on peut éventuellement observer comment les autres meurent de faim – en définitive, cela aussi doit avoir certainement son utilité, si ce n'est un intérêt d'ordre supérieur, j'en convenais. J'avais beau la tourner dans tous les sens, cette idée me semblait de plus en plus viable, utilisable : dans ce cas, trouvais-je, quelqu'un de plus intelligent que moi devait sans doute déjà l'avoir eue. Je portai mon attention sur mon voisin, le malade alité à ma gauche, à environ un mètre de distance. Il était un peu vieux, un peu chauve, son visage avait gardé quelques traits d'un ancien visage, et aussi un peu de sa chair. En même temps, je remarquai que son oreille commençait à ressembler un peu à des sortes de fleurs artificielles en cire, et je connaissais déjà bien la couleur jaune qu'avaient le bout de son nez et la région de ses yeux. Il était couché sur le dos, son édredon se soulevait faiblement : il avait l'air de dormir. A tout hasard, en guise d'expérience, quoi, je lui chuchotai : On comprend le hongrois ? Non, non seulement il semblait ne pas comprendre, mais encore ne pas entendre. Je me retournai et m'apprêtai déjà à reprendre le fil de mes pensées quand j'entendis soudain, dans un murmure néanmoins bien compréhensible, ce mot : "Oui..." C'était lui, indubitablement, bien qu'il n'eût ni ouvert les yeux ni changé de position. Et moi, je ne sais pas pourquoi, je me réjouis si bêtement que j'en oubliai pendant quelques instants ce que je voulais lui dire. Je lui demandai : "D'où venez-vous ?" et il répondit, de nouveau après une pause qui me sembla interminable : "Budapest..." "Quand ?" lui demandai-je et, après avoir patienté un peu, j'entendis : "Novembre." Puis je finis par lui demander : "Est-ce qu'on nous donne à manger ici ?" et à nouveau, après que se fut écoulé le temps dont, pour certaines raisons, il semblait visiblement avoir besoin chaque fois, il répondit : "Non..." Je lui demandai...

Mais juste à cet instant revint le *Pfleger* qui se dirigea de surcroît directement vers lui. Il souleva son édredon, l'enveloppa dans sa couverture et je ne pus que m'étonner de voir avec quelle facilité il jeta sur son épaule et emporta vers la sortie ce corps qui – je le vis seulement à ce moment-là – devait être encore assez lourd, et alors un morceau du pansement de papier qu'il avait sur le ventre se détacha et se balança comme pour me dire adieu. On entendit au même instant un bruit sec, puis un grésillement électrique. Ensuite, une voix annonça : *"Friseure zum Bad, Friseure zum Bad"* c'est-à-dire "Les coiffeurs aux douches, les coiffeurs aux douches". C'était une voix un peu grasseyante, du reste très agréable, caressante, je dirais douce et chantante – de ce genre dont on sent presque le regard et qui, dans un premier temps, faillit me faire sortir du lit. Mais je vis que cet événement suscita chez les malades autant d'émotion que mon arrivée et je me dis que, dans ce cas, cela devait visiblement faire partie des choses habituelles. Je découvris aussi, à droite au-dessus de la porte, une boîte brune, une sorte de haut-parleur, et je pensai que ce dispositif devait servir aux soldats à diffuser leurs ordres. Peu de temps après, le *Pfleger* revint, allant de nouveau vers le lit à côté du mien. Il replia l'édredon et le drap, introduisit sa main dans la paillasse par une fente et, à le voir arranger la paille puis replacer le drap et enfin l'édredon, je compris que j'avais très peu de chances de revoir l'homme qui avait été là auparavant. Mon imagination ne cessait de se demander à ce propos, je ne pouvais m'en empêcher, si des fois ce n'était pas par punition, pour avoir révélé le secret, ce qui avait pu être entendu, intercepté – pourquoi pas finalement – avec des appareils semblables à celui-là, en face, ou avec qui sait quoi d'autre, d'ailleurs. Mais mon attention fut de nouveau attirée par une voix – cette fois, c'était celle d'un malade, du côté de la fenêtre, sur le troisième lit en partant du mien. Il était très maigre, jeune, pâle, et il avait non seulement des cheveux mais ils étaient épais, blonds, ondulés. Dans une espèce de gémissement, il répéta deux ou trois fois le même mot, faisant traîner et allongeant les voyelles, un nom que je finis par distinguer : "Pietka !... Pietka !..." Sur quoi, le *Pfleger* lui dit, également d'une voix traînante et, me semblait-il, assez cordiale : *"Tso ?"* Alors, il en dit plus et Pietka – parce que j'avais compris : c'était le nom du *Pfleger* – alla vers son lit. Il chuchota longuement, un peu comme quand on essaie de convaincre quelqu'un et qu'on l'exhorte à un peu de patience, à encore un petit peu de persévérance. Pendant ce temps, il lui passa la main derrière le dos pour le soulever un peu, ajusta son oreiller, arrangea son édredon et tout cela, amicalement, volontiers, affectueusement – bref, d'une manière qui embrouillait, démentait presque toutes mes découvertes. Cette expression sur ce visage qui se renversa de nouveau en arrière me semblait être celle de l'apaisement, d'un certain soulagement, et ces mots mourants, pareils à des soupirs et néanmoins bien audibles : *"Djinkouïé... djinkouïé bardzo..."* me semblaient être des paroles de remerciement, si je ne m'abusais. Et finalement, mes sages considérations furent définitivement interrompues par cette rumeur qui s'approchait, puis ce bruit, et enfin ce cliquetis caractéristique qui venait du couloir et qui fit basculer toute ma réalité, me remplit d'une attente de plus en plus incoercible et me fit bientôt oublier toute différence entre moi-même et cette tension. Dehors, vacarme, va-et-vient, claquements des semelles de bois, puis le cri impatient d'une grosse voix : *"Saal sechs ! Essenholen !"*, c'est-à-dire : "Salle six ! A la soupe !" Le *Pfleger* sortit puis, avec l'aide d'une personne dont je ne voyais que le bras à travers la porte entrouverte, il traîna à l'intérieur un lourd chaudron et l'odeur de la soupe envahit aussitôt la chambrée – même si c'était encore visiblement celle du *Dörrgemüse*, de l'habituelle soupe d'orties : ainsi, là aussi, je m'étais trompé.

Ensuite je fis davantage d'observations, après des heures et des journées, je compris peu à peu beaucoup de choses. Quoi qu'il en fût, au bout d'un certain temps, même si c'était petit à petit, avec des réserves, avec prudence, je dus reconnaître, admettre la réalité des faits, à savoir que, selon toute vraisemblance, cela aussi était possible, croyable, mais simplement plus inhabituel et aussi plus agréable, bien sûr, mais au fond en aucune manière plus bizarre, à bien y réfléchir, que – dans un camp de concentration, en définitive – toute autre bizarrerie possible et croyable, dans un sens ou dans l'autre, naturellement. Néanmoins, c'était justement ce qui me gênait, m'inquiétait et sapait d'une certaine manière mes certitudes : finalement, d'un point de vue rationnel, je ne voyais aucune raison, j'étais incapable de trouver le moindre motif raisonnable, connu et acceptable pour mon esprit, à ma présence en ce lieu plutôt qu'ailleurs. Petit à petit, je découvris qu'ici tous les malades avaient des pansements, pas comme dans la baraque précédente, et je risquai l'hypothèse que là-bas c'était le service de médecine, alors qu'ici – qui sait – c'était peut-être le service de chirurgie ; pourtant, je ne pouvais évidemment pas considérer que cela fournissait une raison suffisante, une explication convenable à ce travail, cette prise en charge, à l'enchaînement synchronisé des mains, des épaules et des soins qui, en y réfléchissant bien, m'avaient fait passer de la charrette à cette chambrée, à ce lit. J'essayai aussi d'évaluer les malades, de m'en faire une idée, un peu. Dans l'ensemble, remarquai-je, ce devaient être de vieux détenus, des autochtones. Aucun d'entre eux ne m'avait l'air d'être un dignitaire, même si par ailleurs je ne pouvais pas non plus les comparer aux détenus de Zeitz, par exemple. Je remarquai aussi avec le temps que les visiteurs qui passaient parfois les voir un court instant, le soir, pour échanger un ou deux mots portaient tous sur la poitrine des triangles rouges mais, par exemple – et cela ne me manquait nullement, d'ailleurs –, je ne voyais aucun triangle vert ou noir, et pas non plus – et là, cela manquait déjà à mes yeux – de jaune. Bref, ils différaient de moi non seulement par la race, la langue et l'âge, mais encore d'une autre manière, ils étaient différents de moi ou de toutes les personnes que j'avais pu comprendre facilement jusqu'alors, et cela me gênait un peu. Mais d'autre part, je le sentais bien, c'était justement là que se trouvait, que résidait peut-être le secret. Prenons Pietka : chaque soir, on s'endormait sur son *"Dobra nots"*, et chaque matin, nous nous réveillions sur son *"Dobré rano"*. L'ordre toujours impeccable de la chambrée, le lavage du plancher avec une serpillière humide fixée à un manche, l'approvisionnement quotidien en charbon et le chauffage, la distribution des rations, le nettoyage des gamelles et des couverts, le transport, en cas de besoin, des malades et qui sait quoi d'autre encore : tout cela était l'œuvre de ses mains. S'il n'était pas bavard, son sourire, sa serviabilité étaient toujours égaux, bref : c'était comme s'il n'était pas en charge d'une fonction importante, le premier dignitaire de la chambrée, en somme, mais seulement une personne qui était d'abord au service des malades, une sorte d'infirmier, de

Pfleger, comme c'était écrit sur son brassard, effectivement.

Ou bien le médecin – car il s'avéra que l'homme au visage écorché était le médecin, et même le médecin-chef. Sa visite se déroule tous les matins selon le même rituel. A peine la chambrée est-elle prête, à peine avons-nous bu le café et la vaisselle a-t-elle disparu derrière le rideau de couvertures où Pietka la garde, que déjà ses pas familiers résonnent dans le couloir. Une minute plus tard, une main vigoureuse ouvre toute grande la porte et, en lançant ce qui devrait être un *"Guten Morgen"* mais dont on ne comprend qu'un long *"Moo'gn"* guttural, le médecin fait son entrée. Il ne convient pas, allez savoir pourquoi, de lui donner une réponse, et il n'en attend visiblement pas, sauf de la part de Pietka qui l'accueille tête nue en souriant, avec une attitude respectueuse, mais – comme je l'ai remarqué plusieurs fois durant cette longue période – pas avec ce respect bien connu qu'on doit en général à ses supérieurs hiérarchiques, mais plutôt tout simplement comme s'il le respectait selon son propre jugement, par sa propre volonté, pour ainsi dire. Ensuite, il prend une à une sur la table blanche les fiches médicales que Pietka lui a mises au préalable à portée de main et les examine d'un air sévère, attentif – comme si c'étaient, disons, de véritables fiches médicales, disons, dans un véritable hôpital où il va de soi que rien n'est plus important que, disons, la santé des malades. Puis, s'adressant à Pietka, il fait à propos de chacun une petite remarque, ou plus précisément il en fait toujours deux. *"Kewisch... Was ? Kewischtjerd !"* lit-il par exemple, et se manifester, répondre, donner un signe quelconque de sa présence serait – nous l'avons vite appris – aussi inconvenant que de répondre à son salut du matin. *"Der kommt heute raus !"* dit-il éventuellement, ce qui – comme je l'ai remarqué avec le temps – signifie que le malade en question, par ses propres moyens s'il en est capable, ou sinon, sur l'épaule de Pietka, doit impérativement se présenter chez lui dans la matinée, parmi ses scalpels, ses ciseaux et ses pansements de papier, dans son cabinet qui se situe à dix ou quinze mètres de marche après la sortie de notre couloir. (Il ne me demanda d'ailleurs pas mon autorisation, comme le médecin de Zeitz, et mes cris ne semblaient pas le gêner le moins du monde pendant qu'avec des ciseaux bizarres il pratiquait de nouvelles incisions sur ma hanche – mais comme ensuite il pressa mes plaies, les tapissa de gaze à l'intérieur puis, pour finir, les enduisit, très parcimonieusement certes, d'une espèce de pommade, je dus reconnaître son indiscutable compétence professionnelle.) L'autre remarque qu'il peut faire est : *"Der geht heute nach Hause !"* – ce qui signifie qu'il considère que le patient est guéri et qu'il peut donc retourner *"nach Hause"*, c'est-à-dire "à la maison", c'est-à-dire dans son bloc à l'intérieur du camp, à son travail, dans son commando, naturellement. Le lendemain, tout se déroule de la même façon, selon la réplique exacte de ce cérémonial, de ces règles auxquelles Pietka, nous tous, les malades, et pratiquement aussi les meubles et les objets, prenons part avec une égale gravité, tous jouent leurs rôles, prêtent la main à la répétition de ce rite immuable, jour après jour, pour le renforcer, le pratiquer, le justifier – bref : comme s'il n'y avait rien de plus naturel, rien de plus indubitable que le fait que le médecin, en tant que tel, a pour objectif de nous soigner, et que nous, en tant que malades, notre souci évident, notre seul but, ce que nous attendons avec impatience, c'est de guérir au plus tôt puis, après une brève convalescence, de rentrer à la maison, naturellement.

Par la suite, j'appris quelque chose à son propos. Il peut arriver, en effet, qu'il y ait beaucoup de monde dans la salle de soins, nous ne sommes pas les seuls. Alors, Pietka me descend de son épaule et m'installe sur un banc, sur le côté, et je dois attendre que le docteur, en me pressant par exemple d'un *"Komm, komm, komm, komm !"* jovial, d'un geste par ailleurs amical mais quand même pas vraiment agréable, me saisisse par l'oreille, me traîne et me dépose d'un seul élan sur la table d'opération. D'autres fois, je peux tomber dans une véritable bousculade, on amène et on ramène des patients, des malades arrivent à pied, d'autres médecins et infirmiers travaillent dans la salle, et il peut arriver que, dans ce cas, un autre docteur, de rang inférieur, effectue les soins du jour, mais modestement, sur le côté, loin de la table d'opération qui se trouve au milieu. J'ai fait connaissance, je peux dire que j'ai lié amitié avec l'un d'eux, un homme plutôt petit aux cheveux gris, avec un nez aquilin, qui portait lui aussi un triangle rouge sans lettre et un numéro qui, s'il n'était pas à deux ou trois chiffres, possédait néanmoins la distinction des milliers. C'est lui qui m'a dit, ce que d'ailleurs Pietka a confirmé par la suite, que notre docteur était depuis douze ans déjà en camp de concentration. *"Zwölf Jahre im Lager"*, dit-il tout bas en hochant la tête comme s'il mentionnait quelque exploit rare, pas tout à fait vraisemblable et – selon lui, du moins, observai-je – irréalisable. Alors je lui demandai : *"Und Sie ?" "O, ich*, son visage se défit immédiatement, *seit sechs Jahren bloss"* – six ans en tout, fit-il avec un geste de dédain, comme s'il s'agissait d'un petit rien, d'une bagatelle qui ne méritait même pas qu'on en parle. Mais en réalité, c'est lui qui m'avait questionné, me demandant mon âge, comment je m'étais retrouvé si loin de chez moi, c'est ainsi qu'avait commencé notre échange de vues. *"Hast du irgend was gemacht ?"* – il me demandait si j'avais fait quelque chose, commis quelque méfait, et je lui répondis que certes non, *"Nichts"*, je n'avais strictement rien fait. Alors pourquoi étais-je quand même là ? me demanda-t-il, et je lui dis que c'était pour la même raison que tant d'autres de ma race. Oui mais, insistait-il, pourquoi avais-je été arrêté, *"verhaftet"* alors je lui racontai brièvement, du mieux que je pus, ce fameux matin, l'autobus, la douane, et puis la gendarmerie. *"Ohne dass deine Eltern…"* – c'est-à-dire qu'il voulait savoir si cela avait eu lieu sans que mes parents le sachent, et je lui dis *"ohne"*, évidemment. Il avait l'air complètement abasourdi, comme s'il n'avait jamais rien entendu de pareil, et je me dis : Eh bien, il a trouvé une bonne planque loin du monde pendant six ans, visiblement. Il transmit immédiatement l'information au médecin qui travaillait à côté de lui, qui la fit passer à son tour aux autres médecins, aux infirmiers, aux malades qui avaient meilleure allure. Finalement, je remarquai qu'on me regardait de toutes parts en hochant la tête avec un sentiment particulier sur le visage, ce qui me gênait un peu, parce qu'il me semblait qu'on s'apitoyait sur moi. J'eus soudain l'envie de leur dire : il n'y a aucune raison, après tout, du moins à l'instant présent – mais je préférai plutôt ne rien dire, quelque chose me retenait, d'une certaine façon, je n'avais pas le cœur à le faire, pour m'exprimer ainsi ; parce que j'avais en effet remarqué que ce sentiment leur faisait du bien, qu'il leur procurait une sorte de plaisir, me semblait-il. Et même, bien sûr je pouvais me tromper, néanmoins je ne le pensais pas, mais par la suite – parce qu'il arriva encore une ou deux fois qu'on m'interrogeât, qu'on me posât des questions – j'eus l'impression qu'ils recherchaient à dessein une occasion, un moyen, un prétexte pour éprouver ce sentiment, pour une certaine raison, par besoin, comme pour se prouver quelque chose, leur méthode peut-être, ou peut-être aussi, qui sait, qu'ils étaient encore capables de le ressentir – c'est du moins ainsi que je le voyais. Ensuite, ils eurent des regards tels que je vérifiai avec effroi autour de moi pour m'assurer que des personnes extérieures ne nous observaient pas ; mais mon regard ne rencontra partout que les mêmes fronts graves, les yeux qui se plissaient, les lèvres qui se serraient – comme si quelque chose leur était revenu à l'esprit et avait trouvé justification à leurs yeux, et je me dis que c'était peut-être la raison de leur présence en ce lieu.

Et puis les visiteurs, par exemple : je les observais aussi, j'essayais de deviner, de pénétrer les raisons, le vent qui les amenait. Avant tout, je remarquai qu'ils arrivaient la plupart du temps vers le soir, toujours à la même heure, en général : cela me permit de comprendre qu'ici aussi, à Buchenwald, dans le Grand Camp, il devait y avoir une heure, à l'évidence, comme chez nous, à Zeitz, visiblement entre le retour des commandos et l'appel du soir, assurément. Le plus souvent, c'étaient des hommes avec la lettre P, mais je voyais aussi des J, des R, des T, des F, des N et même des No, et qui sait quoi d'autre encore : en tout cas, je peux dire que j'ai vu beaucoup de choses intéressantes, j'en ai appris de nombreuses nouvelles grâce à eux, et en fait, ce n'est que de cette façon-là que j'ai acquis une connaissance plus précise de la situation, des conditions, de la vie sociale, pour ainsi dire, de cet endroit. A Buchenwald, les vieux détenus sont presque beaux, leur visage est plein, leurs gestes et leur démarche sont alertes, beaucoup d'entre eux ont droit aux cheveux, ils ne portent la tenue rayée que dans la journée, pour le travail, comme je l'avais remarqué également pour Pietka. Mais quand par exemple le soir, après nous avoir distribué le pain (la ration habituelle d'un tiers ou d'un quart, avec la *Zulage* à laquelle nous avions habituellement droit ou sans), il se préparait à sortir, il mettait – en s'efforçant de se cacher à notre vue à nous, les malades, avec cependant sur le visage et dans les gestes un plaisir bien visible –, en plus d'une chemise ou d'un chandail, un costume brun à la mode à rayures claires, dont les seuls défauts étaient un morceau carré découpé dans le dos et rapiécé avec du tissu de détenu, de chaque côté du pantalon une longue traînée de peinture à l'huile indélébile rouge sang, et puis sur la poitrine et sur la jambe gauche, le triangle rouge et le matricule. C'était pour moi plus désagréable, je dirais même éprouvant, quand c'était lui qui recevait, le soir. La raison en est un malheureux hasard de l'installation : allez savoir pourquoi, mais il se trouve que c'est juste au pied de mon lit que se trouve la prise de courant. Et donc, malgré tous mes efforts pour m'occuper, pour admirer la blancheur impeccable du plafond ou l'abat-jour émaillé de la lampe, pour me plonger dans mes pensées, je suis quand même bien obligé, en fin de compte, de remarquer Pietka accroupi avec une gamelle et son réchaud électrique personnel, d'entendre crépiter la margarine bouillante, de sentir l'odeur des oignons en train de frire, puis celle des tranches de pommes de terre qui viennent s'y ajouter, avec encore éventuellement l'odeur envahissante des morceaux de *Wurst* de la *Zulage*. Une autre fois, j'ai perçu un bruit sec caractéristique, puis un crépitement qui s'est soudain amplifié ce qui – comme l'ont remarqué mes yeux aussitôt détournés, mais encore longtemps éblouis par l'ahurissement – s'est avéré être un objet jaune au milieu et blanc autour : un œuf. Le temps de tout cuire, de tout préparer, l'invité arrive. *"Dobré vetcher !"* dit-il avec un hochement de tête amical, parce qu'il est polonais, lui aussi, il s'appelle, à ce que j'entends, Zbichek et parfois, à certains moments, Zbichkou, il s'agit peut-être d'un diminutif, et il remplit également les fonctions de *Pfleger*, quelque part là-bas, comme je l'apprends, dans une autre *Saal*. Lui aussi est endimanché, en bottes, en veste de drap bleu marine courte, pouvant convenir au sport ou à la chasse, mais celle-ci aussi rapiécée dans le dos, naturellement, avec le numéro matricule sur la poitrine et, en dessous, un chandail noir qui lui monte jusqu'au menton. Grand, de forte constitution, la tête rasée par besoin ou peut-être par goût, avec un visage charnu à l'expression sereine, un peu rusée et intelligente, je l'ai trouvé sympathique, même si, pour ma part, je ne voudrais pas volontiers de lui à la place de, disons, Pietka. Ensuite, ils s'asseyent à la table de derrière, qui est plus grande, ils prennent leur dîner, discutent, et il arrive qu'un malade polonais mêle à la conversation un mot, parfois une remarque à voix basse, ou bien ils plaisantent, ils posent le coude sur la table, claquent leurs paumes pour un bras de fer et en général, à la grande joie de toute la chambrée – et la mienne aussi, naturellement –, Pietka réussit à faire plier le bras de Zbichek, qui semble à première vue être le plus fort : bref, j'ai compris qu'ils partageaient les avantages et les inconvénients, les joies et les peines, tous les petits malheurs et visiblement aussi leurs fortunes et leurs rations : en d'autres termes, que ce sont des amis, comme on dit. A part Zbichek, d'autres gars encore passaient chez Pietka, ils échangeaient en toute hâte un mot bref ou un objet, je ne voyais jamais quoi, mais au fond c'était toujours clair, je n'avais pas eu de peine à le comprendre, naturellement. D'autres rendaient visite aux malades, vite, à l'improviste, en catimini, presque en cachette. Ils s'asseyaient un court instant auprès de leur lit, posaient parfois sur la couverture un petit paquet de papier grossier, en s'excusant presque. Ensuite – pourtant, je n'entendais pas leurs chuchotements, et même si c'était le cas, je ne les comprenais pas –, il me semblait qu'ils prenaient des nouvelles : comment va la convalescence, quoi de neuf ; ils donnaient des nouvelles : à l'extérieur, les choses vont comme ci, comme ça ; ils transmettaient : un tel passait son bonjour et demandait comment allait la santé ; ils promettaient : ils passeraient le bonjour, bien sûr, et soudain ils se rappelaient : comme le temps passe, et en donnant une tape sur le bras ou l'épaule : pas grave, ils reviendraient bientôt et déjà ils s'en allaient, se faufilaient, vite, en général visiblement satisfaits – mais, comme je le voyais, sans résultats ou avantages particuliers, sans utilité palpable, et je devais alors supposer qu'ils étaient venus pour cette seule raison, manifestement, pour ces quelques mots en tout et pour tout, pour rien d'autre que pour voir leurs malades. Par ailleurs, et si je ne le savais pas de toute façon, leur hâte même le montrait bien : à l'évidence, ils faisaient une chose interdite, ce qui n'était sans doute possible que grâce à l'indulgence de Pietka, et aussi certainement à condition d'être bref. Je soupçonne même, et j'oserais en m'appuyant sur ma longue expérience affirmer franchement que ce risque en soi, cette obstination, je dirais même cette bravade faisait en quelque sorte partie de l'événement – c'est du moins ce que j'en ai déduit à la vue de ces visages qui ne faisaient que passer et qu'illuminait comme une expression de désobéissance triomphante, comme si – me semblait-il – ils avaient réussi de cette manière à changer quelque chose, à ouvrir une brèche, introduire un minuscule défaut quelque part, dans un ordre établi, dans l'uniformité des jours ordinaires, peut-être dans la nature elle-même, comme du moins je me l'imaginais. Mais les hommes les plus bizarres, je les ai vus auprès d'un malade dont le lit se trouvait contre le mur d'en face, loin de moi. Pietka l'avait apporté ce matin-là sur son épaule et s'était ensuite beaucoup affairé autour de lui. Je voyais que ce devait être un cas grave et j'entendis dire que c'était un Russe. Et le soir, la chambrée fut à moitié remplie par les visiteurs. Je vis beaucoup de R, mais aussi de nombreuses autres lettres, des bonnets de fourrure, d'étranges pantalons ouatés. Certains hommes avaient des cheveux d'un seul côté, jusqu'au sommet du crâne, l'autre côté étant tondu à ras. D'autres, en revanche, avaient des cheveux normaux, sauf qu'au milieu, depuis le front jusqu'à la nuque, s'étirait un long chemin, exactement de la largeur d'une tondeuse. Les vestes avaient les taches habituelles, et deux coups de pinceau rouges en croix, comme lorsqu'en écrivant on raie par exemple quelque chose d'inutile, une lettre, un chiffre ou un signe. Sur d'autres dos, on voyait de loin un cercle rouge avec au milieu un gros point rouge, provocant, attirant, presque comme une cible : c'est là qu'il faut viser, le cas échéant. Ils étaient là, debout, piétinant sur place, discutant à voix basse, l'un d'eux se baissa pour remonter l'oreiller, un autre peut-être – crus-je voir – tâchait d'obtenir un mot, un regard, et soudain je vis reluire dans leurs mains un objet jaune, puis apparut un couteau, grâce à Pietka il y eut bientôt un gobelet, puis un gargouillis métallique – et si je n'en croyais pas mes yeux, mon nez témoignait sans équivoque que l'objet que j'avais vu était sans conteste un citron, réellement. Puis la porte s'ouvrit de nouveau et je fus très étonné de voir le docteur entrer en coup de vent, ce que je n'avais jamais encore vu à une heure si inhabituelle. On lui fraya immédiatement un chemin, et lui, penché sur le lit, ausculta le malade, le palpa, puis s'en alla aussitôt, en grommelant quelque chose d'un visage sévère, je dirais même hargneux, sans avoir adressé un traître mot ou accordé le moindre regard à qui que ce fût, et tâchant même d'éviter les regards qui se posaient sur lui – c'était du moins ce qu'il m'avait semblé. Bientôt, je vis que les visiteurs observaient un silence bizarre. L'un ou l'autre se détachait du groupe, s'approchait du lit, se penchait – puis ils s'en allèrent, seuls, par deux, comme ils étaient venus. Mais un peu plus abattus, un peu plus soucieux, un peu plus fatigués, et moi-même j'éprouvais à cet instant une sorte de peine pour eux, car je le voyais bien : c'était comme s'ils venaient de perdre définitivement un espoir qu'ils avaient bercé sans raison, une confiance qu'ils avaient nourrie en secret. Au bout d'un moment, Pietka hissa avec beaucoup de précautions le corps sur l'épaule et l'emporta quelque part.

Et pour finir, il y avait aussi l'exemple de mon homme. Je suis tombé sur lui aux lavabos – parce que, petit à petit, il ne me venait même plus à l'idée que je pourrais me laver ailleurs qu'au robinet qu'on pouvait ouvrir et fermer, au lavabo de la salle d'eau qui se trouvait au fond du couloir à gauche, et ce non pas par obligation mais seulement, comme je m'en rendis compte peu à peu, par convenance ; et même, avec le temps, je constatai, déplorai presque le fait que l'endroit ne fût pas chauffé, que l'eau fût froide et qu'il n'y eût pas de serviettes. C'est également là qu'on pouvait voir cette chose rouge et portable, semblable à une armoire ouverte dont le réservoir toujours propre est entretenu, changé, nettoyé par on ne sait qui. A l'un de ces moments, alors que j'allais déjà partir, un homme entra. Il était beau, les cheveux lisses et noirs peignés en arrière mais retombant en désordre de part et d'autre de son front, le visage au teint parfois olivâtre des hommes très bruns, dans la force de l'âge, d'apparence soignée, à voir son tablier blanc immaculé, je l'aurais pris pour un médecin si l'inscription sur son brassard ne m'avait informé qu'il n'était que *Pfleger*, tandis que le T sur son triangle rouge m'apprenait qu'il était tchèque. Il s'arrêta net, comme étonné et même un peu éberlué de me voir, à en juger par la façon dont il regardait mon visage, mon cou, mes côtes qui se voyaient sous ma chemise, mes jambes. Il me demanda tout de suite quelque chose et je lui répondis ce que j'avais déjà saisi dans les conversations polonaises : *"Nié rozoumièm."* Alors il me demanda en allemand qui j'étais et d'où je venais. Je lui répondis que j'étais *"Ungar"*, que je venais d'ici, de la *"Saal sechs"*. Sur quoi, soulignant son explication d'un geste de l'index, il fit : *"Du : warten hier. Ik : wek. Ein moment zurück. Verstehn ?"* Je lui répondis, mais oui, *"verstehen"*. Il partit, revint et je me surpris à tenir dans la main un quart de pain et une jolie petite boîte de conserve au couvercle déjà soulevé, contenant de la viande hachée, rose et intacte. Je levai les yeux pour dire merci – mais je ne vis plus que la porte qui se refermait derrière lui. Je revins dans ma chambrée et essayai de raconter à Pietka, de dépeindre en quelques mots cet homme, il comprit tout de suite qu'il devait s'agir du *Pfleger* de la chambrée voisine, la *Saal* sept. Il mentionna aussi son nom : je compris "Bausch", mais tout bien réfléchi, il avait dit plutôt "Bohouche", je crois. C'est ainsi aussi que, par la suite, j'entendis mon voisin le prononcer – parce que, entre-temps, les malades avaient changé dans notre chambrée, ce n'étaient plus les mêmes. Au-dessus de moi, par exemple, après en avoir emporté un dès le premier après-midi, Pietka eut tôt fait d'en apporter un autre, un garçon de mon âge et, comme je l'appris par la suite, de ma race, mais de langue polonaise, dont le nom était, comme le prononçaient Pietka et Zbichek, Kouhalski ou Kouharski, toujours en appuyant, en accentuant le "harski" ; parfois, ils plaisantaient avec lui et ils devaient le taquiner, peut-être se payer sa tête, parce qu'il était souvent irrité, du moins comme l'indiquaient le flot de ses paroles, sa voix qui devenait grosse et se teintait de colère, ainsi que son agitation qui faisait tomber une pluie de brins de paille sur mon visage à travers les planches – au grand amusement, comme je pouvais le voir, de tous les Polonais de la chambrée. Dans le lit à côté du mien, quelqu'un prit la place du malade hongrois, également un jeune, et je ne savais pas dans un premier temps qui il était. Pietka et lui se comprenaient bien, pourtant mon oreille qui avait déjà acquis petit à petit une certaine pratique ne le percevait pas tout à fait comme du polonais. Il ne répondait pas quand je lui parlais hongrois, mais par ailleurs, avec ses cheveux roux qui repoussaient, son visage assez plein dénotant une certaine aisance, couvert de taches de rousseur, ses yeux bleus qui semblaient prendre rapidement la mesure des choses et s'y retrouver, je le trouvai tout de suite un peu louche. Pendant qu'il prenait place, qu'il s'installait, je remarquai sur le dessous de son poignet des traces bleues : un matricule d'Auschwitz, à sept chiffres. Et un matin, la porte s'ouvrit brusquement, Bohouche entra, déposa sur ma couverture, comme il avait l'habitude de le faire une ou deux fois par semaine, son cadeau fait de pain et de viande en conserve, il fit à peine un signe à Pietka, et déjà il était à nouveau dehors : c'est seulement alors qu'il s'avéra que mon voisin parlait le hongrois, et ce, au moins aussi bien que moi, car il me demanda soudain : "C'était qui ?" Je lui dis que je croyais savoir que c'était le *Pfleger* de l'autre chambrée, un certain Bausch, et alors il me corrigea : "Peut-être Bohouche", parce que, affirmait-il, c'était un nom très courant en Tchécoslovaquie, d'où il venait lui aussi, d'ailleurs. Je lui demandai comment il se faisait que jusqu'alors il ne comprît pas le hongrois – sur quoi il me répondit que c'était parce qu'il n'aimait vraiment pas les Hongrois. J'admis qu'il avait raison, que, tout bien considéré, moi non plus, je ne trouvais pas beaucoup de raisons de les aimer. Alors il me proposa de parler dans la langue des juifs, mais je dus lui avouer que je ne la comprenais pas, et de cette façon nous en restâmes au hongrois. Il me dit même son nom : Luiz, ou peut-être Loïz, je ne comprenais pas très bien. Je remarquai : "C'est donc Lajos", mais il protesta avec véhémence, car sous cette forme c'était hongrois tandis que lui était tchèque, et il tenait à la différence : Loïz. Je lui demandai d'où il connaissait tant de langues, il me raconta alors qu'il était originaire du Pays-Haut d'où ses parents, sa famille, ses amis avaient fui en masse les Hongrois, "l'invasion hongroise", comme il disait et, effectivement, je me rappelai soudain ce jour très ancien, où, encore au pays, les rues pavoisées, la musique et les festivités qui durèrent toute la journée exprimaient la joie que le Pays-Haut fût de nouveau hongrois. Avant de se retrouver au camp de concentration, il avait été – si je comprenais bien – dans une ville du nom de Terezin. “Tu la connais sûrement sous le nom de Theresienstadt”, remarqua-t-il. Je lui dis que, non, je ne la connaissais ni comme ci, ni comme ça, ni sous aucune forme, ce qui l'étonna fort, un peu comme moi-même j'étais étonné qu'on pût ne pas avoir entendu parler de la douane de Csepel, par exemple. Ensuite il m'expliqua : “C'est le ghetto de Prague.” Il prétendait pouvoir communiquer non seulement avec les Hongrois, les Tchèques, les juifs et les Allemands, mais aussi avec les Slovaques, les Polonais, les Ukrainiens et même, en cas de nécessité, les Russes. Finalement, nous devînmes amis et je lui racontai, car il était curieux de le savoir, comment j'avais fait la connaissance de Bohouche, puis, mes toutes premières expériences, mes impressions, mes pensées le premier jour, à propos de la chambrée, par exemple, et il les trouva si intéressantes qu'il les traduisit même à Pietka qui rit de moi de bon cœur ; il traduisit encore le récit de ma frayeur avec le malade hongrois, et la réponse de Pietka, disant qu'on s'y attendait depuis des jours et que c'était pur hasard s'il était mort juste à ce moment-là ; et d'autres choses encore, sauf que je trouvais un peu énervant qu'il commençât chaque phrase par *"ten Matiar"*, c'est-à-dire "ce Hongrois", et ensuite il passait visiblement à ce qu'il voulait dire – mais heureusement, cette façon de parler paraissait échapper à l'attention de Pietka, me semblait-il. Je remarquai aussi, mais je n'en pensai rien, n'en tirai aucune conséquence, qu'il lui arrivait très souvent d'avoir à faire dehors, et toujours pendant un long moment, et c'est seulement lorsque je le vis revenir avec du pain et une conserve, choses provenant de toute évidence de Bohouche, que je fus quelque peu étonné – sans raison, d'ailleurs, cela va de soi, j'en convenais. Il l'avait, me raconta-t-il, rencontré lui aussi par hasard aux lavabos, exactement comme moi. Lui aussi, il l'avait interpellé, exactement comme moi, et après, tout s'était passé comme pour moi. A cette différence près qu'ils avaient pu causer, et il s'était avéré qu'ils étaient compatriotes, ce qui avait fort réjoui Bohouche, et c'est en définitive une chose qu'il tenait pour bien naturelle, j'en convenais moi aussi, effectivement. Tout cela – si je le considérais avec bon sens – me semblait dans l'ensemble très compréhensible, clair et prévisible, et j'étais du même avis que lui, vraisemblablement, du moins pour ce qui découlait de sa dernière et brève remarque : “Ne m’en veux pas de t’avoir pris ton homme” ; à savoir que dorénavant c’était lui qui recevrait ce qui m’était destiné jusqu’alors et que je pourrais le regarder manger, comme lui m’avait regardé auparavant. Je n’en fus que plus étonné lorsque, à peine une minute plus tard, la porte s’ouvrit, laissant passer Bohouche qui se dirigea tout droit vers moi. A partir de là, ses visites étaient toujours pour chacun de nous deux. Il nous apportait soit une portion chacun, soit une pour tous les deux – selon les possibilités du moment, sans doute, mais sans oublier dans ce dernier cas de nous montrer d’un geste qu’il fallait partager en frères. Il continuait à être toujours pressé, ne perdait pas de temps en parlote, il avait toujours le visage préoccupé, quelquefois soucieux, voire parfois irrité, presque en colère, comme quelqu’un à qui on aurait doublé les soucis, mis sur les épaules deux fois plus de responsabilités, mais qui ne peut rien faire d’autre que de supporter ce qui lui est tombé dessus – et je me disais que c’était parce qu’il semblait y trouver du plaisir, visiblement, il avait besoin de cela, dans un certain sens, c’était sa méthode, pour m’exprimer ainsi ; car, surtout en considérant le prix que pouvait atteindre une denrée si rare et l'importance de la demande, j'étais incapable de trouver une autre raison, j'avais beau réfléchir, tourner la question dans tous les sens. C'est alors que je compris, au moins dans les grandes lignes, je crois, ces hommes. Car en recoupant toutes mes expériences, en assemblant tous les maillons de la chaîne, oui, il ne me restait aucun doute, c'était bien cela, même si je le connaissais sous une autre forme : en dernière analyse, ce n'était toujours que le même moyen, à savoir l'obstination – même si, je le voyais bien, c'était une forme très élaborée d'obstination, la plus efficace de toutes celles que je connaissais, et puis surtout, cela va sans dire, la plus utile pour moi, je ne pouvais pas le nier.

Je peux le dire : avec le temps, on peut même s'habituer aux miracles. Petit à petit, je commençai à me rendre tout seul à la salle de soins – quand le médecin me l'indiquait le matin –, comme ça, pieds nus, emmitouflé dans ma couverture et, dans l'air vif, parmi les nombreuses odeurs, j'en découvris une nouvelle : celle du printemps naissant, certainement, si je prenais en considération le temps qui passe. Au retour, je vis incidemment, de l'autre côté de nos barbelés, une espèce de grosse remorque de camion à pneumatiques que tiraient, traînaient hors d'une baraque grise quelques hommes en habits de détenu, et je vis dessus quelques membres jaunes qui pendaient, comme gelés, et des corps desséchés : je resserrai sur moi ma couverture pour ne pas prendre froid, des fois, et m'efforçai de trottiner au plus vite vers ma chambrée bien chaude, de m'essuyer un peu les pieds par souci de propreté puis de me blottir sous mon édredon, de me nicher dans mon lit. Là, je discutais avec mon voisin, tant qu'il était là (parce que, après un certain temps, il rentra *"nach Hause"* et un Polonais d'un certain âge prit sa place), je regardais ce qu'il y avait à voir, j'écoutais les ordres qui sortaient des haut-parleurs et je peux dire que c'est uniquement grâce à ces derniers, et aussi à un certain effort d'imagination, que je me faisais, du fond de mon lit, une image complète de la vie du camp, que je pouvais suivre à la trace, faire apparaître comme par enchantement toutes ses couleurs, ses saveurs, ses goûts, ses allées et venues, chacune de ses péripéties, ses petits et grands événements, depuis l'aurore jusqu'à la tombée de la nuit, et parfois même au-delà. Ainsi, *"Friseure zum Bad, Friseure zum Bad"* retentit de plus en plus souvent dans la journée, et la chose est claire : un nouveau convoi est arrivé. Cela va toujours de pair avec *"Leichenkommando zum Tor"*, c'est-à-dire "Porteurs de cadavres, au portail" ; et quand ils ont besoin de renforts, j'en tire des conclusions sur les effectifs et la qualité du chargement. J'ai appris que, dans ce cas, les *Effekten*, à savoir les employés des magasins, devaient également se rendre aux vestiaires, et ce parfois *"im Laufschritt"*, c'est-à-dire "au pas de course". Par contre, quand *"zwei"* ou *"vier Leichnamträger"* sont demandés, *"mit einem"*, disons, ou *"zwei Tragbetten sofort zum Tor !"* – alors tu peux être sûr qu'un accident personnel a eu lieu quelque part, au travail, durant un interrogatoire, à la cave, au grenier, qui sait où. J'ai appris que le commando des *Kartoffelschäler*, c'est-à-dire "des éplucheurs de pommes de terre", a non seulement une équipe de jour, mais aussi une *Nachtschicht*, et beaucoup d'autres choses encore. Mais chaque après-midi, toujours exactement à la même heure, retentit un message mystérieux : *"Elä zwo, Elä zwo, aufmarschieren lassen !"* – et au début, je me suis beaucoup creusé l'esprit à ce propos. Et pourtant, c'était tout simple, mais j'ai mis un certain temps à le deviner, à partir de l'immense silence qui suivait toujours, solennel, presque comme dans une église, à partir des mots d'ordre

"Mützen ab !" et *"Mützen auf !"*, et de l'espèce de musique aiguë et stridulente qu'on entend parfois : dehors le camp est debout pour l'appel, *aufmarschieren lassen* signifie donc la mise en rangs, *zwo* veut dire *zwei* et *elä* à l'évidence *LÄ*, c'est-à-dire *Lagerältester*, comme quoi il y a à Buchenwald un premier *Lagerältester* et un second, et donc deux en tout – et au fond, cela n'a rien d'extraordinaire, à bien y réfléchir, dans un camp où, après tout, le matricule quatre-vingt-dix mille a été attribué depuis longtemps, comme je l'apprends. Ensuite, petit à petit, notre chambrée sombre également dans le silence, Zbichek est déjà reparti, si c'était son tour de venir, et Pietka lance un dernier regard circulaire avant d'éteindre la lumière avec son habituel *"Dobra nots"*. Alors, je recherche le plus grand confort que peut m'offrir mon lit et que m'autorisent mes plaies, je tire la couverture sur l'oreille, et déjà un sommeil insouciant m'envahit : non, je ne veux rien de plus, je ne peux rien espérer de plus, j'en conviens, dans un camp de concentration.

Néanmoins, deux choses m'inquiètent un peu. La première, ce sont mes deux plaies : nul ne peut le nier, elles sont là, les contours sont encore enflammés, la chair est encore à vif, mais tout au bord se forment déjà une fine membrane, çà et là une croûte brunâtre, le docteur ne les garnit plus de gaze, c'est à peine s'il me convoque pour les soins, et quand il le fait, nous en avons fini en un temps d'une brièveté inquiétante, et son visage reflète une satisfaction inquiétante. La deuxième est une chose d'ailleurs joyeuse, sans aucun doute, indéniablement. Quand par exemple Pietka et Zbichek interrompent leur conversation, l'air de guetter quelque chose au loin, tout en levant le doigt pour demander le silence, mon oreille aussi perçoit un grondement sourd, parfois des bruits lointains qui ressemblent à de véritables aboiements. De l'autre côté de la cloison, là où doit se trouver la chambrée de Bohouche, l'agitation est également grande en ce moment, comme je peux en juger à la rumeur des conversations qui me parvient bien après l'extinction des feux. Les sirènes qui hurlent plusieurs fois par jour font désormais partie de l'ordre des choses et j'ai pris l'habitude d'être réveillé chaque nuit par les instructions du haut-parleur : *"Krematorium ausmachen !"* puis, une minute plus tard, mais d'une voix énervée et stridente : *"Krrematorium ! Soforrt ausmachn !"* – d'où je peux en déduire qu'il ne souhaite nullement que la lueur inopportune des flammes risque d'attirer les avions. Quant aux coiffeurs, je ne sais pas quand ils dorment, j'ai appris qu'à présent les nouveaux venus pouvaient attendre jusqu'à deux ou trois jours devant les douches, debout, nus, avant de pouvoir entrer, et le *Leichenkommando* – à ce qu'on dit – travaille, tourne sans cesse. Dans notre chambrée, il n'y a plus un seul lit de libre, et pour la première fois aujourd'hui, j'ai entendu le jeune Hongrois qui occupe l'un des lits d'en face parler, en plus des habituels furoncles et coupures, d'une blessure causée par une balle. Il l'avait eue en venant d'un endroit nommé, si j'ai bien compris, Ohrdruf, au cours d'une marche de plusieurs jours – et, d'après son récit, j'ai compris qu'il s'agissait d'un camp à peu près comparable à celui de Zeitz –, en contournant sans cesse l'ennemi, à savoir l'armée américaine, et la balle était en fait destinée à l'homme qui marchait à côté de lui et qui était sorti du rang, épuisé, mais lui aussi avait été touché à la jambe. Il avait eu la chance que l'os n'ait pas été atteint, ajouta-t-il, et je pensai : Eh bien, moi, une telle chose n'aurait pas pu m'arriver, la balle n'aurait pu toucher partout que de l'os, c'est simple. Il s'avéra bientôt qu'il n'était en camp de concentration que depuis l'automne, son matricule était dans les quatre-vingt mille et quelque – ce n'était pas quelqu'un d'important, ici, dans notre chambrée. Bref : j'entends partout des bruits et des rumeurs annonçant des changements, des désagréments, des troubles, des bouleversements, des soucis et des problèmes. Ou bien c'est Pietka qui fait le tour des lits, un questionnaire à la main, demandant à tout le monde, à moi aussi si je peux marcher, *laufen*. Je lui dis : *"Nié, nié, non, ich kann nicht." "Tak, tak*, répond-il, *du kannst"*, et il inscrit mon nom, comme d'ailleurs tous ceux de la chambre, même Kouharski dont les deux jambes enflées sont, je l'ai vu à la salle de soins, recouvertes d'un millier de coupures parallèles pareilles à des bouches ouvertes. Une autre fois – je venais juste de manger mon pain – j'entends à la radio : *"Alle Juden im Lager"* – tous les juifs du camp – *"sofort"* – immédiatement – *"antreten !"* – en rangs, mais d'une voix si terrible qu'aussitôt je me redresse dans mon lit. *"Tso to robich ?"* me demande Pietka avec une mine curieuse. Je lui montre l'appareil, mais il se contente de sourire à sa manière habituelle, et me fait comprendre des deux mains de me recoucher, tranquillement, à quoi bon s'agiter, où diable se hâter ? Mais le haut-parleur fonctionne toute la soirée, il hurle d'une voix stridente : *"Lagerschutz"*, c'est-à-dire qu'il ordonne aux dignitaires armés de matraques du commando de surveillance de se mettre immédiatement au travail, et peut-être ne lui donnent-ils pas satisfaction, visiblement, puisque bientôt – et j'ai pas pu écouter cela sans frissonner – il appelle le *Lagerältester* et le kapo du *Lagerschutz* : c'est-à-dire que, parmi tous les potentats du camp, il ordonnait aux deux plus grands possible de se rendre au portail, *"aber im Laufschritt !"*. Une autre fois, il déborde de questions, de reproches : *"Lagerältester ! Aufmaschieren lassen ! Lagerältester ! Wo sind die Juden ?!"* questionne, appelle, ordonne, crépite et pétarade sans cesse la boîte, et Pietka se contente de faire un geste agacé dans sa direction ou bien lui dit : *"Kourva iégo match !"* Alors, je lui fais confiance, finalement, c'est lui qui sait, et je reste tranquillement allongé. Et si cela n'a pas fait d'effet la veille, le lendemain, ça ne pardonne plus : *"Lagerältester ! Das ganze Lager : antreten !"* – puis après un certain temps, le hurlement des moteurs, les aboiements, les coups de feu, le bruit sourd des bâtons, le martèlement des pieds qui courent, suivi immédiatement par le roulement plus lourd des bottes, montrent qu'en définitive, si certains préfèrent qu'il en soit ainsi, les soldats peuvent prendre les affaires en main, et nous faire voir à quoi mène la désobéissance, et soudain, allez savoir comment, il y a le silence. Bientôt, le médecin arrive à l'improviste, puisque la visite a eu lieu le matin, à l'heure habituelle, comme si de rien n'était. Mais maintenant, il n'est pas aussi distant, aussi soigné que d'ordinaire : il a le visage défait, sa blouse pas tout à fait impeccable porte des taches de rouille, il promène sur la chambrée le regard lourd de ses yeux injectés de sang : il cherche visiblement des lits inoccupés, pas de doute. *"Wo ist der*, dit-il à Pietka, *der, mit dieser kleinen Wunde hier ?!"* en montrant d'un geste vague sa cuisse, près de la hanche, tandis que son regard scrutateur se pose un instant sur chaque visage, y compris le mien, et je doute fort qu'il ne m'ait pas reconnu, même si, en l'occurrence, il a tout de suite détourné les yeux pour les fixer à nouveau sur Pietka, attendant, insistant, exigeant de ce dernier une réponse, comme si c'était son devoir. Je ne dis rien, mais en moimeme, je m'apprêtais déjà à me lever, à revêtir mes loques et à sortir, à aller quelque part en plein cœur du tumulte : mais alors, à ma grande surprise, je vois que Pietka – du moins comme l'indique l'expression de son visage – n'a pas la moindre idée du gars que le médecin peut avoir en tête, puis, après avoir hésité un bref instant et sous l'effet d'une illumination soudaine, comme s'il se souvenait d'un coup de quelque chose, il désigne du doigt avec un *"Ach... ja"* le garçon blessé par balle, et le médecin semble tomber immédiatement d'accord, lui aussi comme sous l'effet d'une illumination, comme si, vraiment, on avait identifié et résolu son problème. *"Der geht sofort nach Hause !"* ordonne-t-il rapidement, et alors il s'est passé une chose si étrange, inhabituelle, inconvenante, dirais-je, dont je n'avais encore jamais vu de précédent dans notre chambre et que je pouvais à peine regarder sans une certaine nervosité, sans rougir un peu. En effet, le garçon blessé par balle, après s'être levé de son lit, commença par tendre vers le docteur ses deux mains jointes, comme s'il s'apprêtait à prier, et comme l'autre, surpris, eut un geste de recul et resta perplexe pendant un court instant, il se jeta à ses genoux, les saisit, s'y agrippa, enlaçant ses jambes ; ensuite, je perçus la main du médecin, rapide comme l'éclair, et le claquement d'une gifle, et je comprenais parfaitement son exaspération, mais plus vraiment ses paroles, puis, repoussant l'obstacle que constituait le genou, en rage et encore plus rouge que d'habitude, il se précipita dehors. Un nouveau malade vint ensuite occuper le lit ainsi libéré, c'était de nouveau un garçon – je le connaissais de vue, son pansement dur et rond montrait qu'il n'avait plus un seul orteil – et à la première occasion où Pietka vint vers moi, je lui dis, tout bas, entre nous : *"Djinkouïé, Pietka."* Mais lorsqu'il demanda : *"Was ?…"*, lorsqu'à mes explications *"Aber vorhin, eben…"* – c'est-à-dire "Mais là, avant…" –, il sembla tomber du ciel et hocha la tête d'un air ébahi, semblant n'être au courant de rien, je compris qu'à mon tour j'avais fait un faux pas, visiblement, et qu'il y avait donc certaines choses qu'il fallait assurément s'efforcer de garder pour soi, semble-t-il. Mais, d'abord, tout s'était déroulé selon les règles de l'équité – c'était du moins mon avis – puisqu'en définitive j'étais le plus ancien dans la chambrée, et puis il était en meilleure condition, ainsi il était hors de doute – toujours selon moi – qu'il avait plus de chances à l'extérieur ; en dernier lieu et surtout, il m'est visiblement plus facile d'admettre le malheur des autres que le mien propre : voilà la conclusion, l'enseignement que je suis bien obligé d'en tirer, de quelque côté que je considère, pèse ou cerne la question. Et en premier lieu : que signifie un tel problème quand il y a des coups de feu ? – car deux jours plus tard, la fenêtre vola en éclats et une balle perdue se logea dans le mur d'en face. Le même jour eut lieu l'événement à la suite duquel toutes sortes d'individus suspects passèrent dire un mot à Pietka, et lui aussi s'absentait souvent, parfois longtemps, pour revenir le soir avec un paquet allongé, un rouleau, sous le bras. Il me semblait que c'était un drap, mais non, il y avait un manche, alors ce devait être un drapeau blanc, et au milieu, bien enroulée, dépassait l'extrémité, le bout d'une chose que je n'avais encore jamais vue dans les mains d'un détenu, une chose qui provoqua agitation, chuchotements et rumeurs dans la chambrée, un objet que – avant de le mettre sous son lit – Pietka montra à tout le monde, il permit à tous d'y jeter un rapide coup d'œil, mais son sourire, sa façon de le serrer sur sa poitrine firent que je me sentis moi-même presque comme si j'étais près du sapin de Noël, enfin en possession des précieux cadeaux attendus depuis si longtemps : une partie brune en bois de laquelle dépassait un tuyau court d'acier aux reflets bleus – un fusil à canon scié, ce mot me vint soudain à l'esprit, oui, comme je l'avais lu autrefois dans mes romans préférés où il était question de bandits et de détectives.

La journée du lendemain s'annonçait agitée, elle aussi – mais qui pourrait rendre compte de chaque jour particulier et de ses nombreux événements. En tout cas, je peux dire que la cuisine a fonctionné normalement jusqu'au bout, et que le médecin est resté dans l'ensemble ponctuel. Mais un beau matin, peu après le café, on a entendu des pas pressés dans le couloir, un cri strident, comme un mot d'ordre, sur quoi Pietka a vite sorti son paquet de sa cachette, se l'est calé sous le bras et a disparu. Bientôt, vers neuf heures, j'entendis pour la première fois le haut-parleur s'adresser non aux détenus mais aux soldats : *"An alle SS Angehörigen"*, et ce deux fois de suite : *"Das Lager ist sofort zu verlassen"* – leur ordonnant de quitter immédiatement le camp. Ensuite, j'entendis le vacarme d'une bataille s'approcher et s'éloigner pour, à un moment, voleter presque autour de mes oreilles, et puis s'éteindre doucement, et il y eut finalement le silence – un silence beaucoup trop grand, car j'avais beau attendre, tendre l'oreille, épier et guetter, ni à l'heure habituelle, ni plus tard, je ne réussis à percevoir – alors qu'il était grand temps – le cliquetis des casseroles et les cris quotidiens des porteurs de soupe. Il devait être bientôt quatre heures de l'après-midi lorsque la boîte crépita soudain et après quelques brefs craquements, sifflements, on annonça que c'était le *Lagerältester*, le *Lagerältester* qui parlait. *"Kameraden"*, dit-il, luttant à l'évidence avec un sentiment qui semblait lui couper le souffle, tantôt le faisant hoqueter, tantôt rendant sa voix aiguë, presque stridente, *"wir sind frei !"*, "nous sommes libres", et je pensais que, dans ce cas, le *Lagerältester* partageait les idées de Pietka, de Bohouche, du médecin et de leurs pareils, il devait visiblement être de mèche avec eux, pour ainsi dire, du moment que c'était lui qui annonçait l'événement, et ce, avec une joie évidente. Ensuite, il tint un bref et joli discours, et d'autres lui succédèrent, dans les langues les plus diverses : *"Attention, attention !"* entendis-je, par exemple, en français ; *"Pozor, pozor !"* – en tchèque, je crois ; *"Nimanié, nimanié, ruski tovarichtchi nimanié !"* – et l'intonation chantante de cette langue que parlaient les hommes du commando des douches lors de mon arrivée me rappela soudain d'agréables souvenirs ; *"Ouvaga, ouvaga"* – sur quoi mon Polonais de voisin se redressa soudain dans son lit et nous rabroua tous : *"Tchiba bentch ! Téras polski komouniki !"*, et alors seulement, je me rappelai à quel point il avait été nerveux, fébrile et agité toute la journée ; puis, à ma grande surprise, j'entendis soudain en hongrois : "Attention, attention ! Le comité hongrois du camp..." – et je me dis : Ça alors, je n'aurais pas pensé que ça existait. Mais j'avais beau écouter, eux aussi, comme tous les autres, ne parlaient que de liberté, ils ne faisaient pas la moindre allusion, ne disaient pas le moindre mot à propos de la soupe qu'on n'avait pas reçue. Moi aussi, je me réjouissais, naturellement, de ce que nous étions libres, mais je ne pouvais rien faire contre cette autre idée qui s'imposait à moi : la veille encore, une telle chose n'aurait pas pu arriver. Dehors, le soir d'avril était déjà sombre, Pietka était revenu, exalté, laissant échapper un flot de paroles incompréhensibles, lorsque le *Lagerältester* se manifesta enfin à nouveau par le haut-parleur. Il s'adressait aux membres du *Kartoffelschäler-Kommando*, leur demandant de bien vouloir regagner leurs anciens postes aux cuisines, un certain nombre d'habitants du camp les priaient de rester éveillés jusqu'à minuit s'il le fallait, parce qu'ils se mettaient déjà eux-mêmes à préparer un bon pot-au-feu : alors seulement, je retombai sur mon oreiller, soulagé, alors seulement quelque chose se débloqua en moi, et je pensai à mon tour – peut-être pour la première fois sérieusement – à la liberté.

IX

Je suis rentré chez moi à peu près à l'heure où j'étais parti. En tout cas, tout autour, la forêt avait reverdi depuis longtemps, l'herbe avait repoussé sur les immenses fosses où étaient enterrés les cadavres, l'asphalte de l'Appellplatz abandonné depuis le début des temps nouveaux, couvert de cendres de feux de camps, de toutes sortes de déchets, de chiffons, de papiers, de boîtes de conserves, fondait dans la canicule de l'été, lorsqu'on me demanda, à Buchenwald, si j'avais envie de prendre la route. C'étaient surtout des jeunes qui devaient partir, sous la direction d'un dignitaire du comité hongrois du camp, un homme trapu, grisonnant, à lunettes, qui réglerait les problèmes du voyage. Il y avait un camion disponible, et puis les soldats américains étaient prêts à nous emmener un bout de chemin vers l'est : le reste, c'était notre affaire, disait et nous encourageait "M. Miklós" – appelons-le comme ça. Il faut, ajouta-t-il, continuer à vivre, et effectivement nous ne pouvions pas vraiment faire autre chose, j'en convenais, du moment que nous avions la possibilité de le faire, naturellement. Grosso modo, je pouvais déjà me considérer comme sain et sauf, hormis quelques bizarreries, quelques insuffisances de moindre importance. Ainsi, par exemple, quand j'enfonçais mon doigt à n'importe quel endroit de ma chair, on y voyait longtemps la trace, comme si je l'avais enfoncé dans une espèce de matière sans vie, sans élasticité, du fromage ou de la cire, disons. Mon visage aussi m'a surpris un peu quand je l'ai vu dans une chambre confortable munie d'un miroir de l'ancien hôpital des SS, car j'avais gardé le souvenir d'un autre visage. Celui que je voyais maintenant avait un front très bas sous des cheveux qui avaient déjà repoussé de quelques centimètres, et les deux toutes nouvelles enflures difformes près des lobes auriculaires étrangement écartés, les cernes, poches flasques, étaient dans l'ensemble – du moins selon ce que j'avais pu apprendre dans mes anciennes lectures – plutôt les traits, plis et rides caractéristiques des hommes que l'abus du luxe et des plaisirs a fait vieillir avant l'âge, quant à ces yeux devenus minuscules, j'avais en mémoire un regard plus amical, qui inspirait plus confiance, dirais-je. Et puis je boitillais, je traînais un peu la jambe droite : pas grave, comme disait M. Miklós, l'air du pays arrangerait ça. Chez nous, déclara-t-il, nous allions bâtir une nouvelle patrie, et, pour commencer, il nous apprit tout de suite quelques chants. Quand nous traversions à pied des villages ou des bourgs, ce qui arrivait parfois en chemin, nous les chantions, en rangs par trois, comme des soldats. Moi, mon préféré était celui qui commençait par "Sur les barricades des faubourgs de Madrid", je ne saurais dire pourquoi, au fond. Il y en avait un autre que, pour d'autres raisons, j'aimais bien chanter, surtout pour ce passage : "Tout le jour nous boulonnons / Pourtant de faim nous crevons / Mais nos mains calleuses les armes prendront." Et pour une autre raison encore, j'aimais celle qui contenait ce vers : "C'est nous la jeu-ne gar-de des pro-lé-taires" après quoi, il fallait, d'une voix parlée, intercaler le cri de *"Rotfront !"*, parce que, chaque fois, je percevais bien le bruit d'une fenêtre qui se fermait, d'une porte qui claquait, chaque fois je remarquais que se faufilait d'un porche à l'autre ou disparaissait sous l'un d'eux un homme, un Allemand.

Par ailleurs, j'avais pris la route avec un bagage léger : de forme pas très pratique, parce que trop étroit et, compte tenu de cela, trop long, c'était une chose de toile bleu clair, un sac militaire américain. J'avais dedans deux grosses couvertures, du linge de rechange, un chandail de l'ancien magasin des SS, gris, de bonne laine, avec une raie verte au cou et aux poignets, et puis aussi des provisions pour la route : des conserves et autres. Je portais un pantalon de treillis de l'armée américaine, promettant d'être solide, des chaussures à semelle de caoutchouc, au-dessus des molletières en cuir à toute épreuve, avec les lanières et fermetures qui convenaient. Je m'étais coiffé d'une drôle de casquette qui se révéla un peu lourde pour la saison, ornée d'une visière raide et, sur le dessus, d'un carré dont les côtés et les angles étaient placés de travers, ce qu'on appelle en géométrie, cela me revint du temps si lointain de l'école, un rhombe, un officier polonais avait dû la porter avant moi, me disait-on. Quant à la veste, j'aurais peut-être pu en choisir une meilleure au magasin, mais finalement, je me contentai d'une qui n'avait ni matricule ni triangle mais était néanmoins l'habituelle bonne vieille veste rayée, et même je l'avais choisie, je pourrais dire que j'y tenais : ainsi au moins, il n'y aurait pas de malentendu, pensais-je, et, de surcroît, je la trouvais très confortable, légère et pratique, du moins pour l'été. Nous faisions la route en camion, en chariot, à pied, en transport en commun – suivant ce que les différentes armées pouvaient mettre à notre disposition. Nous dormions sur des chariots à ridelles tirés par des bœufs, sur les bancs et le bureau d'une salle de classe abandonnée, ou simplement comme ça, sous la voûte étoilée de l'été, sur les plates-bandes, les pelouses moelleuses d'un parc au milieu de jolies maisons en forme de pains d'épice. Nous avons même navigué un peu sur une rivière assez petite – du moins pour des yeux habitués au Danube –, qui s'appelait, comme je l'ai su, l'Elbe, j'ai marché dans un endroit, visiblement une ancienne ville composée à présent uniquement de tas de pierres et, çà et là, d'un mur noir et solitaire. C'était au pied de ces murs, de ces décombres et aussi des restes de ponts que, désormais, les gens du cru vivaient, habitaient, dormaient, et j'essayais d'être content, naturellement, mais je sentais bien qu'eux, justement, m'en empêchaient un peu. J'ai roulé dans un tramway rouge, puis j'ai voyagé dans un vrai train avec de vrais compartiments dans de vraies voitures destinées à des êtres humains – même si moi-même je n'ai trouvé de place que sur le toit. Je suis descendu dans une ville où, en plus de la langue tchèque, j'entendais déjà beaucoup de hongrois, et pendant que nous attendions la correspondance prévue pour le soir, dans les environs de la gare, des femmes, des vieux, des hommes et toutes sortes de gens se sont rassemblés autour de nous. Ils nous demandaient si nous venions d'un camp de concentration, et ils questionnaient beaucoup d'entre nous, y compris moi-même, pour savoir si je n'avais pas rencontré par hasard un de leurs proches, qui s'appelait comme ci ou comme ça. Je leur ai dit que dans les camps de concentration les gens n'avaient en général pas vraiment de nom. Alors ils s'efforçaient de décrire leur apparence, leur visage, la couleur de leurs cheveux, leurs traits caractéristiques, et, moi, j'essayais de leur faire comprendre que cela ne servait à rien, puisque dans les camps de concentration, la plupart des gens changeaient beaucoup. Alors, ils se sont dispersés, à l'exception d'un seul qui ne portait qu'une tenue d'été, chemise et pantalon, les pouces passés derrière ses bretelles accrochées à sa ceinture tandis qu'à l'extérieur ses autres doigts tambourinaient, pianotaient sur le tissu. Il était curieux de savoir, et cela m'a fait un peu sourire, si j'avais vu les chambres à gaz. Je lui dis : "Alors, on ne serait pas là en train de parler." "Effectivement", répondit-il, mais quand même, y avait-il des chambres à gaz, et je lui dis que, bien sûr, il y avait, entre autres, des chambres à gaz, naturellement : tout dépendait, ajoutai-je encore, de ce qui était en usage dans les différents camps. A Auschwitz, par exemple, on pouvait s'y attendre. Mais moi, soulignai-je, j'arrivais de Buchenwald. "D'où ça ?" demanda-t-il, et alors je répétai : "De Buchenwald." "Donc, Buchenwald", fit-il en hochant la tête, et je lui dis : "C'est ça." Alors, il dit : "Une minute", avec un visage de marbre, sévère, d'une certaine manière presque didactique. "Donc, monsieur" – et je ne sais pas pourquoi, mais cette apostrophe très sérieuse, prononcée avec une sorte de solennité me toucha –, "vous avez entendu parler des chambres à gaz", et je lui dis : "Bien sûr." "Cependant", poursuivit-il, toujours avec la même expression figée, comme s'il mettait de l'ordre, de la clarté dans les choses, "vous n'avez pas pu vous en assurer personnellement, de vos propres yeux" ; et je dus l'admettre : "Non." Sur quoi, il se contenta de dire : “Soit”, et s’en alla après un bref salut de la tête, et j’avais l’impression qu’il était plutôt satisfait, si je ne m’abusais. Mais on nous appela bientôt : vite, le train est en gare, et je réussis à trouver une place tout à fait supportable, sur les larges marches de bois. Le matin, je fus réveillé par le souffle joyeux de la locomotive. Plus tard, je remarquai que je pouvais déjà partout lire en hongrois les noms des villes. Cette étendue d’eau – qu’on me montra – qui miroitait et m’éblouissait, c’était déjà le Danube, cette terre, tout autour, disait-on, qui reluisait dans le petit matin, était déjà hongroise. Quelque temps après, nous entrions dans un hall au toit délabré avec, au bout, plein de fenêtres aux vitres brisées : la gare de l’Ouest, disait-on autour de moi, et c’était vrai, dans l’ensemble, je la reconnaissais.

A l’extérieur, devant le bâtiment, le soleil brillait droit sur le trottoir. Il faisait très chaud, il y avait beaucoup de vacarme, de poussière et de circulation. Les tramways étaient jaunes et portaient le numéro six : ainsi, cela non plus n’avait pas changé. Il y avait aussi des marchands avec de drôles de gâteaux, des journaux et d’autres choses encore. Les gens étaient très beaux, et tous avaient visiblement des choses à faire, des occupations importantes, ils étaient tous pressés, ils galopaient, couraient quelque part, se bousculaient, dans tous les sens. J'ai appris que nous aussi devions arriver au plus tôt au poste de secours, et là, donner immédiatement notre nom pour recevoir avant tout de l'argent, des papiers – accessoires désormais indispensables de la vie. Ce fameux poste se trouvait, ai-je appris, dans les parages de l'autre gare, celle de l'Est, et tout de suite, au coin de la rue, nous avons occupé le tramway. Je trouvais les rues délabrées, les pâtés de maisons édentés, et celles qui tenaient encore debout étaient abîmées, à d'autres endroits, elles avaient des cavités, des trous et pas de fenêtres, mais, malgré cela, je reconnaissais à peu près la route ainsi que la place où nous sommes descendus au bout d'un certain temps. Le poste de secours se trouvait juste en face du cinéma que j'avais encore en mémoire, dans un grand bâtiment gris et laid : la cour intérieure, le porche, les couloirs étaient déjà noirs de monde. De gens assis, debout, tournant en rond, bavards ou silencieux. Beaucoup étaient habillés de bric et de broc, de vêtements abandonnés dans les magasins des camps, des armées, certains avaient la veste rayée, comme moi, mais certains étaient déjà tirés à quatre épingles, en chemise blanche, cravate, parlant de choses sérieuses, les mains croisées dans le dos, pleins de dignité, comme avant d'aller à Auschwitz. Ici, on dépeignait les conditions de vie dans les camps, on les comparait, là, on analysait les perspectives du montant et de l'importance de l'aide, d'autres encore trouvaient que leur affaire traînait en longueur, qu'il y avait des exceptions iniques, que d'autres étaient favorisés à leur détriment, ils voyaient des injustices, mais tous étaient d'accord sur un point : il fallait attendre, et ce, longtemps. Je trouvais cela très ennuyeux, si bien que, reprenant mon sac sur l'épaule, je suis bientôt redescendu dans la cour et sorti dans la rue. Je voyais de nouveau le cinéma et je me suis dit que si j'allais vers la droite, au prochain croisement, ou tout au plus deux rues plus loin, je devais tomber, si ma mémoire était bonne, sur la rue Nefelejcs.

J'ai facilement trouvé la maison : elle était debout et ne différait en rien des autres bâtiments de la rue, jaunes ou gris et assez délabrés – c'est du moins ce qu'il me semblait à ce moment-là. J'ai appris dans le vieux registre écorné des locataires, sous le porche frais, que le numéro correspondait et qu'il fallait grimper jusqu'au deuxième étage. J'ai lentement gravi les marches, par la fenêtre de la cage d'escalier où régnait une odeur rance et un peu aigre, je voyais les galeries et, en bas, la cour tristement propre : une petite pelouse au milieu, et l'habituel arbre tristounet qui faisait de son mieux avec son feuillage chétif et poussiéreux. En face, une femme avec un fichu sur la tête est passée rapidement avec un torchon à poussière, le son de la radio me parvenait de quelque part, ailleurs, un enfant hurlait comme un sourd. Une porte s'est ouverte devant moi, j'ai été très étonné car après tant de temps, j'ai soudain revu devant moi les petits yeux bigleux de Bandi Citrom, sauf qu'ils étaient dans un visage de femme encore assez jeune, aux cheveux noirs, un peu trapue et pas très grande. Elle a eu un mouvement de recul, sûrement, pensais-je, à cause de ma veste, et pour qu'elle ne me ferme pas la porte au nez, je lui demande aussitôt : "Est-ce que Bandi Citrom est à la maison ?" Elle répond : "Non." Je lui demande si c'est seulement pour l'instant, mais elle dit en secouant un peu la tête et fermant les yeux : "Pas du tout", et quand elle les rouvre, je remarque que ses cils du bas scintillent un peu parce qu'ils sont humides. Sa bouche frémit légèrement, et je trouve alors que le mieux serait de mettre les voiles au plus vite, mais soudain surgit de la pénombre du vestibule une vieille femme maigre avec un fichu sur la tête et une robe sombre, et je dois lui répéter : "J'étais venu voir Bandi Citrom" et elle aussi me dit : "Il n'est pas à la maison." Sauf qu'à son avis : "Revenez une autre fois. Peut-être dans quelques jours", et j'ai remarqué qu'à ce moment-là la jeune femme a détourné un peu la tête, d'un mouvement étrange, à la fois définitif et en quelque sorte impuissant, en appuyant le revers de la main contre la bouche, comme si elle avait voulu ravaler, étouffer un mot ou un son prêt à jaillir. Ensuite, j'ai dû raconter à la vieille femme : "On était ensemble" ; préciser : "A Zeitz", et après sa question plutôt sévère, exigeant presque une explication : "Et pourquoi n'êtes-vous pas rentrés ensemble ?", me défendre : "On a été séparés. Et je me suis retrouvé ailleurs." "Est-ce qu'il reste des Hongrois là-bas ?" voulait-elle savoir, et j'ai répondu : "Bien sûr, beaucoup." Alors, avec un triomphe visible, elle dit à la jeune femme : "Tu vois !", et à moi : "Je lui dis toujours qu'ils commencent seulement maintenant à revenir. Mais ma fille est impatiente, elle ne veut plus y croire", et j'allais déjà lui dire, mais j'ai préféré me taire, qu'à mon avis, c'était elle, la jeune, qui avait raison, c'était elle qui connaissait mieux Bandi Citrom. Ensuite, elle m'a invité à entrer, mais j'ai répondu que je devais d'abord rentrer à la maison. "Vos parents vous attendent sûrement", dit-elle, et je réponds : "Bien sûr." "Eh bien dans ce cas, fait-elle encore, dépêchez-vous, ils seront si heureux", et sur ce, je m'en vais.

Arrivé à la gare, comme je commençais vraiment à sentir ma jambe, et comme parmi tous les nombreux tramways, celui que je connaissais depuis longtemps passait devant moi, je l'ai pris. Une vieille femme maigre avec un drôle de chapeau démodé s'est poussée un peu sur la plate-forme. Bientôt est arrivé un homme en uniforme et képi, il m'a demandé mon ticket. Je lui ai dit que je n'en avais pas. Il me conseille d'en acheter un. Je lui dis que je reviens de l'étranger et que je n'ai pas d'argent. Alors il regarde ma veste, moi-même, puis la vieille femme, et me fait comprendre que les transports en commun ont des lois et que ce n'est pas lui mais ses supérieurs qui les ont instaurées. "Si vous n'avez pas de ticket, il faut descendre" – telle était son opinion. Je lui ai dit que j'avais mal à la jambe et alors j'ai remarqué que la vieille femme détournait les yeux vers l'extérieur, mais d'un air tellement vexé, à croire que je lui avais fait des reproches, je ne saurais dire pourquoi. Mais voilà qu'un homme corpulent à la tignasse noire défaite se fraie bruyamment un chemin dans la voiture et arrive à la portière ouverte. Il porte une chemise ouverte, un costume de toile claire, une boîte noire en bandoulière et une serviette à la main. "Qu'est-ce que c'est que ce travail !", s'exclame-t-il, puis : "Donnez-moi un ticket !" ordonne-t-il en tendant, ou plutôt en jetant une pièce au contrôleur. J'ai essayé de le remercier, mais il m'a interrompu, regardant autour de lui avec humeur : "Il y en a qui devraient avoir honte", dit-il, mais le contrôleur était déjà à l'intérieur de la voiture, et la vieille femme continuait à regarder dehors. Alors, le visage radouci, il s'est tourné vers moi et m'a demandé : "Tu reviens d'Allemagne, jeune homme ?" "Oui." "D'un camp de concentration ?" "Naturellement." "Duquel ?" "Buchenwald." Oui, il en avait entendu parler, il savait que c'était "l'un des cercles de l'enfer nazi". "D'où as-tu été déporté ?" "De Budapest." "Combien de temps as-tu été là-bas ?" "Un an en tout." "Tu as dû en voir, jeune homme, des horreurs", a-t-il dit alors, mais je n'ai rien répondu. "Mais bon, a-t-il poursuivi, le principal, c'est que ce soit fini, passé", et, tandis que son visage s'illuminait, il m'a montré les maisons parmi lesquelles nous cahotions et m'a demandé ce que je ressentais, de retour chez moi, à la vue de la ville que j'avais quittée. Je lui dis : "De la haine." Il se tait mais remarque bientôt qu'il doit bien, hélas, comprendre ce sentiment. D'ailleurs, à son avis, "dans une situation donnée", la haine aussi a sa place, son rôle, "et même son utilité", et il supposait, a-t-il ajouté, que nous étions d'accord, il savait bien qui je haïssais. Je lui ai dit : "Tout le monde." Il se tait à nouveau, cette fois plus longtemps, puis il reprend : "Tu as dû traverser beaucoup d'horreurs ?" et je lui réponds que cela dépend de ce qu'il entend par horreur. J'avais dû, dit-il alors avec une expression qui semblait assez gênée, beaucoup souffrir de privations, de la faim, et j'avais vraisemblablement été battu, sans doute, et je lui dis : "Naturellement." "Pourquoi, mon garçon, s'est-il alors écrié, mais je voyais qu'il commençait à perdre patience, dis-tu à tout bout de champ «naturellement» à propos de choses qui ne le sont pas du tout ?!" Je lui dis : "Dans un camp de concentration, c'est naturel." "Oui, oui, fait-il, là-bas, oui, mais... et là, il s'interrompt, hésite un peu, mais... comment dire, le camp de concentration lui-même n'est pas naturel !" dit-il, semblant finalement trouver le mot juste, et je ne réponds rien, car je commence tout doucement à voir qu'il y a une ou deux choses dont on ne peut visiblement jamais discuter avec des étrangers, des ignorants, dans un certain sens des enfants, pour ainsi dire. Et d'ailleurs, je me rends compte à la vue de cette place qui est toujours là, sauf qu'elle est un peu plus nue et négligée, qu'il est temps de descendre, et je le lui dis. Mais il me suit et me montrant un banc sans dossier, à l'ombre, à l'écart, il propose de s'y asseoir un instant.

Dans un premier temps, il a semblé hésiter. Effectivement, a-t-il dit, ce n'était que maintenant que commençaient à "apparaître vraiment les atrocités" et il a ajouté que "le monde est pour l'instant perplexe devant cette question : comment, de quelle façon tout cela a-t-il pu se produire ?" Je ne dis rien et alors, se tournant vers moi, il dit soudain : "Ne voudrais-tu pas, mon garçon, raconter ce que tu as vécu ?" J'étais un peu étonné et j'ai répondu que je n'aurais pas grand-chose d'intéressant à lui dire. Alors il a souri un peu et a dit : "Pas à moi : au monde entier." Sur quoi, encore plus étonné, je lui demande : "Mais raconter quoi ?” “L’enfer des camps”, répond-il, sur quoi je dis que je ne pourrais absolument rien en dire, puisque je ne connais pas l’enfer et serais même incapable de me l’imaginer. Il a déclaré que ce n’était qu’une comparaison : “Ne faut-il pas, a-t-il demandé, nous imaginer un camp de concentration comme un enfer ?” et j’ai répondu, en traçant du talon quelques ronds dans la poussière, que chacun pouvait se le représenter selon son humeur et sa manière, et qu’en revanche pour ma part je pouvais en tout cas m’imaginer un camp de concentration, puisque j’en avais une certaine connaissance, mais l’enfer, non. Il insistait : “Et si tu essayais quand même ?”, et après quelques nouveaux ronds, j’ai répondu : “Alors je me l’imaginerais comme un endroit où on ne peut pas s’ennuyer” ; cependant, ai-je ajouté, on pouvait s’ennuyer dans un camp de concentration, même à Auschwitz, sous certaines conditions, bien sûr. Il s’est tu un moment, puis il a demandé, mais déjà presque à contrecœur, me semblait-il : “Et comment expliques-tu cela ?”, et après une brève réflexion, j’ai trouvé la réponse : “Le temps.” “Comment ça, le temps ?” “Je veux dire que le temps, ça aide.” “Ça aide… ? A quoi ?” “A tout”, et j’ai essayé de lui expliquer à quel point c’était différent d'arriver, par exemple, dans une gare pas nécessairement luxueuse mais tout à fait acceptable, jolie, proprette, où on découvre tout petit à petit, chaque chose en son temps, étape par étape. Le temps de passer une étape, de l'avoir derrière soi, et déjà arrive la suivante. Ensuite, le temps de tout apprendre, on a déjà tout compris. Et pendant qu'on comprend tout, on ne reste pas inactif : on effectue déjà sa nouvelle tâche, on agit, on bouge, on réalise les nouvelles exigences de chaque nouvelle étape. Si les choses ne se passaient pas dans cet ordre, si toute la connaissance nous tombait immédiatement dessus, sur place, il est possible qu'alors ni notre tête ni notre cœur ne pourraient le supporter – essayais-je d'une certaine manière de lui expliquer, sur quoi il m'a tendu une cigarette d'un paquet déchiré qu'il avait extirpé de sa poche, mais j'ai refusé, puis, après deux grosses bouffées, les coudes appuyés sur les genoux, le tronc penché en avant et sans me regarder, il a dit d'une voix blanche et sourde : "Je comprends." D'autre part, ai-je poursuivi, le problème, le désavantage, dirais-je, était qu'il fallait meubler le temps. J'avais vu par exemple, lui dis-je, des détenus qui vivaient depuis quatre, six ou même douze ans déjà – plus précisément : survivaient – en camp de concentration. Et donc ces quatre, six ou douze années, à savoir dans ce dernier cas douze fois trois cent soixante-cinq jours, c'est-à-dire douze fois trois cent soixante-cinq fois vingt-quatre heures, et donc douze fois trois cent soixante-cinq fois vingt-quatre fois… et tout cela, à rebours, minute par minute, heure par heure, jour par jour : c'est-à-dire qu'ils ont dû meubler tout ce temps d'une certaine manière. Mais d'autre part, ai-je ajouté, c'est justement ce qui les aidait, parce que si ces douze fois, trois cent soixante-cinq fois, vingt-quatre fois, soixante fois, et encore soixante fois leur étaient tombées dessus d'un seul coup, alors ils n'auraient sûrement pas pu les supporter comme ils avaient pu le faire – ni avec leur corps, ni avec leur cerveau. Et comme il se taisait, j'ai ajouté encore : “C'est à peu près comme ça qu'il faut se l'imaginer.” Et alors lui, exactement comme quelques instants auparavant, mais sans la cigarette qu'il avait jetée, et donc tenant son visage à deux mains, ce pourquoi sa voix était encore plus sourde, plus étouffée, il a dit : “Non, c'est inimaginable”, et pour ma part j'en convenais. Et je me suis dis que c'était apparemment pour cette raison qu'on préférait dire enfer, sans aucun doute.

Mais ensuite, il s'est rapidement redressé, il a regardé sa montre et son visage a changé. Il m'a appris qu'il était journaliste et ce – comme il l'a précisé : "dans un journal démocratique" et alors seulement, je me suis rendu compte à qui m'avaient fait penser l'une ou l'autre de ses paroles depuis un bon moment déjà : à oncle Vili, même si, reconnaissais-je, elles étaient différentes tout en les rappelant, pourrais-je dire, dans la même mesure que, disons, j'aurais été capable de faire la différence entre les paroles, et surtout les gestes, l'obstination du rabbin et ceux d'oncle Lajos. Cela m'a soudain fait penser, prendre vraiment conscience pour la première fois du fait que j'allais vraisemblablement bientôt les revoir, et dès lors, je n'écoutais plus que d'une oreille ce que débitait le journaliste. Il voulait, disait-il, faire du hasard de notre rencontre un "heureux hasard". Il me proposait d'écrire un article, d'inaugurer une "série d'articles". C'est lui qui les écrirait, mais exclusivement sur la base de mes mots à moi. Je pourrais ainsi gagner quelque argent, ce dont je voyais sûrement la nécessité à l'aube de la "nouvelle vie", bien que, a-t-il ajouté avec une espèce de sourire d'excuse, il n'ait pas beaucoup "à offrir", vu que son journal était encore jeune et que les “sources de revenus” étaient “pour l’instant minces”. Mais, en attendant, il considérait que le plus important n’était pas cela, mais de “guérir les plaies encore saignantes et punir les coupables”. Et avant tout, il fallait “ébranler l’opinion publique”, balayer “l’apathie, l’indifférence, voire le doute”. Les lieux communs n’avaient là aucune valeur, il était nécessaire, selon lui, d’explorer les causes, la vérité, même si regarder celle-ci en face serait une “épreuve douloureuse”. Il voyait dans mes paroles “beaucoup d’originalité”, un signe des temps, une espèce de “triste cachet” de l’époque – si j’ai bien compris –, qui était “une nouvelle nuance individuelle dans le flux épuisant des faits”, dit-il, avant de me demander mon avis. Je lui fais remarquer que je dois d’abord arranger mes propres affaires, mais il me comprend mal, visiblement, car il dit : “Non. Ce n’est plus simplement ton affaire. C’est l’affaire de tous, du monde entier” et je lui dis que certes, mais qu’il est temps pour moi de rentrer à la maison ; alors il m’a demandé pardon. Nous nous sommes levés, mais il avait l’air d’hésiter encore, de réfléchir à quelque chose. Ne pourrions-nous pas commencer les articles, a-t-il demandé, avec une photo de l’instant des retrouvailles ? Je n’ai pas répondu et alors, avec un petit sourire en coin, il a remarqué que “le journaliste est parfois obligé par son métier d’être indélicat”, mais que si je n’en avais pas encore envie, pour sa part, il ne voulait pas “insister”. Ensuite, il s’assied, ouvre un calepin noir sur ses genoux et y note quelque chose d’une main rapide, puis il arrache la feuille et, s’étant relevé, me la tend. Il y a dessus son nom et l’adresse de la rédaction et il prend congé en “espérant qu’on se reverra bientôt”, dit-il, puis je sens l’étreinte amicale de sa main chaude, charnue et un peu moite. J’avais trouvé la conversation agréable, reposante, et lui-même, sympathique et bienveillant. J’ai attendu que sa silhouette se fonde dans la foule des passants, alors seulement j’ai jeté son papier.

Au bout de quelques pas, j’ai reconnu notre maison. Elle était là, intacte, tout à fait normale. J’ai retrouvé la même vieille odeur sous le porche, l’ascenseur délabré dans son puits grillagé, les vieilles marches usées, et plus haut, j’ai embrassé du regard un tournant de la cage d’escalier qui me rappelait un instant familier, particulier. Arrivé à l’étage, je sonne à notre porte. Elle s’ouvre rapidement mais juste autant que le permet la serrure intérieure, une sorte de verrou à crochet, de chaînette, et je suis un peu étonné parce que je n'ai pas le souvenir d'un tel système. Par la porte entrouverte, un visage inconnu, le visage jaune et osseux d'une femme entre deux âges, me regarde. Elle me demande qui je cherche et je lui dis que j'habite ici. "Non, répond-elle, c'est nous qui habitons ici", et elle aurait déjà refermé la porte, mais elle ne peut le faire parce que je la retiens avec le pied. J'essaie de lui expliquer que c'est une erreur, puisque je suis parti d'ici, et qu'il est tout à fait sûr que nous habitons là, mais elle m'assure que c'est moi qui me trompe, puisque ce sont eux qui habitent là, sans aucun doute, en secouant la tête d'un air aimable, poli mais désolé, en essayant de refermer la porte tandis que je tâche de l'en empêcher. A un moment, je lève les yeux vers le numéro pour vérifier si je ne me suis pas trompé de porte, et manifestement mon pied se relâche à cet instant, les efforts de la femme se révèlent plus efficaces et j'entends la clé tourner deux fois dans la serrure.

En revenant vers l'escalier, je me suis arrêté devant une porte familière. Je sonne : une grosse femme corpulente fait bientôt son apparition. Elle va refermer – d'une manière déjà habituelle – la porte, mais voilà que des lunettes brillent derrière son dos et de la pénombre surgit le visage gris de M. Fleischmann. A côté de lui, avec son ventre imposant, ses pantoufles, sa grosse tête rousse, sa raie enfantine et un mégot éteint de cigare, se profile le vieux Steiner, et ils sont tous les deux exactement comme lorsque je les ai laissés, on dirait la veille, le soir avant l'histoire de la douane. Ils me regardent, immobiles, puis crient mon nom et le vieux Steiner va jusqu'à m'embrasser, comme je suis, avec ma casquette, couvert de sueur, dans ma veste rayée. Ils me font entrer, Mme Fleischmann se précipite dans la cuisine pour chercher quelque chose à me "mettre sous la dent", comme elle dit. Je dois répondre aux questions habituelles : d'où, quand, comment ? – puis à mon tour je leur pose des questions et j'apprends que, effectivement, d'autres gens habitent désormais dans notre appartement. "Et nous ?" m'enquiers-je, et comme ils semblent avoir du mal à répondre, je demande : "Où est mon père ?" et alors ils se sont tus pour de bon. Après un bref instant, une main – celle de M. Steiner, je crois – s'est lentement levée, s'est mise en route puis s'est posée comme une vieille chauve-souris prudente sur mon bras. De ce qu'ils ont dit par la suite, j'ai retenu en substance que "nous ne pouvons pas, malheureusement, douter de la véracité de la triste nouvelle" car elle "était fondée sur le témoignage de compagnons d'infortune" selon lesquels mon père était "décédé après de brèves souffrances" dans un "camp en Allemagne" lequel d'ailleurs se trouve plus précisément en territoire autrichien, euh... comment s'appelle-t-il... ça alors, et je dis : "Mauthausen." "Mauthausen !" s'écrient-ils avec joie puis ils redeviennent graves : "Oui, c'est ainsi." Je leur demande ensuite s'ils n'ont pas par hasard des nouvelles de ma mère, et ils me disent tout de suite que, bien sûr, et des bonnes : elle est saine et sauve, elle est passée quelques mois auparavant à la maison, ils l'ont vue en personne, lui ont parlé, elle a demandé de mes nouvelles. Je demande encore : "Et ma belle-mère ?", et j'apprends : "Oh, elle s'est déjà remariée." "Et avec qui, si je peux savoir ?" m'enquiers-je, et ils butent maintenant sur le nom. L'un d'eux dit : "Un certain Kovács, si je ne me trompe", et un autre fait : "Non, pas Kovács, plutôt Futó." Je dis : "Sütö", et tous se mettent à hocher la tête, à confirmer joyeusement, exactement comme tout à l'heure : "C'est ça, bien sûr, Sütö." Elle lui était très redevable, "de tout, en fait", ils disent ensuite que c'est lui qui a "préservé sa fortune" et l'a "cachée durant les temps difficiles" – selon leur expression. "Elle est peut-être, remarque M. Fleischmann d'un air songeur, allée un peu vite en besogne" et le vieux Steiner est d'accord avec lui. "Mais en fin de compte, ajoute-t-il, c'est compréhensible", ce que, cette fois encore, l'autre vieillard approuve.

Ensuite, je suis resté un peu avec eux, car il y avait bien longtemps que je ne m'étais pas assis dans un fauteuil moelleux recouvert de velours bordeaux. Mme Fleischmann est arrivée entre-temps, apportant sur une assiette de porcelaine blanche au bord décoré des tartines de saindoux, agrémentées de paprika et de fines tranches d'oignon, car il lui semblait qu'autrefois j'aimais beaucoup cela, et j'ai rapidement confirmé que c'était toujours le cas. Pendant ce temps, les deux vieux dirent : "Certes, ici non plus, ça n'a pas été facile." Leur récit m'a donné les contours brumeux, l'impression d'événements désordonnés, embrouillés et émiettés, que, fondamentalement, je ne pouvais pas très bien voir ni comprendre. En revanche, j'ai remarqué qu'un mot se répétait souvent, d'une manière presque lassante, dans ce qu'ils disaient, et qui leur servait à signaler tous les tournants, changements, péripéties : ainsi, par exemple, l'étoile sur les maisons “est arrivée”, le quinze octobre “est arrivé”, les Croix fléchées “sont arrivés”, le ghetto “est arrivé”, la rive du Danube “est arrivée”, la libération “est arrivée”. Et puis j'ai constaté aussi l'erreur habituelle : c'était comme si ces événements qui s'estompaient déjà, qui paraissaient vraiment inimaginables et que, me semblait-il, ils ne pouvaient plus reconstituer dans leur intégralité, avaient eu lieu non en suivant le cours normal des minutes, des heures, des jours, des semaines et des mois, mais pour ainsi dire tous la fois, dans une sorte de tourbillon, de vertige unique, une espèce de réunion de l'après-midi, disons, transformée subitement en chahut, où soudain, les nombreux participants perdent l'esprit tous en même temps, pour une raison incompréhensible, et ne savent peut-être plus ce qu'ils font. A un certain moment, ils se sont tus, puis après un bref silence, le vieux Fleischmann m'a soudain posé une question : “Et quels sont tes projets pour l'avenir ?” J'étais un peu surpris et je lui ai dit que je n'y avais pas encore pensé. Alors l'autre vieillard a fait un mouvement, se penchant vers moi sur sa chaise. La chauve-souris s'est de nouveau élevée et s'est posée sur mon genou au lieu de mon bras. “Avant tout, dit-il, tu dois oublier ces atrocités." Je demande : "Pourquoi ?", de plus en plus surpris. "Pour que, répond-il, tu puisses vivre", et M. Fleischmann hoche la tête et ajoute : "Vivre libre", sur quoi l'autre vieux hoche la tête et ajoute à son tour : "Avec un tel fardeau, on ne peut pas commencer une nouvelle vie", et il y avait là du vrai, j'en convenais. Sauf que je ne comprenais pas bien pourquoi ils voulaient une chose impossible, et je leur ai signalé que ce qui s'était passé – s'était passé et que, finalement, je ne pouvais pas commander à ma mémoire. Je ne pourrais commencer une nouvelle vie, considérais-je, que si je naissais à nouveau, ou si un accident, une maladie ou quelque chose affectait ma conscience, et j'espérais que ce n'était pas ce qu'ils me souhaitaient. "Et d'ailleurs, ai-je ajouté, je n'ai pas remarqué que c'étaient des atrocités", et alors, j'ai vu qu'ils étaient très surpris. Ils voulaient savoir ce que j'entendais quand je disais que je n'avais "pas remarqué". Et alors, je leur ai demandé à mon tour ce qu'eux avaient fait durant ces fameux "temps difficiles". "Eh bien… nous avons vécu", a dit l'un d'eux d'un air pensif. "Nous avons essayé de survivre", a ajouté l'autre. Et donc : eux aussi avaient avancé pas à pas, ai-je remarqué. Ils ne comprenaient pas ce que je voulais dire par “avancer pas à pas”, et alors je leur ai raconté comment cela se passait, par exemple, à Auschwitz. Pour un convoi – je ne dis pas que c'est toujours et nécessairement comme cela, car je ne peux pas le savoir – mais quoi qu'il en soit, dans notre cas, il faut compter à peu près trois mille personnes. Dans cet ensemble, prenons les hommes, disons mille. Pour l'examen, comptons par tête une ou deux secondes, plus souvent une que deux. Ne regardons ni le premier ni le dernier, vu qu'ils ne comptent jamais. Mais au milieu, là où je me trouvais moi aussi, il faut attendre une quinzaine de minutes pour arriver à l'endroit où tout se décide : tout de suite le gaz, ou encore une chance. Entre-temps, la file bouge sans cesse, avance, et tout le monde avance pas à pas, à petits ou à grands pas, selon les exigences de la rapidité de l'opération.

Alors il y a eu un petit silence qu'un seul bruit est venu troubler : Mme Fleischmann a emporté l'assiette vide devant moi, et je ne l'ai plus vue revenir. Les deux vieux m'ont demandé ce que cela avait “à voir avec la question” et ce que je voulais “dire par là”. J'ai répondu : “Rien de particulier”, mais que cela n'avait pas fait “qu'arriver” : nous aussi, nous avions avancé pas à pas. Ce n'est que maintenant que tout semble fini, défini, irrévocable, définitif, tellement rapide et si terriblement flou, comme si c'était "arrivé" : maintenant, après coup seulement, quand on regarde en arrière, à rebours. Et puis aussi, bien sûr, quand on connaît d'avance le destin. Alors, effectivement, on peut tenir compte du temps qui passe. Un malheureux baiser est une nécessité au même titre que, disons, un jour d'inactivité à la douane ou les chambres à gaz. Mais qu'on regarde en avant ou en arrière, ce sont deux points de vue erronés, considérais-je. En définitive, vingt minutes parfois, prises en soi, sont une durée assez longue. Chaque minute commençait, durait et finissait avant que la suivante ne commence à son tour. Et maintenant, ai-je dit, réfléchissons à cela : chacune de ces minutes aurait pu apporter quelque chose de nouveau. En réalité, elle ne le faisait pas, naturellement – mais il faut quand même le reconnaître : elle aurait pu le faire, en fin de compte, autre chose aurait pu arriver à chacun que ce qui lui est arrivé, aussi bien à Auschwitz que, disons, à la maison, quand nous avions fait nos adieux à mon père.

A la suite de ces mots, le vieux Steiner s'anime, en quelque sorte : "Mais qu'aurions-nous pu faire ?" demande-t-il d'une voix mi-irritée mi-plaintive. Je lui dis que rien, naturellement ; ou bien, ajouté-je, n'importe quoi, ce qui aurait été aussi insensé que le fait que nous n'avons rien fait, de nouveau et toujours tout naturellement. "Mais il ne s'agit pas de ça", dis-je, essayant de poursuivre, de leur expliquer. "Mais de quoi alors ?" demandent-ils, perdant déjà patience et je réponds, d'un ton de plus en plus irrité, je le sens : "Des pas." Tout le monde avançait pas à pas, tant que c'était possible : moi aussi, j'ai fait mes pas, pas seulement dans la file de Birkenau, mais déjà à la maison. J'ai avancé pas à pas avec mon père, et puis avec ma mère, j'ai avancé pas à pas avec Annamária et aussi – et c'était peut-être les pas les plus difficiles de tous – avec la sœur aînée. Maintenant, je pourrais lui dire ce que "juif" signifie : rien, du moins pour moi au début, jusqu'à ce que commencent les pas. Ce n'est pas vrai, il n'y a pas de sang différent ni autre chose, il y a seulement…, je bute, mais soudain je me rappelle les paroles du journaliste : il y a seulement des situations données et les nouvelles possibilités qu'elles renferment. Moi aussi, j'ai vécu un destin donné. Ce n'était pas mon destin, mais c'est moi qui l'ai vécu jusqu'au bout, et j'étais incapable de comprendre que cela ne leur rentre pas dans la tête : que désormais je devais en faire quelque chose, qu'il fallait l'adapter à quelque chose, maintenant, je pouvais ne pas m'accommoder de l'idée que ce n'était qu'une erreur, un accident, une espèce de dérapage, ou que peut-être rien ne s'était passé. Je voyais, je voyais très bien qu'ils ne comprenaient pas trop, mes paroles n'étaient pas vraiment à leur goût, l'une ou l'autre semblait même les irriter. Je voyais que M. Steiner était prêt de temps en temps à intervenir, parfois même à bondir, je voyais l'autre vieux le retenir et je l'entendais lui dire : “Laissez-le : vous ne voyez pas qu'il veut simplement parler ? Laissez-le parler, allons”, et je parlais, en vain peut-être, et aussi un peu à tort et à travers. Néanmoins, je leur ai fait comprendre qu'on ne pouvait jamais commencer une nouvelle vie, on ne peut que poursuivre l'ancienne. C'est moi qui avais marché pas à pas et non un autre, et j'ai déclaré que j'avais toujours été honnête dans mon destin donné. La seule tache, la seule ombre au tableau, dirais-je, le seul hasard qu'ils pouvaient peut-être me reprocher, c'était que nous étions là en train de discuter – mais ça, je n'y pouvais rien. Ils voulaient que toute cette honnêteté et les quelques pas que j'avais faits auparavant perdent tout leur sens ? Pourquoi cette soudaine volte-face, pourquoi cette résistance, pourquoi ne voulaient-ils pas admettre ceci : s'il y a un destin, la liberté n'est pas possible ; si, au contraire, ai-je poursuivi de plus en plus surpris et me piquant au jeu, si la liberté existe, alors il n'y a pas de destin, c'est-à-dire – je me suis interrompu, mais juste le temps de reprendre mon souffle –, c'est-à-dire qu'alors nous sommes nous-mêmes le destin : c'est ce qu'à cet instant-là j'ai compris plus clairement que jamais. Je regrettais un peu de me trouver face seulement à eux et non à des adversaires plus intelligents, plus dignes, pour ainsi dire. Mais c'était eux qui étaient partout – du moins à ce qu'il me semblait à cet instant-là –, en tout cas, ils étaient là lorsque nous avions fait nos adieux à mon père. Ils avaient eux aussi fait leurs pas. Eux aussi savaient à l'avance, eux aussi voyaient tout à l'avance, eux aussi avaient pris congé de mon père comme s'ils l'avaient déjà enterré, et ensuite ils s'étaient querellés pour savoir si je devais prendre le tramway ou l'autobus pour aller à Auschwitz… mais là, ce n'est plus seulement M. Steiner, mais aussi le vieux Fleischmann qui bondit. Il essaie encore de le retenir, mais il en est incapable.

"Comment ?" hurle-t-il, le visage empourpré, se frappant du poing la poitrine : "C'est peut-être nous qui sommes coupables, nous, les victimes ?!" et j'essaie de lui expliquer : ce n'est pas une faute, il faut seulement l'admettre, modestement, simplement, uniquement eu égard à la raison, pour l'honneur, pour ainsi dire. On ne peut pas – il fallait qu'ils essaient de comprendre cela –, on ne peut pas tout me prendre, il m'est impossible de n'être ni vainqueur ni vaincu, de ne pas pouvoir avoir raison et de n'avoir pas pu me tromper, de n'être ni la cause ni la conséquence de rien ; je les suppliais presque d'essayer d'admettre que je ne pouvais pas avaler cette fichue amertume de devoir n'être rien qu'innocent. Mais je voyais qu'ils ne voulaient rien admettre, et ainsi, prenant mon sac et ma casquette, après quelques paroles, quelques gestes embarrassés, mouvements inachevés, au milieu d'une phrase inachevée, je suis parti.

Je me suis retrouvé en bas dans la rue. Je devais prendre le tram pour aller chez ma mère. Mais j'y pensais, je n'avais pas d'argent, bien sûr, j'ai donc décidé d'aller à pied. Pour reprendre des forces, je me suis arrêté un instant sur la place, près du banc où je m'étais assis tout à l'heure. Là où je devrais aller, où la rue semblait s'étirer, s'allonger et se perdre à l'infini, les nuages étaient déjà mauves au-dessus des collines bleuissantes, et le ciel, pourpre. Autour de moi aussi, quelque chose semblait avoir changé : la circulation avait diminué, les gens marchaient à pas plus lents, parlaient à voix plus basse, leurs regards s'étaient radoucis et leurs visages semblaient s'être tournés les uns vers les autres. C'était cette fameuse heure caractéristique – encore maintenant, encore là je l'ai reconnue –, mon heure préférée au camp, et j'ai été saisi par un sentiment aigu, douloureux et vain : le mal du pays. Soudain tout s'est animé en moi, tout était là et se bousculait, toutes les atmosphères étranges m'ont surpris, les petits souvenirs m'ont fait trembler. Oui, dans un certain sens, là-bas, la vie était plus claire et plus simple. Tout me venait à l'esprit et je passais tout le monde en revue, même ceux qui ne m'intéressaient pas et ceux qui n'avaient pour toute légimitation que ce recensement, que ma présence ici : Bandi Citrom, Pietka, Bohouche, le médecin et tous les autres. Et maintenant, pour la première fois, je pensais à eux avec un soupçon de reproche, une espèce de rancœur affectueuse.

Mais n'exagérons rien, puisque c'est là tout le problème : je suis ici et je sais bien que j'accepte tous les arguments, au prix de pouvoir vivre. Oui, en regardant cette modeste place au crépuscule, cette rue battue par les vents et grosse de mille promesses, je sens déjà grandir, enfler en moi cette disposition : je vais continuer à vivre ma vie invivable. Ma mère m'attend et elle sera sûrement heureuse de me revoir, la pauvre. Je me rappelle, elle voulait autrefois que je devienne ingénieur, médecin ou quelque chose dans le genre. De toute manière, tout sera certainement comme elle l'a prévu ; il n'y a aucune absurdité qu'on ne puisse vivre tout naturellement, et sur ma route, je le sais déjà, me guette, comme un piège incontournable, le bonheur. Puisque là-bas aussi, parmi les cheminées, dans les intervalles de la souffrance, il y avait quelque chose qui ressemblait au bonheur. Tout le monde me pose des questions à propos des vicissitudes, des "horreurs" : pourtant en ce qui me concerne, c'est peut-être ce sentiment-là qui restera le plus mémorable. Oui, c'est de cela, du bonheur des camps de concentration, que je devrais parler la prochaine fois, quand on me posera des questions.

Si jamais on m'en pose. Et si je ne l'ai pas moi-même oublié.

NOTES

CHAPITRE IV

P. 102
Waldsee (allemand) ; lac de forêt.
P. 110
Reds di yiddish, reds di yiddish, reds di yiddish ? (yiddish) : Parles-tu yiddish, parles-tu yiddish, parles-tu yiddish ?
Nein (allemand) : Non.
Vierzehn, fünfzehn (allemand) : Quatorze, quinze.
Zehtsaïn (yiddish) : Seize.
Warum ? (allemand) : Pourquoi ?
Willst di arbeiten ? (yiddish) : Veux-tu travailler ?
Natürlich (allemand) : Naturellement.
P. 111
Zehtsaïn... ferchtaïst di ?... zehtsaïn !... (yiddish approximatif) : Seize... Tu comprends ? Seize !
Yeder arbeiten, nicht ka midé, nicht ka krenk (yiddish approximatif) : Chacun travaille, pas fatigué, pas malade.
P. 112-113
Nicht wahr, Herr Offizier... wir werden uns bald wieder... (allemand) : N'est-ce pas, monsieur l'officier... bientôt nous nous...
P. 119
Arbeiten... Sechzehn... (allemand) : Travailler... Seize...

P. 120
Wie alt bist du ? (allemand) : Quel âge as-tu ?
Sechzehn (allemand) : Seize ans.
P. 124
Los, ge' ma' vorne ! (allemand familier) : Vite, on avance !
P. 125
Kein Trinkwasser (allemand) : Eau non potable.
P. 128
Herr Oberscharführer (allemand) : M. le commandant de bataillon.
P. 130
Lager (allemand) : camp.

CHAPITRE V

P. 145
Dörrgemüse (allemand) : légume sec.
P. 161
Abtreten (allemand) : Rompez !
P. 166
Buchenwald (allemand) : hêtraie.
P. 167
Wurst (allemand) : saucisse.
P. 168
Alle raus ! – Los ! – Fünferreihen ! – Bewegt euch ! (allemand) : Tout le monde dehors ! – Vite ! – En rangs par cinq ! – Du nerf !
P. 172
Vier-und-sechzig, neun, ein-und-zwanzig (allemand) : Soixante-quatre, neuf, vingt et un.
P. 173
Aber Mensch, um Gottes Willen ! Wir sind doch hier nicht in Auschwitz ! (allemand) : Mais pour l'amour de Dieu, voyons, nous ne sommes tout de même pas à Auschwitz !
Zulage (allemand) : supplément, rab.
P. 176
Wer reitet so spät durch Nacht und Wind ? (allemand) : Qui chevauche si tard dans la nuit et le vent ? (Premier vers du poème *Le Roi des aulnes* de Goethe.)

P. 184
Achtung !, Mützen... ab ! et *Mützen... auf !* (allemand) : Attention ! Otez casquette ! Mettez casquette !
P. 184-185
Block fünf ist zum Appel angetreten. Soll zweihundert fünfzig, ist... (allemand) : Le bloc cinq à l'appel. Effectif deux cent cinquante. Présents...

CHAPITRE VI

P. 193
Di bist nicht ka yid, d'bist a chéguetz (yiddish approximatif) : Tu n'es pas un juif, tu es un assimilé.
P. 199
Was ist denn los ? (allemand) : Que se passe-t-il ?
Arbeiten ! Aber los ! (allemand) : Au travail ! Et que ça saute !
P. 201
Antreten ! (allemand) : Rassemblement !
Braunkohle Benzin Aktiengesellschaft (allemand) : Société anonyme Lignite-Essence.
P. 202
Arbeitskommando (allemand) : équipe de travail.
P. 209
Vorarbeiter (allemand) : contremaître.
P. 214
Abend-, Morgenappell (allemand) : appel du soir, du matin.
Zwei im Revier. Fünf im Revier. Dreizehn im Revier (allemand) : Deux hommes à l'infirmerie. Cinq hommes à l'infirmerie. Treize hommes à l'infirmerie.
P. 221
Das ganze Lager : Achtung ! (allemand) : Tout le camp : attention !
P. 231
Gehorsamst zum Abort (allemand) : Je demande la permission d'aller aux latrines.

P. 234
Dir werd ich's zeigen, Arschloch, Scheisskerl, verfluchter Judenhund (allemand) : Je vais te faire voir, trou du cul, merdeux, sale chien de juif.

CHAPITRE VII

P. 245
O. Arzt (allemand) : médecin-chef.
P. 258
Was ? Du willst noch leben ? (allemand) : Quoi ? Tu veux encore vivre ?

CHAPITRE VIII

P. 272
Bitte ! Fertig ! Bitte ! (allemand) : S'il vous plaît, j'ai fini, s'il vous plaît.
P. 274
Zu dir (allemand) : Pour toi.
P. 277
Dobro ies (polonais approximatif) : C'est bien.
Gut (allemand) : bien.
P. 284
Tso ? (polonais approximatif) : Quoi ?
Djinkouïé... djinkouïé bardzo... (polonais approximatif) : Merci... Merci beaucoup...
P. 287
Dobra nots (polonais approximatif) : Bonne nuit.
Dobré rano (polonais approximatif ou tchèque) : Bonjour.
P. 288
Guten Morgen (allemand) : Bonjour.
P. 289
Der kommt heute raus ! (allemand) : Il sort aujourd'hui, celui-là !
P. 290
Der geht heute nach Hause ! (allemand) : Il rentre aujourd'hui à la maison !

P. 291
Komm, komm, komm, komm ! (allemand) : Viens ici, viens ici !
P. 296
Dobré vetcher (polonais approximatif) : Bonsoir.
P. 303
Nié rozoumièm (polonais approximatif) : Je ne comprends pas.
Du : warten hier. Ik : wek. Ein moment zurück. Verstehn ? (allemand approximatif) : Toi attendre ici. Moi partir. Revenir dans un moment. Compris ?
P. 312
Zwei... vier Leichnamträger mit einem... zwei Tragbetten sofort zum Tor (allemand) : Deux... quatre porteurs de cadavres avec un... deux brancards immédiatement au portail !
Nachtschicht (allemand) : équipe de nuit.
P. 313
Dobra nots (polonais approximatif) : Bonne nuit.
P. 314
Krematorium ausmachen ! Krrematorium ! Soforrt ausmachn ! (allemand) : Eteindre les crématoires ! Crématoires ! Eteindre immédiatement !
P. 315
Leichenkommando (allemand) : Commando des cadavres.
P. 316
Laufen (allemand) : courir, marcher.
Nié, nié, non, ich kann nicht (polonais approximatif, français, allemand) : Non, non, je ne peux pas.
Tak, tak... du kannst (polonais, allemand) : Si, si... tu peux.
Tso to robich ? (polonais approximatif) : Qu'est-ce que tu fais ?
P. 317
Aber im Laufschritt ! (allemand) : Et au pas de course !
Lagerältester ! Aufmarschieren lassen ! Lagerältester ! Wo sind die Juden ?! (allemand) : Chef de camp ! En formation ! Chef de camp ! Où sont les juifs ?

Kourva iégo match ! (polonais approximatif) : Putain de sa mère !
Lageräitester ! Das ganze Lager : antreten ! (allemand) : Chef de camp ! Rassemblement de tout le camp !
P. 318
Wo ist der, der mit dieser kleinen Wunde hier ?! (allemand) : Où il est, celui avec la petite blessure, là ?
P. 319
Der geht sofort nach Hause ! (allemand) : Il rentre immédiatement à la maison !
P. 322
An alle SS Angehörigen... Das Lager ist sofort zu verlassen (allemand) : A tous les membres de la SS... Quittez le camp immédiatement.
P. 323
Nimanié, nimanié, ruski tovarichtchi nimanié ! (russe approximatif) : Attention, attention, camarades russes, attention !
Ouvaga, ouvaga (polonais approximatif) : Attention, attention !
P. 324
Tchiba bentch ! Téras polski komouniki ! (polonais approximatif) : Tais-toi. C'est le communiqué polonais.

CHAPITRE IX

P. 328
Rotfront (allemand) : Front rouge.

TABLE

Impression réalisée sur Presse Offset par

BRODARD & TAUPIN

GROUPE CPI

La Flèche (Sarthe), 29403
N° d'édition : 3438
Dépôt légal : novembre 2002
Nouveau tirage : avril 2005

Imprimé en France